麓庐录

一个自然科学研究者的履痕

左长清 著

中国水利水电出版社
www.waterpub.com.cn

·北京·

内 容 提 要

本书分为散文、诗词和故事三个部分。其中散文收录了十篇，诗词收录了三十余首并附题解，而故事则回忆了作者在求生、求学和求索三个人生阶段所遭逢的趣事和荒唐事。书以怀史之笔，借用个体的微末平凡，来传颂时代的恢宏伟大，真实地记录了一个几乎与共和国同龄人的心路历程。本书适合文学爱好者阅读，可供水土保持史料研究者参考收藏，也可为身处逆境中的年轻人摆脱困境提供借鉴。

图书在版编目（CIP）数据

麓庐录：一个自然科学研究者的履痕 / 左长清著
. —— 北京：中国水利水电出版社，2023.10
ISBN 978-7-5226-1849-4

Ⅰ．①麓… Ⅱ．①左… Ⅲ．①散文集－中国－当代②诗词－作品集－中国－当代③故事－作品集－中国－当代
Ⅳ．① I217.2

中国国家版本馆 CIP 数据核字（2023）第 196636 号

责任编辑： 徐丽娟
策划编辑： 栾　峰（2416051283@qq.com　010-68545978）

书　　名	麓庐录：一个自然科学研究者的履痕 LULU LU：YI GE ZIRAN KEXUE YANJIUZHE DE LÜHEN
作　　者	左长清　著
出版发行	中国水利水电出版社 （北京市海淀区玉渊潭南路1号D座　100038） 网　址：www.waterpub.com.cn E-mail：sales@mwr.gov.cn 电　话：（010）68545888（营销中心）
经　　售	北京科水图书销售有限公司 电话：（010）68545874、63202643 全国各地新华书店和相关出版物销售网点
封面设计	陆　云
排　　版	北京作殊文化传媒有限公司
印　　刷	天津久佳雅创印刷有限公司
规　　格	170mm×240mm　16开本　21.25印张　320千字
版　　次	2023年10月第1版　2023年10月第1次印刷
定　　价	58.00元

谨以此书
献给消逝的岁月

自序

人老了，有时会莫名其妙地被某一际遇所感染，或被某一物景而激发，很容易情不自禁地去追寻心灵深处的那份纯真或者是曾经的梦。

退休多年之后的一段闲暇，突发癫狂的奇思异想，竟凑成了这本集子。希冀为那飘忽不定的心灵寻找一个避风的港湾，以留存那即将消逝的时光，慰藉那曾经的苦难、历经的沧桑，赞颂当今之美好。

本书取名为"麓庐录"，有两层含义。其一，笔者这一辈子主要生活与工作在湖南和江西，而书中所描述之事，亦多发生在这两省。特用岳麓山的"麓"代指湖南，用庐山的"庐"代指江西，意即在湖南和江西所亲历的记录。其二，因本书最终成稿于湖南老家山麓中的小庐舍，又意为山麓中小庐舍里的记录。

《麓庐录》分为散文、诗词和故事三篇。书以怀史之笔，借用个体的微末平凡，来传颂时代的恢弘伟大，真实地记录了一个几乎与共和国同龄的人的心路历程。

第一篇收录了十篇散文。乃缘于笔者对文学的业余爱好，或属平常一时兴起的闲暇随笔。

第二篇选录了三十余首诗词。说明一个理工男随着景物的变换，同样有着瞬时的激情与感动。诗词虽未完全遵循近代诗的韵律平仄，或许还有强赋风雅之嫌，但毕竟是情动于衷，有感而发的真情实录。为便于理解，随附情景题解。在清理平生杂物之余，又翻出早年偶尔在笔记本上任性而为的一些诗词，觉得还蛮有趣，便挑选了几首，一并录入凑数。为保持诗词原真性和创作时的时代特色，故未做大幅度改动。

第三篇为故事。庚子年新冠疫情大暴发，在初始隔离期间百无聊赖，忆起了过去的苦难和走过的艰辛岁月，便萌生了撰写的冲动。随之以求生、求学和求索的亲历，分三个人生阶段写成三章。真实地回味了笔者亲历的趣事和荒唐事，以及感悟的心路历程。现在汇编成册，亦是缘于儿时的梦。

古人著书为立言，今人著书为谋生。而我留下这本集子，是想告诉世界，我曾来过这里。

世界那么大，我已看过了。经历那么多，什么算变过？成功者的鲜花和掌声，常常能成为失败者度日如年的泪水。如今的我，已无所谓鲜花和泪水了。

岁月的蹉跎，休论对与错。冬去春来，更替轮回。我渴望与他人的心灵沟通，去追寻那失去的记忆，驱散那心中的寂寞。如果说，以前是负重前行。那么，希望以后能岁月静好。

Contents

麓庐录 目录

第一篇

散文

归于静寂

村庄

自从父母不在了，我再也没有在家乡的村庄里住过。偶尔回家探访过几次，都是住在城里，对家乡的距离感越来越远。这次能在乡下小住，应感谢兄侄成全，让我在其宅基地上搭建了两间房子，才有机会重拾儿时旧梦。否则，依然如一叶漂泊不定的浮萍。

村庄已没了过去的模样，土坯砖砌的简陋平房不再。原来拥挤不堪的屋场，已容纳不下一座座庭院式的现代建筑。一栋栋洋气十足的别墅，更愿意散落于不同的山岭、山坳。

凭借记忆，去拜访村里几位儿时的玩伴。结果，他们要么已随子女进城，要么已物是人非，更多的则成了病魔缠身的空巢老人。我仔细找寻当年在生产队务农时曾走过的路，如今早已被灌丛荆棘覆盖。如此景象，多少还是出乎我的意料，令人感到有些伤感落寞。

集市

集市曾是我儿时的向往地和期盼之一。每逢赶集的日子，不宽的街上，总是人头攒动，男女老少，熙熙攘攘。两边密密匝匝摆放着可换成钱的农副产品和农业生产用具。而我的期盼则是将捕获的小鱼、小虾尽快换回食盐、火柴和煤油等生活必需品。一旦鱼虾能卖个好价钱，我会大方地拿出三五分钱，买上一根麻花，或者一个包子，以解贪嘴之馋。

赶集的时间间隔一直沿袭下来。如今的集市，虽然街道宽了，却没了往昔的热闹繁华。货摊上售卖的商品，多是从城里批发而来的低档品。品相好一点的蔬菜水果，其价格比城里还贵。想要在集市上买到像土鸡蛋一样称心如意的乡土产品，只能高价预约或上门收购。

来赶集的多为老人。也许是作息时间不同，集市开得早，散得也早。约莫上午九点时分，集市就散了。

到了一年的春节，年轻人从城里回来，小集市便有了短暂的繁荣。各种年货、烟花鞭炮，琳琅满目，应有尽有。有些年轻人也会来集市添置年货，以表达一年来对父母、家人的感谢。有些年轻人还会约上三五个好友，在牌馆里泡个通宵，放纵自我，比拼一番。一旦走出牌馆，有人欢喜有人愁。赢了的人欢天喜地，买上两瓶好酒，回去孝敬父母，宴请宾朋。输了的人，便垂头丧气，甚至谎称最近很忙，收拾行李，再赶往城里打工挣钱。

至于这些家庭的孩子，条件好的就把孩子带在身边，到大城市接受教育。条件差的就把孩子留在家里，交由老人看管。待春节假期一过，乡村集市又恢复了往日的平静。

老人

在村庄的北端，住着一户人家，由于他们是近些年才搬迁过来的，我对他们并不熟悉。但我注意到，那一家平日里只有一对年近耄耋的老人出入，而他们的住房却十分阔绰，并排盖有三栋房子，几乎连成了半边街。

冬日，一个阳光明媚的下午，我有意探访。只见男主人坐在藤椅里晒太阳，女主人在房前捯饬菜园子。见有人造访，老太太便停下了手中的活计，走近招呼。她性格开朗，很快就和我们拉起了家常。当聊到她的家庭时，那种骄傲自信，溢于言表。

由此我得知，他们育有三儿一女，都很有出息，分别在不同的大城市里打工。她的老伴患有腰肌劳损，不能站立，且伴有轻度阿尔茨海默病。她的腿脚虽不灵便，但无大碍，家务由她操持。还说有一天，她在家里不幸摔倒，直到邻居到他们家来借东西，才将她扶起来，避免了一场悲剧。说着说着，还呵呵直笑。

无论老太太怎样侃侃而谈，她的老伴总是痴痴地凝望着通向远方的马路发呆。或许他正企盼在大城市打工的儿女，能突然出现，可以收获那份不期而遇的喜悦。或许他仍沉浸在年轻时打拼的时光，思考着如何养家糊口，思考着如何培养子女成人成才。

这时，一辆接送孩子的校车从门前经过。车上播放着充满童趣的歌谣，老人的脸上泛起了久违的笑容。这短暂的欢愉，哪怕只有一瞬，也能让旁人感觉到他很幸福。

夕阳

时候不早了，我该回去了。告别了老人，踏上归途，正值夕阳西下。天边泛起层层彩云，洒下道道霞光。不一会儿，太阳的光芒慢慢收敛，躲到了云后，本以为天色就这样黯淡下来。谁承想，忙碌了一天的太阳，似乎并不甘心就这么无声无息地离去，希望能弄出点动静来。于是，趁着云彩的空隙，突然钻了出来，继而大放异彩，简直红透了半边天，把整个大地都涂上了金色的余晖。借此引人关注，诱人遐想，令人赞叹。

晚霞

我的确被天边如血的残阳惊呆了！随即爬上一座小山

坡，尽情地欣赏这乡村美景。环顾四望，总感觉身边缺少了些什么。原来是：农机替代了耕牛，没有了暮归的牧童；现代能源替代了薪柴，弄丢了袅袅炊烟；车辆成为代步工具，屏蔽了曲径通幽的小路；甚至年轻人进城，带走了父母叫喊孩子们回家吃饭的责骂声。

唯有四季轮回，月升日沉，周而复始，亘古不变。时空一旦进入规律，无论夕阳如何折腾，顷刻之间便交给了晚霞，随之任由夜幕包裹，一并抛入了数九寒冬。就此静默了所有的生灵声息，模糊了人间的悲欢密码。把本就偏僻的乡村，变得更加冷清，更加宁静。

乌桕树

刚回到家乡的时候，就看见村口有一棵高大魁梧的乌桕树，虬枝苍劲。椭圆形的树叶，繁茂浓密，染上秋霜，红艳夺目，不输丹枫。树干上，存留着大小不一、层层叠叠的愈伤包块。那便是岁月的疤痕，仿佛在向人们诉说生活的艰辛。可是，如今的人，并不关心树瘤包块是怎样形成的，只希望它能成就木材漂亮的花纹、高昂的价格。

乌桕树

在村子里住了一段时日，寒潮再一次来袭。一场大雪如期而至，纷纷扬扬，飘飘洒洒。猩红色的乌桕树叶，连同雪花一起飘落，一侧斜插在雪地，另一侧伸向天空，煞是好看。树上众多梨状球形蒴果里的种子，为了保持与白雪协调一致，还特意涂抹了一层白色蜡质。毅然坠入雪地，砸出点点深坑。

经过那场大雪，老乌桕树只剩下了光秃秃的树干、枝梢。在它的心灵深处，也为自己镌刻了一道具有时代意义的年轮。然而，它并不在意那道年轮能否成为生命中的圆满句号，只是记挂着自己在风雪中，又播下了新的希望。

2021 年冬于衡阳

呼伦贝尔志忐行

一

时日自遣，意欲来一场说走就走的旅行，以抑制近年微微发福的躯体，紧一紧日渐松弛的皮囊。

重新踏进已二十多年不再乘坐的绿皮快车，一路北上。没有接待，没有陪同，唯有老伴以及卧铺车厢里目的地迥异的旅客。想想能远离北京的酷暑，去辽阔的呼伦贝尔大草原，寻找一份宁静与清凉，看一看"风吹草低见牛羊"的独特风景，心情自然轻松愉悦。

自从武汉暴发新冠疫情以来，一年多的时间里，全国的疫情虽存在多点散发，终因我国组织有力，管理有序，布控有方，防治效果特别出色。已有一段时间没有出现本土病例，大家的心情似乎舒畅多了。

临近出发，南京机场突发变异新冠病例，且毒株迅速扩散至扬州和张家界等地。人们刚刚放松的心情又骤然收紧。无疑也给我们的旅行蒙上了一层阴影。

人在旅途，对于疫情的发生、发展，都十分关心，时刻关注网上的信息。我们还未抵达海拉尔，网上便有消息报道，该市发现了关联病例。已无退路，我们随着列车的行进，到达目的地海拉尔。

　　下车一看，人们的行为活动一切照旧。于是，我们就地租了一辆越野车，去莫日格勒河，观看落日余晖。

草垛

　　沿途美丽的景致，让我们忘却了旅途的疲劳，也忘记了疫情的烦扰。在呼伦贝尔大草原，一路上绿草茵茵，生机盎然。远方的羊群，宛如璀璨的珍珠，撒落在茫茫草原，与天边的云朵融为一体，浑然天成。近处的排排围栏，卷卷草垛，不时从眼前滑过，无处不在彰显大草原的富足与肥美，处处呈现一派欣欣向荣的景象！

　　车至莫日格勒河，时值最佳的观景时刻。当我们爬上坡顶，只见道道霞光穿透五彩缤纷的云层，倾泻在莫日格勒河九曲盘旋的水面上，尽显大草原的瑰丽与雄浑。

　　随着光影的不断交替变换，又将如黛的山峦、牧归的牛羊一并糅入画面，构成了一个梦幻般的童话世界。置身于此，直至夜幕降临，内心依然不舍离去。

莫日格勒河落日

返回海拉尔后，我们赶紧入住在网上预订的宾馆，筹划后续行程。由于没有当地新的防疫信息，旅行社仍然安排我们两家四人，共乘一辆越野车，按原计划前往满洲里继续旅行。

二

翌日午饭之后，临近满洲里市。天空中突然乌云密布，电闪雷鸣，紧接着狂风大作，骤雨倾盆。随行的司机打开小车雨刷，在挡风玻璃上快速地来回清扫，仍然难以看清前方的路。

顷刻之间，满大街的流水哗哗，在低洼处迅速汇集，形成潜在的危险路段。车辆在大街上冒险开行，就像在湖面上劈波斩浪的快艇，激起两道高高的水墙，蔚为壮观。一旦有错车避让不及，就地卷起的水幕铺天盖地砸向对方的挡风玻璃，可谓惊心动魄。

这时候，谁都希望尽快离开那多事之街。我们沿着导航指引的路，赶紧前行。无奈，路面的雨水太急，路障又多，越野车一路走走停停。司机已没了开始时的淡定，也不分车行道还是人行道。为避路面积水，只要能过车的地方就钻。经过一番左冲右突，终于找到了我们要住的宾馆。

车在宾馆门前停下，可是瓢泼似的大雨并没有消停。由于北方的建筑，门头一般不设雨棚。雨下得实在太大，大家无法下车，只好待在车里等候。直到大雨变小，大家才提着行李，快速闪进宾馆大堂，登记房间，入住歇息。

下午三点时分，雨后放晴。我们的旅行继续，第一站便直达中俄边界的国门。两排整洁的花坛，鲜花盛开，镶嵌在宽阔的国门大道上，将耸立的国门装扮得分外庄严肃穆、威武雄壮。上面高高飘扬的五星红旗，在湛蓝的天幕下，显得更加鲜艳夺目。走向近前，行上注目礼，一种强烈的自豪感，不禁油然而生。

接下来，我们参观了门楼建筑、中俄界碑、和平广场、中苏友谊会馆和中共六大会展中心等旅游胜地。顺道走访了具有俄罗斯风情的套娃广场等几处特色景区，了解到曾经发生在国门之间的故事，可谓意得圆满。

说来也怪，人一旦忘情于自然风景，一切烦恼便无影无踪。按原计划，下一站应该是黑龙江漠河北极村。一到宾馆，我们连忙查找信息。得到的消息，漠河同样出现了疫情，我们原订的车次已被取消。旅游公司通知我们，从满洲里到漠河的公路已被洪水冲断，改用越野车的计划也没了希望。

随着疫情防控形势越来越紧，我们果断决定，赶紧返回海拉尔。在路上继续翻阅信息，糟糕！海拉尔到北京的航班已被取消。于是，我们迅速在网上抢购了两张火车票，匆匆终结了本次旅行，连夜赶回北京。

2021 年 8 月于北京

再访韶山

　　我已说不清这是第几次来到韶山了。往日到访的理由大抵有心向往之的刻意安排，有会议组织，也有同学聚会活动，还有回家探亲的特别停留。可是，在我的潜意识里，没有参观毛主席故居，就不算到过韶山。每一次到来，心虽一样虔诚，感受与收获并不一样。想想自己，老身步入迟暮，生怕来日不多，也不知道哪一次，就会成为绝唱，思绪自然随之发散。

毛主席故居

　　第一次到韶山，是在我大学毕业两年之后。那是1984

年的秋天，依稀记得当时阴沉沉的天空飘洒着绵绵细雨。韶山冲的自然环境，没有太多的人为雕琢，与湖南其他的乡村，并无二致。

进村的砂石公路蜿蜒曲折，还算平整。行人与车辆均可随便进出。毛主席故居前的小池塘，没有种植莲花，水面漂浮着竹竿，还围着养鱼的草，这是当时湖南农村兴旺的典型标志。故居周边没有安置围栏，游人可以自由出入参观。去拜谒毛家祖坟的石板山路，被打扫得干干净净。山路两边，英木苍翠，显得十分静谧。

在毛氏宗祠门前，人们使用当时最流行的双卡收录机，播放着红色歌曲，似乎在营造氛围。不远处的流动商贩，在大声招揽生意，显示个体经济开始萌芽。小广场上停泊着远道而来的公共汽车，像是在等待返程的来客。

位于故居南侧的毛泽东同志纪念馆面积不大，却是游人重要的集散地。人流熙熙攘攘，匆匆忙忙。清瘦黝黑的面庞，没有多少愉悦的表情。仿佛心事沉重，或许还憋着一股倔劲，也许那就是"敢教日月换新天"的干劲。

以上回忆是我第一次到韶山的画面。

这一次，我在长沙南转乘高铁，半个小时就到了。由于下午没有特殊安排，我便有了到周边农村去走走的想法，看看这些年韶山又有哪些新的变化。

放眼远望，山岭上的林木更加郁郁葱葱，山坡地的果园橙黄橘绿。近处的水稻虽被机器收割，从残存的长长稻茬来看，估计今年又是一个丰收年。另有部分稻田已被翻耕，并及时栽种了油菜。

在韶河河畔，流域内外干净整洁，河水清澈。河床的重要部位，已构建起堰坝渠口等引水灌溉工程。河岸的重要地段，都进行了加固衬砌处理，防止河岸坍塌。河堤上的原生树草，已被樱花、火棘等景观花草树木所替代。只有在石桥边，从石缝中长出的野菊花竞相怒放，似乎在向世人宣告，它才是这里真正的主人。

村庄旁的菜园子里，长着各式各样的冬季蔬菜，葱绿可爱。舍不得离去的夏令菜蔬，还用藤蔓紧紧地缠绕在园子边的篱笆上，零星开着朵朵鲜花，显示一种不服老的倔强。

菜园边的棚架下，鸡鸭鹅等各色家禽，或悠然觅食，或静卧打盹，或整理羽毛。池塘里的鱼，一听到岸上的声响，便迅速潜入水底，在水面泛起层层涟漪。

这种繁荣景象，似乎与时下其他的山丘农村截然不同。在韶山所看到的情景，田地没有一点儿抛荒弃耕的迹象。农事活动井然有序，种植的作物井井有条。这不禁令我心生敬意和好奇，对其中的奥秘很想探个究竟。

我沿着宽阔的柏油马路，顺道转入通幽的小径。村庄的第一户人家，门前晾晒着衣服，估计家里有人，我就径直走了过去。突然，不远处一条看家护院的小狗，仰天嚎叫起来。我并没有理睬它，继续往里走。听闻陌生人闯入，村庄里其他的家犬同时吠叫起来。见有同伙帮腔，在我近前的那条家犬，表现得更加尽职尽责，冲着我大声狂吠。似有不把我这个入侵者赶走决不罢休的劲头。当我迟疑犹豫之际，一个苍老的声音，从虚掩的门后传出，制止了家犬的嚎叫。

我连忙上前搭讪："老人家，您一人在家吗？"

他一边将门拉开，一边对我"嗯"了一声，算作回答。

我说："孩子们呢？"

"他们晚上回来。"回答了我，出来后顺势将大门关上，收拾起摆在门外的农具。看样子，他正准备下地干活。见他忙碌的身影，我不好意思再去叨扰，随即停止了对话。

后来我了解到，在韶山周边的农村，一般的农民，大多过着半工半农或半商半农的生活。他们白天到单位上班，下班回来，才去打理自家的田园。由此体现出韶山人对家乡的热爱，也让我感受到了他们的勤劳与精明。

乡村风貌

早有朋友推介，韶山人民为展示毛泽东主席光辉革命历程，选取了他老人家各重要时期的人文自然景观，按比例缩建成了毛泽东纪念园，值得一看。尽管园区的景物，大多数我已在实地领略过它们的风采，但能在这里系统地整理一下思路，也是我此行的目的之一。

缘于此因，我利用会议的间隙，顺道叫了辆出租车，专程去参观毛泽东纪念园。如今的景区，经过多年的改扩建，规模已扩大了不少。在景区门口，司机师傅跟我说还要办一张什么票据，过了六十岁，可享受半价优惠，并一再声明这是规定。

　　看到车窗外的景物，我一直沉浸在回忆之中，并没弄清他说话的真正意图。随口含糊应诺了一句，按规定该咋办就咋办吧。到达目的地，我一边用微信支付车费，一边对他说："我的时间不定，你不用等我，忙你的生意去吧。"

　　当我参观完纪念园，却没法找到返程的车。一打听才知道，到景区的游客必须跟原车返回。园区暂时没有提供其他的交通工具为游客提供返程服务。正当犯难之际，我冒险跨上了一辆揽客的摩托车，一溜烟儿跑回宾馆。我这个年近古稀的老人，体验了一把具有历险意味的刺激。

　　到毛泽东广场向铜像敬献花篮是会议安排的主题活动。我跟着会议代表们，于次日一大早乘车来到广场。在停车处，就见到各路人群络绎不绝，从四面八方涌向广场。广场上早已人头攒动，或排队献花，或拍照留念，许多人眼含热泪，甚至掩面而泣。尽管如此，游人秩序井然，有条不紊。

　　在导游的引领下，我们来到了毛主席铜像前排队等候。轮到我们时，由护花使者抬上要敬献的花篮，整理妥当，摆放整齐。随着司仪的口令，大家毕恭毕敬、饱含深情地向毛主席铜像三鞠躬，随后从左至右绕铜像一周。

　　我再一次来到毛泽东同志纪念馆。这里也经过了改造扩建，面积扩大了不少，室内陈列的内容相当丰富。我来不及细看，仅粗略参观了毛主席生平的展区，就去排队等候参观故居。

在故居后面的小树林里，排队参观的人很多。游客成群结队，摩肩接踵，沿着回形针似的铁栅栏缓慢前移。管理人员为防止踩踏事件发生，只能一拨一拨地往故居里放行游客。经过了一个多小时的排队等待，我跟着参观的队伍，终于到了等待放行区。

进入故居，也不便停留，游客只能鱼贯而行。在故居里，我看到屋内的陈设，并没有多大改变。不过，房屋经过了修葺，保护措施更加完善。在毛主席住过的房间里，还增添了站岗的卫兵。

通过这次参访，我进一步感受到，原来韶山人民一直在持续发扬毛主席倡导的"自力更生，艰苦奋斗"的精神，他们依靠自己的聪明智慧，依靠自己的勤劳双手，继续创造着属于自己的美好生活。

铜像广场

我最近看到一篇文章报道，说的是 2020 年年轻人的新潮是读《毛泽东选集》。无独有偶，清华大学图书馆发布的借阅排行榜，第一名也是《毛泽东选集》。

历史已经证明，终将永远证明，毛泽东主席是韶山人民的骄傲，是湖南人民的骄傲，也是中国人民的骄傲！毛泽东同志在人类历史的天空中留下的那道亮光，必将照耀千秋。

2020 年 11 月 21 日草拟于韶山

2020 年 12 月 26 日改定于北京

万峰湖之旅

印象万峰

我不是第一次来万峰湖了。它偏安一隅，位于黔桂滇三省交界处，本不是我心目中的名胜大湖。甚至初次见面时，我对它的名字还有些陌生，更没有一见钟情的冲动。

在我的印象中，万峰湖因幽居万峰重峦而得名。它的名字含蓄内敛，而个性秀外慧中，景色属耐看慢热型。这种不事张扬的性格，倒是很对我的脾气。相处久了，我越发地喜欢它。有时候，竟会流连忘返，也许是日久生情的缘故吧。

万峰湖是天生桥水电站用高坝将珠江上游的南盘江拦截而成。水域面积176平方千米，沿江湖长有140多千米。湖面最宽处8～9千米，而水深超过100米。因其蓄水量超过100亿立方米，位列我国第四大淡水湖——呼伦湖之后，故有人称之为中国第五大湖。

万峰湖既是珠江上游的生态屏障，又是云贵高原上的一颗璀璨明珠，也是珠三角经济区的重要水源地和水质调剂源泉，还是西电东输的骨干水电站之一。

湖内有岛屿30余座，半岛50多个，峡湾80余处。享有"万峰之湖，西南之最，山水画卷"之美誉。同时还是国家级风景名胜和闻名遐迩的"野钓者的天堂"。

泛舟湖上

庚子年春，我又一次来到万峰湖。比起第一次来，多了一份想见它的急切心情。车子沿着"之"字形的山路，经过一番盘旋，在半山腰的一块小平地停下。山的下面，是此行目的地——红椿码头。

抬头上望，山顶云雾缥缈，峥嵘偶露，显得羞羞答答。我不见湖的踪影，怀疑自己下错了车，来错了地方，有几分疑惑。

在向导的引领下，一行人顺着陡峭的台阶，小心翼翼地赶往泊船码头。上一次，我只见过它的几个湖汊峡湾，未见其真容全貌。这一次，我准备一探究竟，故而无心欣赏眼前的景色，急不可耐地穿过道道森林屏障。

透过密密层林，俯瞰窥探，原来万峰湖并没有我想象中的辽阔浩渺。受两岸山峰的挤压，它犹如一条窄窄的湛蓝色彩练，束缩在如黛的群山之中，仿佛在向游人抱怨，这里是山的世界，不是水的乐园。

下到湖边才发现，时值枯水季节，也许是为确保发电量，或为汛前腾空库容的缘故，湖岸的水位消落带已迅速下切，据目测有二三十米高。

离岸不远处有一石峰，经风浪反复拍打冲淘，瘦骨嶙峋，鬼斧神工，纤腰束素，耸立湖中。它位于大山的脚下，好似微缩的山水盆景，反衬出群山的巍峨。

山水盆景

用彩色塑胶搭就的悬浮式码头，旁边停靠着一排排的游船快艇以及各式各样的风帆与摩托艇，像在招呼宾客："赶紧上来吧，别耽误了这美好的时光。"

登上游船，才发现映入眼帘的景致与从上往下看的景色截然不同。群山已被湖水推开，湖面宽阔多了，山也不再拥挤。

湖光山色，水天相映。水质优良，透明度高。水温柔和，溶氧量高。港湾深邃静谧，湖汊狭长悠远。仿佛置身于一幅独特的山水画卷。

马达响起，顿时惊扰了一群白鹭。它们从头顶掠过，旋即消逝在远方的峰峦丛林之中。

游船驶出，在船尾卷起朵朵浪花，划出一道道优美的弧线。

船过之处，时而遭遇两岸高耸入云的巅峰，时而碰见斧劈刀削的绝壁，乃至突如其来的森林峡谷。一路美景连绵，广收博纳，目不暇接。

航行约半个小时，湖面变得更加开阔明朗。

我站立船头，凭栏远眺，隐约可见远方的拦河大坝。湖面波光粼粼，烟波浩渺，水天一色。心中不禁油然萌发：这才是大湖该有的样子。

游船驶入主航道，溯江而上。北面为贵州布依族的生活地，南向则是广西壮族的集居区。沿湖两岸的峰丛石林、溶洞天坑、森林村寨、农舍田园，向游客尽情地展示着这里的山绝水美。

湖边三三两两的野钓爱好者，撑起五颜六色的遮阳伞，组成了一道亮丽的风景线。点缀在树林中的山村古寨，民族风情浓郁。布依族的吊脚楼里，不时传来阵阵山歌，和着悠扬的琴声，无论是刻意而为，还是激情抒发，都落在天籁之中。

船至湖心，围着岛屿绕行。岛上，人工栽植的桉树林，一棵棵挺立颀长的躯干，扬起高傲的头，奋力伸向天空。恰似排列整齐等待检阅的队伍。一个个昂首挺身，英武雄壮。

仿欧古堡

少顷，苍翠的岛屿前方，似有琼楼玉宇，仿若海市蜃楼，若隐若现。待到近前，原来是一座名叫吉隆堡的仿欧建筑。那样式，很容易令人联想起欧洲的天鹅堡。联袂天空中朵朵白云，荡漾在悠悠碧水中，宛若人间仙境，令人躬身赞叹，拍案叫绝。

布依美食

时值中午，游船抵达南盘江镇。我们拾级而上，来到码头上方的街道，这里已形成一个不大不小的旅游小商品市场。虽算不上琳琅满目，湖产湖鲜也算品种齐全。

当我看到一排小摊，摆放着收拾得干干净净、经过烘焙的大大小小的鱼虾，不禁勾出了儿时记忆的家乡味道。我赶紧采购了两斤，随即打包，快递回家，以解思乡之馋。

来到就餐地点，好客的布依族村民为我们准备了许多自助式的布依族美食。简单寒暄过后，我们拿出自备的餐具，取来喜爱的菜蔬美食，在露天餐桌旁，大家边吃边聊。一聊到布依美食，驻村干部洋溢着一脸的自豪感。

他向大家热情推介餐桌上的美食，还详细介绍了布依族的饮食文化。如主食方面，有"无糯不过节，无糯不成礼"的习俗。其中最具代表意义的五彩糯米饭、血肠粑、褡裢粑、包粽粑、枕头粽等都是以糯米为主要原料制作而成。或招待客人，或馈赠亲友，或用于节假庆典，或敬奉祖先神灵。

菜肴则以酸食为主，以酸汤鱼最具特色。同时还有麻辣鲜香的菜肴和熏制腌泡的食品。尤其到了过大年或六月六等传统节日，各种珍馐美馔，叫人欲罢不能。

餐桌上有肉必有酒，特别值得一提的是布依族便当酒。由各家各户用糯米，或者辅之其他粮食，或者掺和蜂蜜酿制而成。

布依族十分好客，并有"一家来客全寨亲"的待客之道。尤以客人在村寨喝"转转酒"而闻名。人们的幸福，仿佛永远沉浸在美酒之中。他绘声绘色地介绍，让我们听得入迷，恨不能将布依美食全都体验一番。

吃过午饭，大家沿途还考察了生态茶园、枇杷和沃柑等种植基地，听取了引种咖啡的讲解。由此可见，布依族还是一个与时俱进的民族。在发扬传统美食的基础上，新食材的引进必将丰富布依族的现代餐桌和饮食文化。

自那之后，留在万峰湖区的日子里，我们开启了美食的寻访之旅。有采集，有选购，有品鉴，有制作，真实地领略了布依族美食的风味。

其中，主食有五彩糯米饭、耳块粑和糍粑，时鲜的野菜有刺五加嫩芽、蒲公英、野芹菜和当地村民最喜爱的鱼腥草。主菜有酸汤鱼、烟熏肉、牛干粑、干豆腐、干腌菜等。对于感兴趣的美食，我觉得确实鲜美，而有些饮食却有难以言表的味道，既张扬又含蓄，反复刺激、丰富着味蕾。

我们还打听到当地特色果品有海子梨、大红袍柑橘、麦熟李、大五星枇杷、野生猕猴桃等；特色农产品有金银花、茶叶、花椒、竹笋、甘蔗、生姜、魔芋、芭蕉芋等。质量上乘，十分畅销，供不应求。若选择适时出游，一饱口福的同时，还可满载而归。

夜宿楼纳

楼纳是布依语，意为"美丽的田坝"。楼纳是一个典型的布依族聚居村寨，处于岩溶地区，为高原峰丛地貌的坝子地块。村寨中心区域已经过改造，村容寨貌整洁。池塘河堤整修成形，修建成湿地花园，显得和谐自然、美丽大方。

村寨的核心区域，布依民居在外形上虽然还保留着传统的式样，更多的却像现代别墅。由于没有圈养牲畜的需求，这部分功能基本改良成会客的厅堂，搭配石砌的寨墙形成大大的院落。

村寨的边缘地带仍然保留着部分最具布依族特色的建筑。有平房、楼房和吊脚楼等多种传统建筑形制。多以石头、木材为主要建材，存有少量全部由石头搭建而成的石板房。

楼房一般上层住人，下层圈养牲畜。房间布局，堂屋后壁设置神龛供奉祖先。左右两侧分隔成灶房、寝室和客房。

通向各处的石板小道和石质拱桥与建在山顶的石砌古堡遥相呼应，形成独特的石头建筑群。一同融合在周边的山水田园之中，构筑成相互映衬的田园风景画。

我们晚上停歇的地方，是一栋经过精心改造的布依族民宿。外形保留着石质建筑风貌，里面的布设，几乎与城市里的特色宾馆无异。屋内的装饰陈设，有布依族的蜡染、刺绣和织锦制成的挂画。家具和摆件，则以布依族的编织和雕刻当家。

在宽敞的露台上，热情好客的主人递上热茶，就向我们推介起布依族国家级非物质文化遗产。有音乐"八音坐唱"、查白歌节、布依戏、布依族勒尤、高台狮灯舞等。并且告诉我们：哪里的三月三对歌会最热闹，哪里的服饰表演、铜鼓表演、布依舞蹈等最有名，甚至不惜泄露如何酿造便当酒、怎样用花汁和树叶汁染制五彩糯米饭的制作技艺。

猜其目的，或许就是希望我们能在那儿多住些时日，更好地感受布依族文化魅力。

晚餐后返回民宿，几声犬吠打破了山寨的宁静，仿佛有种风雪夜归人的感觉。

夜深了，几声蛙鸣，几声蛐蛐叫，催人入眠，那就尽情地享受这大自然的恩赐吧。

黎明时分，远处传来了久违的阵阵鸡鸣，将我从睡梦中唤醒。洗却了满身的疲惫，迎来了全新的一天。

漫游散记

万峰湖区冬无严寒，夏无酷暑。雨量丰沛，日照充足。雨热同季，气候宜人，是适合人类养生居住和发展农业生产的好地方。

在湖区周围，生物资源十分丰富。长有银杏、鹅掌楸、桫椤、苏铁等数十个珍稀树种，种有石斛、天麻、杜仲、三七、灵芝、金银花等逾千种药用植物，是贵州省中草药药源宝库之一。

万峰林

同境中的万峰林和马岭河峡谷两大风景名胜，连同兴义国家地质博物馆，为万峰湖景区增光添彩。

加上黔西南州州府兴义市正在打造的国际山地体育产业，包含户外垂钓、健身训练、徒步探险等运动基地；深度开发的威舍红军村，贵州精神教育长廊；积极培育的度假休闲、生态采摘、温泉疗养、森林养生等慢生活园地，为发展山地运动产业和文旅康养产业奠定坚实的基础。

我在万峰湖区逗留了二十多天，与第一次只见过她的湖汊峡湾有所不同，深深地被她秀美娴静的环境所折服。所有的烦躁与寂寥，都在丰富多彩的景点和频繁的活动中，变得云淡风轻。撰写此文，希望与有缘人共飨。

万峰湖码头

2020 年 4 月草拟于黔西南州兴义市

2020 年 5 月改定于北京

逆境之悟

　　人的一生，不可能一帆风顺。在追逐鲜花和掌声，收获赞美与艳羡的同时，难免偶发意外。一旦人生遭遇逆境，且又避之不及，不仅需要保持一份淡定从容的心情，还需要有临危不惧的勇气，更需要有转危为机的能力。

　　当我累了，背一个行囊，来一次说走就走的旅行。收起往日的妒忌与艳羡，清空贮存的困顿与焦虑。抛开凡尘俗世，往山水聚焦，向花草凝眸。悦览人间精华，静赏大自然的馈赠，让蓄积的能量成为助力出征的新起点。

　　当我烦了，放一曲轻乐，停下手中的活计，按照自己的节律，随着曼妙的心曲，舒缓紧绷的神经。缩小曾经的烦恼，扩大当下的拥有，做个快乐神仙。让烦乱消散于清风，任灵魂在余音中飘摇，与有缘人共享。

　　当我倦了，泡一杯清茶，捡拾时光的碎片，怀念岁月的留痕。抑制物欲的躁动，摒弃世俗的偏见。苦心孤诣，淳朴内敛，净化灵魂，豁达自然。以了然于心的平静，去重启幸福的源泉。

当我闲了，读一卷好书，放松心境，回归纯粹的本真。稳坐寂寞，汲取精华，优雅自如，厚积薄发。珍惜当下宁静而谦逊的生活，尽享人生一段美好时光，期待再一次扬帆起航。

当我厌了，温一壶老酒，挥别一段故事，送走一份痴念。等待挚友将临的那种感觉，期待着无尽的温暖、无形的陪伴去消除疲惫。逍遥自在，随遇而安，顺其自然，感知那苦中带涩的甘醇。

当我伤了，寻一处清幽，静坐于回忆之中，品味曾经的歌。不困于情，不憾于心，忘却过往，安放忧伤。或吟或唱，或品或饮。书棋为伴，茶酒相随。把失意当成诗意，坦然面对失去与拥有，在轻松中奋力前行。

当我痛了，选一处村落，就一种入乡随俗的心性。物我相交，荣辱皆忘。藏锋守拙，随缘自适。抖落纷繁的纠葛，舔舔身心的伤痕，处之泰然。纵然生活以痛吻我，我却还能以歌报之。

当我退了，换一种方式。以一种超然洒脱，就一份成熟练达，只悦纳自己，不为难他人。恬淡从容，丰富自我。气定神闲，愉悦自我。尽力拓展生活的深度，拉伸生命的长度。让自己活得优雅，活出精彩。

当我老了，找一间草庐。远离喧嚣与浮华，幽居山水之间。牵着岁月，留住时光。珍惜他人，心存感念。晨吻飞霞，暮守苍茫，聆听那花开花落的声音。静待江南的烟雨，去朦胧一纸回忆。

当我走了，若一缕云烟。一辈子取用那么多，也该回馈自然了。没有遗憾，不用悲伤，不带走一片云彩，用剩余的躯体，连同一抔黄土，去呵护那待哺的青苗，去维系那亘古的永续循环。

2017 年 4 月于上海

神秘的泸沽湖

一

车至泸沽湖畔，已是暮霭沉沉。站在宁泸公路旁的观景台上，视线变得模糊起来。远处的黛山，近处的平湖，算是有了初见。不一会，天空掉下雨点儿，只得草草收兵。

泸沽湖位于云南省宁蒗县与四川省盐源县的交界处，古称鲁窟海子。"泸沽湖"在摩梭人的语言中，意为"山沟里的湖"。

泸沽湖是一个高原溶蚀断陷湖泊，湖形呈弯月状。湖盆四周群山环抱，湖岸弯曲，多呈半岛岬湾。湖内有大小岛屿七个，属石灰岩残丘。逶迤的后龙山直嵌湖心，造就了优美的自然景观。

据资料显示，泸沽湖具有低纬高山季风气候特征，是中国第三深的高原淡水湖泊。属于长江水系，最大水深105.3米。湖面面积58平方千米，海拔2685米。湖水最大透明度深达12米。湖畔的格姆女神山，高3754.7米。

第二天，天刚蒙蒙亮。我兴冲冲地跑出宾馆，本想领略一番日出时分的雾霭烟霞、朝阳喷薄而出、湖面一片金灿灿的风采。谁承想，昨天间歇性的降雨，尚未唤醒清晨的湖光山色。伫立湖畔的格姆女神山，宛若娇羞的少女，隐匿在浓雾深处，难露峥嵘。

　　近处的山林村舍，若隐若现，欲露还羞。我快步跑向湖边。如镜的湖面泛起轻纱般的晨雾，如梦如幻，挥之不去，掰之不开，斩之不断，令人飘飘欲仙。

　　高原的天气真是奇妙无比，变幻莫测。刚才还睡意蒙眬的样子，当我来到湖边时，随着山风悠悠拂过，瞬间推开了茫茫迷雾。远山近水，在寂静空灵中豁然开朗。

　　我仿佛进入了一个童话世界、水上天堂。云雾在山间飘浮，犹如一幅幅泼墨丹青。神秘的湖水，随着滩涂的深浅，光影的映射，云彩的变幻，以及湖内生长的水生植物与湖底形形色色的矿物质而瞬息万变。或湛蓝，或翠绿，或浅灰，或嫣红，就像一块块巨型调色板平铺水中。

格姆女神山

行至高处，湖畔丰富多彩的植物品种按照各自的习性节律，排列错落有致，原生态气息十足，生物多样性尽显。这如诗如画的旖旎风光，瑰丽质朴，值得驻足欣赏，给人以巨大的视觉享受。

二

早餐过后，氤氲湖面的晨雾早已消散。阳光从朵朵白云间倾泻下来，照得湖面水波粼粼，五光十色。时而深沉，时而闪耀，时而飘忽不定。我又一次领略了朝阳参与湖水变幻的魅力。

考察组一行人乘坐的独木舟，被当地人称作猪槽船，由大落水码头出发，行至里务比岛浅滩。这里的湖水能见度极高，让人看得通透，充满遐想。

波叶海菜花从湖底长出曼妙绵长的花茎，回延升向湖面，清晰可见。洁白的花朵，清新淡雅，宛若仙女从天空任意撒落，信意装扮着碧透的湖水。湖面的鲜花，星星点点，随波荡漾，故被戏谑为"水性杨花"。

千百年来，沉淀堆积在湖底的植物残体等有机物质，经微生物分解，释放出大量的甲烷气泡。在澄澈的湖水中，经阳光照耀，活像一串串晶莹剔透的珍珠，渐渐由小变大，从湖底奔涌上来。

倾倒于水中的树木，年复一年，被钙华凝结定格。在湖底形成罕见的"玉树琼枝"，至今仍在诉说着它曾经的辉煌。

船至湖峡，当地的陪同人员给我们讲述了一则凄美动人的故事。相传很久很久以前，在美丽的里务比岛上，住着一位聪明善良的漂亮姑娘，与后龙山中勤劳英俊的小伙结成了阿夏（走婚）关系。

　　一天夜晚，小伙与姑娘相约，满怀喜悦地赶赴里务比岛，与心上人共度良宵。行至半途，潜伏在湖中的孽龙心生嫉妒，故而兴风作浪。顿时狂风大作，掀起滔天巨浪，把连接陆岛的独木桥吹落得无影无踪。小伙当即被孽龙擒住，并缚在树上。

　　姑娘久等不见情郎，天将欲晓，寻至桥边。见孽龙作祟，便与之周旋。经过数十个回合的较量搏斗，最终怒斩孽龙。

　　待她返回时，眼见情郎已与湖畔的大树融为一体。姑娘悲痛欲绝，只得在断桥边痴痴守护。直到自己同样化作一棵参天大树，与之相对而立。至今，游人还能看到伫立在湖峡两岸的一对大树，依然含情脉脉、恋恋不舍地守望着对方。

泸沽湖

从船上下来，我们一行人走过了多姿多彩的情人滩，参观了如胶似漆的情人树，来到了镶嵌在泸沽湖东南面的草海。一路的景致，处处散发着迷人的浪漫色彩。陪同人员一路不停地给我们讲述着摩梭人的文化习俗。

勤劳善良的摩梭人，一直坚守着亘古独存的母系氏族的遗风民俗，被外界称之为"神秘的女儿国"，至今保留着"男不婚，女不嫁"的走婚习俗。

三

中午时分，深邃的天幕下，白云悠悠，柔风习习。生长在湖内的一片片挺水植物，袅袅娜娜，宛如一块块翠绿的宝石，与清澈的湖水相互映衬，遥相呼应。身处这淳朴天然的美景，一时竟忘却了旅途的疲乏，忘记了尘世的喧嚣。

来到走婚桥头，只见一座由木板铺就的走婚桥，与湖岸蜿蜒相连，把游人引向静谧的草海深处。这里视野开阔，是中途停歇的好场所。

于是，大家自己动手，弄起了烧烤。湖畔的小摊贩提供的食材十分丰富。有各色的湖鲜和小鱼，有腌制的牛羊肉，也有鸡蛋和豆腐，还有土豆和野菜。经过一番调制烧烤，新鲜香酥的美食就着琥珀色的普洱茶，让每一个味蕾细胞都得到了充分的享受。置身泸沽湖畔，圣湖美景，仪态万方，令人赏心悦目，流连忘返。

接着，大家又沿湖考察了几处试验观测场地，圆满完成了当天的任务。这时，夕阳西沉，山岚泛起。在当地陪同人员的引领下，一行人前往一户摩梭人家用餐。

沿着石板铺就的小路，走进古树掩映的庭院，踏入设有火塘的正室。只见围合式的木楞房布置得井井有条。宽敞明亮的祖母屋，桌上早已摆下了果品茶点。大家见面，互致问候，便按当地的习俗围坐下来。主人随后献上热气腾腾的酥油茶。

由于初次见面，彼此不太熟悉，考察组成员也不甚了解摩梭人的民风习俗，刚开始只询聊了些经济和生态方面的问题。

从交谈中得知，摩梭人为了发展旅游事业、保护生态环境、促进社会和谐，由当地政府安排，每户人家至少享有一份安稳的工作。要么晚上参加节目表演，要么白天划船，再不济也会安排一人做保洁，搞环境卫生。以确保每个家庭都有固定的收入来源。聊着聊着，大家的话题越来越多，谈兴越来越浓。不一会儿，主人为我们准备好的摩梭特色美食陆续摆上桌来。

摩梭美食

身着传统服饰的摩梭姑娘为我们唱起了热情奔放的民歌，并为每位客人敬上一大碗浓郁的苏里玛酒，俗称"咣当酒"。主人十分热情，一边介绍菜品，一边劝吃劝喝，忙个不停。客随主便，我们尽情分享了主人提供的丰盛晚宴，惬意酣畅。

辞别主人，带着微醺，我们一行人来到篝火晚会现场，顺道找了个位子坐下。场内，熊熊的篝火已在广场中央燃起。一位美丽的姑娘正在台上与青年男子高声对唱情歌。其余的男女手牵着手，沿篝火围成一圈，踏着节奏，载歌载舞。据说这种场合，曾是摩梭姑娘挑选情郎的佳期，如今更多地演变成面向旅游的日常演出活动。

湖心岛

回到宾馆，在泸沽湖一天的活动就像一幕幕电影。画面在脑海里不停地切换，真可谓如痴如醉，余味无穷。

感恩上苍的赐予，感谢守护者的付出。同时也祈愿这里的特色传统永存，自然美景永驻，蓝天白云永续。

尚未离开，就期盼着再次与之重逢，与之亲近。若有机会，我愿意再一次，来享受这独属于泸沽湖的潇洒浪漫与神秘悠然。

2016 年 8 月 29 日夜于泸沽湖畔

走近哈拉湖

走近哈拉湖，感觉很幸福。这里，虽离闹市远了，却距蓝天近了；离雾霾远了，距彩云近了；离浮华远了，距碧波近了；离尘嚣远了，距自然近了……

为保护大美青海，创建国家公园，我有幸随考察队走近了哈拉湖，她是我国仅次于青海湖的第二大咸水湖泊。

哈拉湖

盛夏时分，青藏高原上的太阳，看似十分温柔。强烈的紫外线却一点也不含糊，厉害的黑色素，可以任意涂抹每一处暴露的皮肤。故而考察队员个个不敢大意，人人严阵以待，又是防晒霜，又是遮阳帽，把自己包裹得严严实实。

一切准备就绪，一行人兴致勃勃，驱车前往。沿途广袤的草原戈壁，在车窗外悠悠流淌。蓝天白云，似乎触手可及。

特别令人惊喜的是，不时有野性精灵闯入眼帘。它们多为平常少见的山鹰、秃鹫、藏羚、野驴和旱獭。运气好的话，还可见到狡猾的狐狸和凶悍的大灰狼，甚至还有笨拙的棕熊，抑或灵巧的雪豹。

它们或翱翔云天，或徜徉草原，或出没潜行，或依偎撒欢，或呆萌张望，或自在悠然……一旦人车靠近，草原精灵旋即消失在视野里，原野顿时变得静谧而神秘。

哈拉湖有如沧海遗珠，很少有人踏足。车临湖畔，放眼远眺，湖光山色，一览无余。湖畔雪山，熠熠生辉。湖内碧波，祥和荡漾。揽物于胸，仿佛可洗尽铅华，涤荡污垢，陶冶情操，净化心灵。那种超乎想象的雄浑和壮丽，怎能不让人感慨万千？

哈拉湖畔

回望过往，恍若云烟。曾几何时，人的贪婪猎取和滋扰导致地球上的生境岌岌可危。那种杀鸡取卵、竭泽而渔的生产方式，给自然环境造成了难以弥补的生态创伤。

如今低头扪心，细细领会。世上的每一个物种都值得尊重，每一个野生动物都值得敬畏。保护自然生态，庇护野性精灵，也许就是救赎人类自己。

宽恕吧，我曾经受伤的心灵，抱怨过高原的萧瑟蛮荒；原谅吧，我曾经的愚昧无知，轻蔑过人类的奉献守望。

原来这生命的境地，竟是生活的高处；这生存的禁区，还能让灵魂升华。经过这次心灵洗涤，我心往之，很不情愿舍弃远离。无论走到哪里，都愿与你亲近。无论身在何处，都希望你得到呵护。

忘却过往，感悟自己。我只想对着受损的高原大声疾呼：请让我走近，你别走远。

我愿掬来一片彩云，覆盖这冻原雪线不再上移；我愿奉献一片冰心，守望这珍稀物种不再消逝；我愿掬来一抔沃土，丰腴我走过的茫茫戈壁；我愿引出一泓清泉，激活苍凉的莽莽荒原；我愿化作一颗雨滴甘露，滋润嗷嗷待哺的青青嫩苗；我愿造就一方林荫草地，庇护青藏高原的野性精灵。

让我抖落曾经的疲惫与无奈，抚去昨日的伤痛和泪痕。让这里远离攫取与杀戮，远离猜忌与欺诈；让这里的种源繁衍，自然优胜劣汰；让这里的种群结构，自由竞争组合；让高原优良的生境永存，生命永驻。

新的时代，新的使命。新的理念，新的境界。放松心情，重塑自我。走进高原，拥抱自然，迎接那崭新的朝阳。

我庆幸：我走近了哈拉湖，而它却进驻了我的心……

2016 年 6 月 21 日于德令哈

平衡与失衡

世间万物，皆有自身的运行规律，均摆脱不了发生、发展和消亡的命运。事物运动往往存在于平衡与失衡的动态变化之中。

在自然界，无论是地质的大循环，还是生物的小循环，抑或大气的水分循环，皆是如此。

地球表面的岩石经过风化，变成碎屑、细沙、泥土和尘埃等细小颗粒，被水力、风力和重力等外营力搬运迁移，输送到海洋或湖泊等低洼处。经过漫长的地质年代沉积蜕变，又出露地表，再次进入风化淋溶的侵蚀过程，这便是地质的大循环。

生物的小循环能让自然界的无机物通过生物体的光合作用而变成森林、海藻等有机物质。最终在人类、动物和微生物的帮助下加以消耗，或果实成熟、脱落及腐败后又回归自然，分解成无机物。

地球上的水，均由雨、雪、雹、霜等形式降落到地球表面。通过自然蒸散发，继而返回空气中。又经大气环流或垂直气流所挟带、集聚与碰撞，再次以类似的形式回归。

所有这些循环反复的过程，在某一时空达到相对稳定状态。这种状态在生态系统中，便称为生态平衡。由此可见，这种平衡也是一种动态平衡。不同之处，只是在时空和数量上发生变化而已。

水循环

旧的平衡一经打破，必然由新的平衡所替代。众所周知，社会的失衡会引发战争，肌体的失衡会产生疾病，那么，生态的失衡必将导致自然灾难。

君不见，人类曾经充满悖谬的生活，违背自然规律的攫取，将恶行当时髦的行为导致了极端气候的出现、自然灾害的频发、风沙旱涝的肆虐、水华酸雨的凸显、PM2.5的暴现、土壤的污染酸化等灾害。这给人类自身的生存和社会的发展带来不可挽回的损失。严重的时候，能引起动植物种群的灭绝、物种基因的丢失、病毒瘟疫和禽流感的频繁光顾，以及癌症、艾滋等疾病的蔓延滋生，甚至导致人类战争的爆发。

大自然同样有自身的道德规律和生态平衡，同样存在自净处理与自我修复的能力。所列举的这一桩桩、一件件，哪个不是因生态失衡所致？这何尝不是大自然在追求一种新的生态平衡的过程？

平衡与失衡本身没有对与错。若站在人类与生态文明需求的角度，那就不一样了。人类欲想脱灾免祸，必须维系有利于人类生存和发展的生态平衡。

平心而论，维系生态平衡，可谓人人有责，人人有份，人人可为。人类自己切莫以恶小而为之，哪怕是不经意的一片纸屑、一个烟蒂，都必须妥善处置；莫以善小而不为，哪怕细小到不乱扔垃圾、不践踏草地等行为规范，都应该自觉遵循。

只要每个人都做好那么一丁点儿小事，累积起来，其量无穷，其力无边。这种状况在数学上称之为"△"（在数学中，△常常作为变量的前缀使用，表示该变量的变化量）。当△趋向于无穷大时，那它的累积效应就是无穷大，就会出现由量到质的蜕变局面，由此而产生的结果将会十分剧烈，甚至排山倒海，翻天覆地。

如果人人都不破坏环境，维系优良的生态平衡，就会有更多的青山绿水、蓝天白云。反之，就会造成自然灾难，祸及自身。

当然，要维系有利于人类生存和发展的生态平衡，不可能一蹴而就。首先要充分认识自然，了解自然；然后遵循自然，保护自然；最终才配欣赏自然，享用自然。

只有这样的理智和善行，只有这样的大智慧，方有大回报。否则，作恶者，必罪大恶极；行善者，乃善莫大焉。好在世界达成了共识，众多国家的最高领导和有志之士，对生态平衡高度重视，并已经行动起来，采取了许多行之有效的措施，来维系有利于人类生存和发展的生态平衡。则国政自然清明，人心自然归正，这才是真正的人类福音。

2015 年欣闻《巴黎协定》达成而作

狮城浅识

美丽的花园

2006 年 11 月 16 日凌晨，随着飞机的徐徐降落，我踏上了新加坡这个熟悉而又陌生的国度。所谓熟悉，是因为这里虽远离中国，但族裔基本相同，面孔长相相似，且大多数人讲华语，还时有耳闻，这座城市小巧玲珑，是世界著名的花园城市。而陌生，则是因我第一次踏上这个国度的国土。

从国内到国外，从白天到夜晚，从冬天到夏天，从陆地到海岛，跨度的确有点大，随身穿着需做适度调整。待整理完毕，从樟宜机场出来，已是凌晨两点时分。

乘上接机的专车，一路顺畅。沿途灯火阑珊，树影婆娑，仿佛游历海市蜃楼一般。不久，便抵达此行目的地——南洋理工大学。

清晨，一阵清脆的鸟鸣声将我从睡梦中唤醒。我忘却了旅途的疲惫，快步走出宿舍，奔向校园。

映入眼帘的是远树排排，近花簇簇。山峦如茵，草地如毯，林木葳蕤。到处郁郁葱葱，生机盎然。就连许多房屋的露台上，都种上了艳丽的三角梅，组成的立体绿植，可谓美不胜收。

校园草地

我贪婪地吮吸着带有海洋气息的清新空气，精神为之一振。要是不看标识，还真分不出我所处的位置究竟是花园还是校园。那高大的南洋樱，婀娜的垂柳，挺拔的椰树、棕榈和蒲葵，尽显热带植物繁茂、富足及优雅的个性。

一只灵巧的松鼠，冷不丁儿从绿篱灌丛蹿上了路旁的树干，扭头向我俏皮地张望。似乎是在暗示，它就要进行一场高超的特技表演了。小松鼠迅敏地爬上树梢，忽地腾空而起，跃入一个更加浓密的乔木树冠，消失在丛林之中。

返回的路上，这才发现，多情的露水已沾湿了我的衣裳和鞋袜。草尖尚未滴落的露珠，在朝阳中闪闪烁烁，熠熠生辉，好像在嘲笑我的鲁莽。

新加坡终年如夏，位于赤道北纬一度多，是典型的热带海洋性气候。阳光对这片土地格外慷慨，雨露对它也十分厚爱，气温终年在 30 摄氏度左右，年降雨 2000 毫米以上。难怪有人说，这样的地方，插根筷子都能发芽。

曾几何时，新加坡经历了"先破坏后治理"的过程。建国之初，许多树木遭到滥伐，大雨将地表的土壤和养分一同冲入大海。致使部分地方基岩裸露，寸草不生，给当地带来了莫名的灾害。

自那以后，新加坡政府不惜重金聘请国外专家来此改良水土，培育花草和引种树木。与此同时，新加坡人对城市做了精细的科学规划。主要体现在形态结构、空间布局和基础设施的体系上，经过长年坚持不懈的努力和建设，才有了"花园城市"之美誉。

新加坡人深知成果来之不易，因此十分珍惜自己的家园。规定每个建设项目，都必须先规划绿地，交绿化定金，并限期绿化。如今，新加坡的城市规划凸显了人与自然和谐的理念，项目建设勾勒出建筑与自然融合的主题。爱花护草已成为每个市民的自觉行为。

亲眼所见：在建设工地，没有大动干戈，而是依山就势。施工机械连车轮也要用高压水枪冲洗干净，才能驶离施工区。有了这样的意识，城市哪有不净不美之理？

漫步在大街小巷，或徜徉于休憩花园，或穿梭于林荫大道，或流连于厂房组屋，都会感受到设计大师们的匠心独具和建筑大师们的精心雕琢。它突出的不仅是建筑物的本身，还有行人的方便，以及建筑与环境的协调效果。这才克服了钢筋水泥和玻璃幕墙的单调呆板。游客才有了鲜花成簇，灌木成团，树林成网和绿化成带的视觉效果。亲历其境，看到那坡就其势，水畅其流，享受着人类创造的美景，焉能不心旷神怡？

为了保护岛屿的自然风光，新加坡还特例开辟了3000余公顷的林地、沼泽湿地等，用作热带雨林保护区和鸟类栖息地以及蝴蝶园与昆虫王国，用以丰富当地的物种资源，改善城市生态环境。其中裕廊飞禽公园聚集了300多种禽鸟，成为候鸟的乐园、留鸟的天堂。

走在宽阔的乌节路上，两边的商店鳞次栉比，人流熙熙攘攘。连同周边的"牛车水""小印度"和亚拉街等，构成了新加坡著名的商圈，尽显购物街的繁华。那些设计新颖、构思独特的产品，以及民族特色服饰和手工艺品，可谓琳琅满目，极大满足了游客的购物欲望。

圣淘沙是新加坡著名的休闲胜地，是游客必到的打卡点。它由一座跨海大桥与本岛相连，是一个面积不过四五平方千米的小岛。圣淘沙在马来语中的意思是"和平安宁"。该岛位于新加坡的南面，曾是英军的军事基地，后被政府收回，便赋予了这么一个美丽的名字。

来到圣淘沙，无论是漫步金沙滩，沐浴海风，感受海的气息。还是下海畅游，搏击风浪，体验海的味道。抑或遥望碧海蓝天，百舸争流，欣赏海的宽广博大。无论是奔走在高尔夫球场，尽情挥杆潇洒；还是参观蜡像博物馆，穿越新加坡的历史沧桑，都能体会到圣淘沙每一处景点所散发的自然美，每一项建筑与自然界的和谐。

流畅的都市

深入新加坡城，同样不难体会这个花园城市的动感之美，感受一派流畅的都市魅力。

人才流

新加坡的航空往返于世界上四十多个国家和地区的七十余座大都市。居民可以免签往来于英联邦国家，为人才流动带来了便利。

新加坡十分重视人才培养与流入工作，因其是促进该国发展的动力源泉。首先是在人才培养方面，通过国内严格的考试制度，挑选最优秀的学生到国外深造，直接接受现代的科技训练，吸收西方发达国家的先进理念，回国服务于政府。

其次是网罗世界上的杰出人才，通过移民定居和合作研究等措施，吸引精英人才为新加坡服务，提高其劳动生产力和世界竞争力。

最后是制定政策，吸引并留住国内外优秀人才。大力发展灵活的人力产业，改善人力资源开发、配置和管理环境，使这些人才都能找到理想的工作，并发挥其创造潜能。据统计，新加坡国内生产总值的增长，37%源自外来人才的贡献。

资金流

新加坡作为全球重要的商业都市区域，必须有接纳世界贸易、投资与金融的制度，才能实现顺畅的资金流。从国际经济大环境来看，新加坡做得十分出色，已有七百多家国内与国外的金融机构在此落户，形成了全球第四大外汇交流中心。2005年，金融产业占国内生产总值的12%，成为世界最佳的经商地点之一。

由于国家经济政策的前瞻性，新加坡用了不到十年的工夫，就成为区域金融中心和炼油中心。到20世纪80年代中期，建立了国际型经济基本模式，90年代形成高经济增长与国际型经济模式。当下又投资博彩业和生命科学等产业，铆足了发展的后劲。

这种务实的态度，使得本身公积金和储蓄沉而不淀，且通过降低税收，吸引外来投资，畅通了资金渠道，灵活应对了国际经济形势，增添了政府的经济实力。2003年累积外来权益资本投资2330亿新元，累积在外国投资2940亿新元。2005年人均国内生产总值达到26833美元。

物资流

新加坡位于马六甲海峡顶端，是一个国际化的航运和物流中心，且有世界上最大的集装箱码头，利用天然良港和优质高效的机场，与世界紧紧连在一起，为全球主要物流公司和供应链管理服务。

信息流

新加坡的信息十分发达，是全世界最早推行政府信息化的国家之一。在过去十年中，这里的信息技术领域保持着高达38%的平均增长率。2006年通过新加坡完成的电子交易额，已增至5亿新元。新加坡74%的家庭拥有电脑，65%的家庭实现互联网接入。

政府还有一项宏大的计划，那就是要把新加坡与世界大国和大城市全部连接起来，成为亚太地区的电子商务枢纽和世界通信强国。在政府付诸实施的有：利用资讯科技，加强政府与民众、政府与企业之间的互联互通；加快共享速度，提升办事效率；提高服务能力，成为经济腾飞的动力。

另外，从 2007 年 1 月起，新加坡计划在公共场所实施无线免费上网，7 月遍布全国公共场所。通过宽带数据通信网络和先进的信息技术，把政府与国民连接起来，与世界紧密地联系在一起，构建一个资讯通信无障碍的社会环境。

和谐的社会

新加坡与墨西哥一样，是以一座城市命名的国度。不同之处，新加坡是一个城市国家，而墨西哥不是。

走在大街上，看到那熟悉的面庞，听到那亲切的语言，即使偶尔遇见几个不同肤色的族群，还以为自己身处中国南方某大城市出差旅行，没有多少陌生感。

新加坡在马来语的原意是"狮城"，相传曾有狮子在此吼叫。它位于赤道附近，是东南亚的中心，由本岛和 63 个小岛组成，东西长约 42 千米，南北宽仅 23 千米，国土总面积 692 平方千米。人口不足 500 万。

新加坡于 1965 年独立建国，是一个以华族为主体，多民族融合的国度。其中华人约占 77%，马来人约占 14%，印度人约占 8%，其他种族约占 1%。

新加坡国会大厅

新加坡有四种官方语言，国语是马来语，商用、科技语言是英语，日常生活交流用华语或方言。由此可见，新加坡是一个多元化社会，由多种族文化组成，亦有"文化大熔炉"之美誉。政府在努力构建诚实正直、任人唯贤、机会均等、互相关怀与尊重的价值观。

在宗教方面，要求不得扬己抑彼。在语言方面，不许鼓动语言优劣论。在种族方面，不能压抑少数种族。无论任何种族，都可通过努力得到教育、得到工作、获得升迁，大家都有机会获得成功。无论你的肤色如何，都要做到有福同享、有难同当，都有公平、公正的竞争平台。无论你信仰哪一宗教，都要努力为促进国家的繁荣、家庭的幸福和社会的进步而奋斗。

人们常说的安居乐业，首先是安居。"居者有其屋"是新加坡政府强力推行的一项安居工程，也是一个构建和谐社会的基石。

在新加坡建国初期，拥有住房的人数还不足10%。很多人居住在拥挤不堪，用棕榈叶、箱子和金属片搭建而成的房子里。通过政府的不懈努力，到21世纪初，93%的人都住在属于自己的房子里。

与此同时，政府建屋发展局还对旧屋进行更新改造和配套设施建设，改善居民的居住环境，提供更多的方便。政府的一系列举措培养了居民的归属感，促进了邻里和睦，也增强了社会凝聚力。

新加坡政府鼓励自力更生，并非撒手不管。政府致力为适龄工作的贫困人士提供教育、培训及就业机会，以协助他们脱贫，并改善他们日后的生活。新加坡还灵活运用劳、资、政之间的关系，尽量为当地居民创造就业机会，致使新加坡成为世界上少有人失业的国家。

新加坡执政的人民行动党国会议员经常与基层民众保持联系，定期访问民众，释疑解惑，以处理各种矛盾与纠纷。我亲眼看见人民行动党成员利用晚上的时间接待上访民众。民众按先后顺序等待接见。议员们细心倾听民众述说需要解决的问题，并当场记录。有的问题当场得以解决，有的问题则研究后解决，并及时给予反馈。把问题和矛盾解决在萌芽状况，避免矛盾激化，积重难返。

人民协会负责社区发展，组织民众接受社会教育，参加文体活动，活跃社区氛围。社区发展理事会负责了解民众需求，解决民众疾苦，促进种族和谐，凝聚团结精神。

有了这样通畅的渠道，新加坡人既有安居，还能乐业，再加上优美的环境，怎能不心平气顺？怎能不形成一个种族和睦、宗教融合、社会和谐的氛围？

校园一角

　　新加坡能有当今这样的大好局面，得益于高效廉洁的政府和聪慧勤劳的人民，得益于良好的环境、较低的税收和优质的服务。

　　由于我在新加坡的时间不长，所学不精，了解不深，所述的内容难免挂一漏万或出现错误。不当之处，望予谅解。

　　我衷心祝愿中新友谊万古长青！

　　2006年12月16日，当太阳升起的时候，我告别了炎热的新加坡，踏上归途，回国迎接春天来了！

2006年12月于新加坡

晨曦

　　珍珠般的星星连同一轮弯月挂在静谧的天幕上，它们是那样的晶莹，那样的美丽，那样的绚烂多姿。

　　在这奇丽的景色之下，我正沿着崎岖而坎坷的道路走着，或者说是彷徨徘徊着。这时，天边飘来团团乌云，吞没了月亮，遮住了星星。顿时，漆黑一片，模糊一团。我如坠烟海，不知所向。因为我能走，故仍在不停地走着。突然，绊到了一个光溜溜的石头，脚一滑，险些儿摔倒。"啊！"就这样在睡梦中惊叫一声，醒来了……

晨曦

我不敢回忆这种噩梦，是因为害怕它重现。于是，就再也睡不着了。心里盘算着时间，估摸着差不离就要天亮了。想到平时都起得晚，今天何不趁机起个大早。于是乎，我一骨碌从床上爬了起来，走了出去。可结果是"莫道君行早，更有早人行"。

"Good morning！小华。"一个同学亲切地向我招呼着，我也随声问候。抬头望去，一幅美丽的画卷映入了我的眼帘。

晨曦中，许多同学早已舒展双臂，刻苦地锻炼开来。在那宽阔的操场上，他们那刚健的步伐、矫健的身影、灵巧的动作、优美的体形，衬托出他们青春的姿影，反映着他们的攻关精神。

朝晖里，梯田上的排排林木是那样生机勃勃，刚张开的嫩叶是那样青翠欲滴。晨风吹得它们沙沙作响，仿佛在吟唱着一支支优美的抒情曲调。栖息在山沟里的小鸟，也拍打着翅膀冲向蓝天，飞向远方，留下一串串动听的声音。

阳光下，处处充满了清新的气息，到处点缀着鲜艳夺目、妩媚多姿的鲜花。那晶莹剔透的露珠，反射出太阳奇异而纯真的光辉。

一阵清凉的晨风，夹带着山花的芳香扑鼻而来。我贪婪地吮吸着清晨的新鲜空气，步履也加快了许多。多情的露珠不知什么时候已洒满我一脸一身，舒服极了。我情不自禁地感叹起来："呵！多美丽的早晨啊！"

在校园悠扬悦耳的电子音乐声中，又一队同学从我身旁跑过，我被人流所裹挟，伴随着跑了起来，追了上去……

沿途，有节奏的早读声，不时地从四面八方传来，真的让人陶醉。我仿佛只听到一个时代的强音：向科学进军！

我无须用更多的笔墨，去虚构或增添情节，再用美丽的辞藻去描绘，只有如实地记下当天早上的校园见闻。此情此景，我怎能不因和这群勤奋的人一起学习而高兴？！怎能不为生活在这样的时代而自豪？！

雾霭在晨曦里消逝，战斗在晨曦中来临。聪明的人不会被同一块石头再次绊倒。我相信这个古老的民族，不再是落后的代名词。四个现代化一定能尽快在我国实现，中华民族一定能赶上和超过世界先进水平！

原载于 1980 年 5 月 5 日《中南林学院报》第四版

大学校报

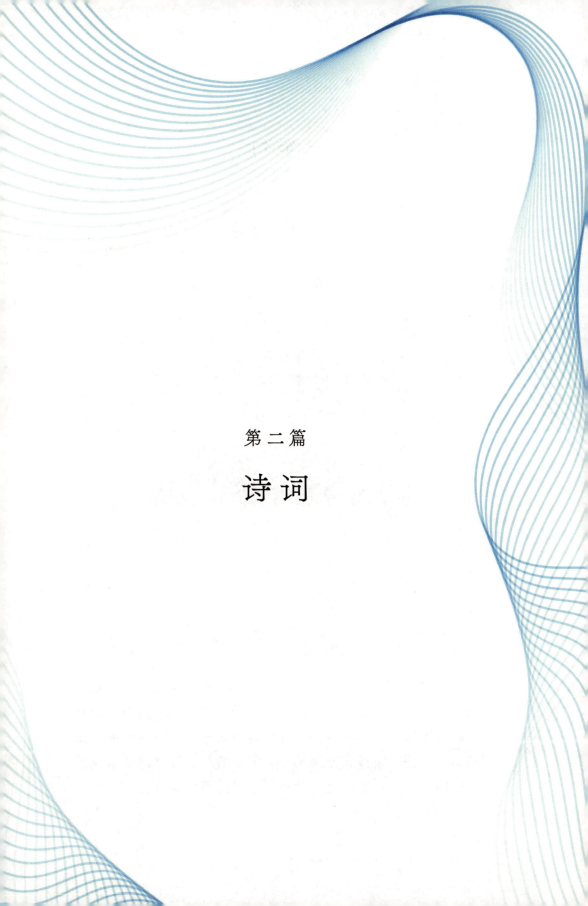

第二篇

诗 词

绝句

七绝·无题

阳春三月觅春风，一路缤纷到圣城^①。

极地^②苍茫犹可叹，穹山^③高洁不争春。

癸卯年仲春于拉萨

拉萨城郊

注释：

①圣城：指拉萨城。

②极地：指地球第三极的青藏高原。

③穹山：指地位不凡的高山。

2023年阳春三月，笔者从山花烂漫的岭南，中途转回樱杏灼灼盛开的北京，一路追逐春的气息，于落英缤纷的月末来到圣城拉萨。而在那被称为地球第三极的青藏高原，依然是一片苍茫肃穆，不得不令人躬身赞叹，原来那些地位不凡的高山，其高洁之处，就在于不与世间争宠争春。

七绝·青海湖仙女湾

绿野融红藏报春，迎来仙女下凡尘。

飘过西海①风堆雪，醉卧瑶池②梦幻中。

壬寅年夏于青海湖畔

青海湖仙女湾

注释：

①西海：青海湖古称西海。

②瑶池：即青海湖仙女湾。

美丽红艳的西藏报春花盛开在辽阔的翠绿色大草原，引来了九天仙女。她们乘风飘过了湛蓝色的青海湖，在湖面泛起朵朵浪花，宛如堆堆白雪。降临在这美若瑶池的仙女湾，并陶醉其间而流连忘返。

七绝·瑞雪

昨宵瑞雪堆成画，遍染琼枝透①丽华。

待到春来成水后，浸融②泥土更护花。

己亥年腊月十一日夜于京华

雪后小亭

注释：

①透：显露。

②浸融：悄无声息地渗入。

2020 年 1 月 5 日，农历己亥年腊月十一日夜，京城的一场大雪，纷纷扬扬，飘飘洒洒，下得干净利落。一夜之间，抹去了大地表面的一切污垢，屏蔽了所有丑陋的信息密码，涤荡了万里尘埃，将世界堆砌雕琢成一部鸿篇巨作。树梢枝头都染上了冰雪，形成的玉树琼枝显露出鲜花一样华丽。待到春天来临，瑞雪消融成春水，悄无声息地渗入土壤，亦能滋润大自然的花草树木，维系生态平衡。

七绝·冬日悦见

柿子泛红杏叶黄，园丁树上采收忙。

枝头奉献深深爱，鸟雀取来御酷寒。

丁酉年立冬日于京华

柿鸟图

2017年立冬日，天高云淡，微风暖阳，层林尽染。柿子熟了，银杏树叶一片金黄。笔者冬游北京近郊，巧遇园丁们正在柿树园中采摘柿子，以备冬藏。出于好奇，我抬头望见已采收过的树梢枝头，还存留部分柿子，便有意提醒。其中一个园丁说："不用采了，那些柿子是特意留给鸟雀过冬取用的。"他们的这种爱心善举，令人肃然起敬！特以记之。

七绝·和《春雁》

时辰一个到衡阳，莫道燕山楚水长。

老病官休即退去，江南甚好是吾乡。

附：春雁

（明）王恭

春风一夜到衡阳，楚水燕山万里长。

莫道春来便归去，江南虽好是他乡。

2016 年春，笔者退出职场。清明时节，回家乡祭祖。从北京搭乘飞机，两个多小时就到衡阳，感觉京湘两地并没那么遥远。于是，想起了明代诗人王恭的《春雁》，便冒昧和上一首。

从北京到衡阳，两个多小时的工夫就到了。现代化的交通，就这么方便。不用再担心北京的燕山到湖南的湘江两地相距万里之遥了。如今自己老了，权力和浮华也没了，这是自然规律。就该放松心情，安享晚年。何况还有美丽的江南，那里的风景非常美丽，并且是我的家乡。

2016 年 4 月 4 日于衡阳

律诗

七律·蔷薇

沐雨蔷薇日日新，移栽两载渐成荫。

举铃集簇迎宾客，带棘围篱拒莽人。

援栅锦帘和露看，柔枝翠蔓透精神。

随身绚卧高墙上，奉献芳菲乐众邻。

壬寅年春于麓庐

蔷薇

庭院中移栽了两年的蔷薇，沐浴着暮春的雨水，长得蓬蓬勃勃，几乎一天一个模样，并且渐渐形成了护院的绿荫。它们高举起宛若小铃铛一样的蓓蕾，簇拥着朵朵鲜花，笑迎宾客。同时身披尖刺，围聚成篱，拒绝行为鲁莽的人。如果侧身贴近栅栏，顺着朝露看去，就像一幅巨大的彩色锦帘。而纤柔枝蔓上的红花，已融入翠绿色的叶片之中，透露了一种昂扬的精神。俊俏的枝蔓，随身绚卧在高墙之上，奉献出自己的美丽与芬芳，愉悦邻居大众，表现了蔷薇爱憎分明的个性。

七律·岁末西藏历

牛年岁末事相催，入九寒冬别藏归。

翻越山垭^①风骤起，畅游巴措^②夜帘垂。

寻来铁鼎烧馐馔，围坐火炉举酒杯。

谁道冻原^③集瑟索^④，喜看厅外绽新梅。

辛丑年冬于林芝

米拉山口

注释：

①山垭：指米拉山的隘口。

②巴措：指巴松措，即巴松湖。

③冻原：冻土荒原。

④瑟索：寒冷萧索。

2021年，岁末二九天，笔者出差西藏，因年终事情较多而被电话召回。在返京途中翻越米拉山垭口时，狂飙骤起，似有催人赶快回家之意。顺路游历巴松措（湖）之后，已是夜幕低垂。

　　劳累奔波了一天，大家本想随便找一家简易餐馆，解决一下肚囊问题。结果找着的这家酒馆，使用铁鼎烧制荤素混搭的一锅鲜，竟然成为珍馐美馔、美味佳肴。于是，大家便围坐在下置火炉的桌子旁边，推杯换盏，大快朵颐，酣畅淋漓了一番。谁说冻土荒原，汇集的只有寒冷萧索？我却高兴地看到了门厅之外，一树蜡梅正含苞欲放，生机盎然。

巴松措

七律·又到赣南

又到赣南辜月^①天，梦回三十八年前。

童山^②旷旷沙壅路，赤地茫茫水漫川。

往昔贫缠崩岗^③地，如今富涌果茶园。

郁孤台下清江水，浩荡北行慰稼轩^④。

庚子年冬月于赣州

水土流失原貌

注释：

①辜月：即农历十一月，又称冬月、畅月。

②童山：草木稀疏的荒山秃岭。

③崩岗：山岗崩塌的豁口，一种特殊的水土流失地貌。

④稼轩：辛弃疾的别号。

2020年农历十一月，笔者又一次来到赣州市的赣县区、崇义县、寻乌县、安远县和南康区等地考察。一路上，看到群山的景象依然是"历玄英不减其翠"，便生发了梦幻般的感觉，情不自禁地回想起38年前的情景。那时赣南大地，童山濯濯，草木稀疏，白沙茫茫，赤地千里，水土流失相当严重，被世人称之为"江南的红色沙漠"。从山上冲刷下来的泥沙，常常埋压山下的农田和道路，壅塞河川沟渠，淤积在池塘水库里。每到雨季，滔滔洪水，漫溢河岸，泛滥成灾。

脐橙园

那时候，老百姓土里刨食，使这片土地崩岗林立，一直与贫穷如影随形。经过30多年的集中治理和连续治理，如今已转变为高品质的果茶园，成了财富奔涌的聚宝盆。南宋爱国词人辛弃疾在赣州任职时，曾发出了"郁孤台下清江水，中间多少行人泪？"的感慨。现在的郁孤台下，江水再现清澈，并一路高歌，浩荡北往，仿佛要去告慰词人，当今赣南人民的美好生活，以及这里幸福可爱的家园。

七律·岳麓游

桂林北上到长沙，只入枫林不探花。

信步香丛观胜景，回眸霜叶觅芳华。

山亭怀古湖湘韵，岳麓思贤伟圣家。

移步尊前追慕远，归途又见满天霞。

庚子年初冬于长沙

岳麓书院

    2020 年 11 月 22 日，笔者在桂林参加"十三五"国家重点研发项目汇报会，返京途经湖南省会长沙。在长沙停留的目的，不为探亲访友，而是专程到岳麓山观赏枫林红叶。住在湘江江畔的枫林宾馆，沿着鲜花点缀的林荫大道，进入岳麓山风景区。漫步在透着芳香气息的丛林，尽情地欣赏长沙市山水洲城的美景。回转身来，再仔细品鉴那美若二月花的红枫霜叶，同时也惊喜地发现了枝头上壮硕的新芽芳姿。

爱晚亭

　　歇坐在岳麓山爱晚亭，默诵起唐代诗人杜牧的《山行》，感觉这片多情的土地，诗意中都带有几分湖湘文化风韵。踏入始建于北宋时期的岳麓书院，其建筑气势恢宏，古色古香。院内推介展示众多的名人圣贤，让人领略到岳麓书院人文底蕴厚重，文化博大精深。特别是在近代，以伟人毛泽东为代表的一大批风云人物，从此走上了中国的历史大舞台。移步走近这些备受推崇的伟人名仕，品读观赏他们的诗词字画及典籍简介，仰慕追思这些远去的先贤，犹如遨游在知识的海洋，仿佛又一次接受了洗礼。步出岳麓书院的回途中，又见到了漫天的彩霞。

七律·为江西科技园题

香樟丹桂带肥栽，巧借春光细细裁。

珍鸟^①忘情时作伴，深山含笑^②漫园开。

楼高且任风云过，池小却迎日月来。

前度童山容貌换，更期硕果上高台。

己亥年植树节于江西科技园

科技园原貌

注释：

①珍鸟：稀有珍贵的禽鸟，此处指素有"林中仙子"之美誉的白鹇。

②深山含笑：指一种木兰科的常绿乔木，开白花。

　　2018年5月的一个早晨，笔者在江西水土保持生态科技园晨练。偶遇一对漂亮的白鹇，在深山含笑林中觅食嬉戏。我满怀惊喜地掏出手机，小心翼翼地准备拍摄时，脚下踩着的枯枝发出了轻微的断裂声,让警觉机敏的白鹇迅速地溜了,心里不免留下些许遗憾。

2019 年是该园创建二十周年。植树节时,我有幸再次亲顾,又见满园的草木葱茏,繁花似锦,花香四溢,沁人心脾。与 20 年前水土流失的荒凉面貌形成强烈反差。

以往园区的水土流失非常严重,土地十分贫瘠。为力保栽植的香樟和丹桂等树苗存活,快速成长,特别采用了带土带肥移栽的种植方法。为改造那块侵蚀劣地,可谓煞费苦心,历尽艰辛。借助各种有利条件,感动多路财神大仙,才精心打造出江西水土保持生态科技园。

如今良好的生态环境,绿意盎然,满目苍翠。还引来了具有"林中仙子"之称的白鹇,这样的珍稀禽鸟常来此觅食栖息,与游人做伴。看到引种的深山含笑等珍贵的树木现在已生机勃勃,漫山遍野的鲜花自由开放,甚感欣慰。

迎宾花园

园区原来水土流失严重的山头没有树木，就像刚出生的孩童，上面只有几根稀疏的头发。而今的面貌已焕然一新。我更加期盼，后来的志士同仁，能把江西水土保持生态科技园的研究成果，尽快总结凝练出来，早日得到更多更好的推广应用，为绿化美化原野荒山贡献力量，造福人民。

七律·金沙江

雪域奔来气势宏，扶摇①白雾济苍穹。

雄鹰振翅风云动，猛虎腾空鼓角鸣。

推倒山崖伏巨浪，引牵电塔②贯长虹。

金沙再筑平湖坝③，托起航船驶向东。

己亥年秋于金沙江畔

向家坝水利枢纽

注释：

①扶摇：盘旋而上。

②电塔：指架设的输电线塔。

③平湖坝：泛指水电站及水库大坝，此处指向家坝。（在金沙江上游，只有向家坝水电站建有过坝船闸。）

笔者对长江源的沱沱河和当曲河以及金沙江流域等诸多重要区段有过多次现场考察，因此对金沙江流域的重要景物和近年的巨大变化印象十分深刻。其中以水电梯级开发最为出彩。2019 年 9 月，当看到向家坝建有过坝船闸，特为此点赞。

　　诗的前半段描绘自然景象。首联述说金沙江从雪域高原飞奔而来，气势恢宏。江水一路翻腾撞击，汹涌澎湃。遇悬崖峭壁，部分江水瞬间雾化，扶摇直上，升入云天，参与水气循环，静静地回补大西北干燥的空气。描绘其势，由降转升。

　　颔联描述虎跳峡的自然风光。仰望长空，只见雄鹰在湛蓝色的天幕上展翅翱翔，似有搅动风云之意。俯身察看虎跳峡咆哮的江水，势如猛虎腾空，像有万千钟鼓齐鸣、号角齐啸，为其加油鼓劲。观赏其景，从上到下。

　　诗的后半段记述人文景观。颈联转入描写金沙江的梯级水电开发，建有层层大坝，就像推倒了座座山崖，横卧江中，擒伏了奔腾不息的滔天巨浪。尤其是乌东德、白鹤滩、溪洛渡等水电站，牵引出一条条气贯长虹的输电线塔，将强大的电流，输送到祖国的四面八方。显示其力，由内向外。

　　尾联特别夸赞向家坝水电站筑起了过坝船闸，使高峡平湖又增添了新的功能，托起条条航船，驶向东方的星辰大海。突出其意，由近及远。

七律·咏樱

樱花原产于华夏，朵朵芬芳气自华。

新蕾团团披锦绣，繁花簇簇似云霞。

红颜粉嫩人人爱，浪漫娇羞个个夸。

丽质天成难自抑，生来不输任何花。

戊戌年春于京华玉渊潭

樱花

玉带桥

　　樱花的原产地在中国。2000多年前，汉朝开始大面积人工栽种。每到春天，一团团含苞欲放的蓓蕾，那往来自得的模样，就像浑身披上了色彩鲜艳的绫罗绸缎。绽放在高大树梢枝头的鲜花，簇簇层层，争奇斗艳，甚至赛过灿若天边的云霞。还有那红白粉嫩的主打颜色，鲜活漂亮，人见人爱。而那静若处子，动若脱兔，既浪漫张扬，又娇羞妩媚的心性，个个夸赞。这种自然天成，美丽而优秀的品质，连自己都难以掌控。如此与生俱来的个性特色，不输世界上任何一种名花。

七律·清明祭祖

朝辞京地暮乡村，鲜有清明上祖坟。

雨母山前思故旧，雁峰岭下会亲朋。

历经艰苦求生路，敢做真知探索人。

弱冠迷途成过往，欣闻雉鸡两三声。

甲午年清明于衡阳

自从孩儿在澳大利亚留学，获得双学士学位之后，转至美国密歇根安娜堡读研。于2014年学成归国，即将参加工作。时值清明，笔者利用假日，携一家人回故乡祭祖。

早上乘飞机离开首都北京，下午抵达故乡老家。因笔者长期在外地工作，很少有机会在清明时节上祖坟祭祖。因此全家回乡一次，并不容易，故而在雨母山前祭奠先祖，怀念故旧之余，又在衡阳市回雁峰下的宾馆里，会见了众多的亲戚朋友。

回望这一生，年少时在这里历经了艰难困苦的求生之路，离乡后，又在科学研究的道路上奋力拼搏而成为不断探索真理和科学知识的人。无论有无建树，都令人感慨。好在成人之前的苦难与迷茫，现在都成为过眼云烟。我还要感谢那苦难的岁月，给了我深切的磨砺，才迎来这春暖花开的幸福时刻。值得欣慰的是，在林木掩映的远方，传来了几声清晰的雉鸡鸣叫，给人以愉悦和希望。

七律·茶话会寄语

如银月色照窗台，傲雪寒梅始盛开。

越挫越强离校去，能文能武接班来。

扬鞭跃马加油干，躬蹈践行任性裁。

待到来年传喜报，功成盛世暖心怀。

辛酉年腊月于中南林

1982年1月3日(腊月初九)夜，中南林学院七七林一班，在教室里举行毕业茶话会。事前布置会场时，我用彩色粉笔，在黑板上书写了一副颇具时代特色的对联"愿同窗携手并肩登上科学高峰，祝学友乘风破浪抵达胜利彼岸"用来烘托茶话会的气氛。会上，同学们殷殷嘱咐，依依话别，互赠寄语留念，我也吟出了这首临别时的祝福诗。

天幕上的月亮泛着银白色的清辉，映照在教室外的窗台上。同学们一个个就像那经过严冬考验的蜡梅，傲雪迎春，竞相绽放。这些越挫越强的莘莘学子，就要走出校门、走向社会，去填补极度缺乏的人才断层，成为能文能武的革命事业接班人了。

只要大家趁着改革开放的春风，用实际行动埋头苦干，把损失的时间夺回来，并且自我加压、扬鞭跃马、躬身履行，为祖国做出更大的贡献，相信在不远的将来，就能等到捷报频传的那一天。一旦功成名就于盛世，那是一件多么令人开心愉悦的事呀！

五律·踏青

踏青梅岭下，桃李笑村前。

绿护东江水，雨催越岭^①烟。

莺啼槲叶树^②，蜂舞菜花田。

欲度春风返，归来放纸鸢。

癸卯年惊蛰日于东江源

村前桃花

注释：

①越岭：泛指梅岭一带的群山，先秦时期，这里曾为南越部落管辖，故称越岭。

②槲叶树：一种壳斗科栎属落叶乔木。

　　2023年早春，笔者应邀到赣粤交界的梅岭之下，察访寻乌县和安远县的水土保持示范工程。此时的北方，尚属春寒料峭，而此处早已春暖花开。一路上，旷野村前，山花烂漫，桃李芬芳。东江两岸，满目苍翠，保护着一江清水，源源不断，供往深圳香港等地。梅岭一带的群山，云蒸霞蔚，令人心旷神怡。黄莺鸟儿在槲叶树林中欢歌，蜜蜂在油菜花田里飞舞，呈现一派生机。面对如此美景，我真希望能乘春风归去，再做一回去放风筝的少年。

五律·闲居　二首

其一

幽篁临小垛①，地蔽野性多。

乱石生苔菌，虬枝②附绿萝。

庭前龙护宝，屋后虎吞魔。

草没曲折路，人为又几何？

幽篁小垛

其二

儿时曾有梦，待老靡蹉跎③。

坐望朝霞起，卧听宿雨落。

田园种果菜，陌上理农活。

杖藜林深处，悦闻百鸟歌。

辛丑年初夏于湘水滨

石生苔菌

注释：

①垛：安置脊梁的墙，这里代指房屋。

②虬枝：弯曲的树枝。

③靡蹉跎：没有虚度光阴。

其一

清幽茂密的竹林，掩映着一座黄墙红瓦的小房子。这里地方偏僻，野性自然。周围的石头上着生着菌藻苔藓类植物，弯曲的树干枝丫攀附着各式各样的绿蔓藤萝。

房子前面的建筑样式宛若游龙护宝，而后面设置的老虎窗寓意"祛灾镇魔"。由于很少有人为活动，萋萋芳草已没了原来蜿蜒曲折的小路，即便人为干预，可奈其何？

其二

　　年少的时候，曾在这儿苦苦挣扎，后为逐梦而远离故土。现在老了，也没有虚度时光。如今，早上可以悠闲自得地坐在露台上，欣赏那炊烟与朝霞一同升起；晚上睡卧在床，亦可静听那夜雨穿林打叶之声。

　　走进田园阡陌，率性打理花草果蔬，干些力所能及的农活，以强身健体。闲来无事，手拄拐杖，静入树林深处，远离喧嚣红尘，欣赏百鸟和鸣，这是多么恬静安逸的生活呀！

五律·秋夕

闲坐东篱岸，晚霞映石塘。

萧萧枫叶净，阵阵雁声祥。

月移梧桐影，风拂桂树香。

天人同一醉，玉露湿衣裳。

庚子年秋于湘江江畔

桂花

红枫

    2020年秋到湖南出差，利用国庆节假日回了一趟老家。住在回雁峰下，饭后到宾馆前的花园里散步。闲坐于绿篱岸边，面前是用卵石镶嵌的池塘，在晚霞的映衬下泛着粼粼波光。干净如洗的枫叶在微风中摇曳，天空中传来了一阵阵大雁祥和的鸣叫声。月亮悄悄爬上东山，移动了梧桐树影。微风轻拂，送来了桂花的芳香。人与万物同时沉醉于美景之中，不知不觉被多情的露水打湿了衣裳。

五律·丽水行

适逢谷雨天，遍访丽瓯源。

实地察生态，进村话馈还。

途中明概貌，会上论平衡。

若问其中故，皆为国建园。

戊戌年暮春于浙江丽水

古树与桥

高效利用

应浙江丽水市的邀请，笔者一行于戊戌年谷雨时分，详细考察了庆元、龙泉、景宁和莲都等县市的瓯江源。深入现场，调查分析各地的生态环境状况，询问了解老百姓的生活习惯与生产需求，并一起探讨了关于秸秆还田与生态补偿等相关议题。还在座谈会上质询答疑，探讨生态平衡问题，乃至延续到中巴车上与同行专家辩论。此行目的主要是弄清瓯江源头的自然生态状态、当地人民群众的生活习惯和生产需求，以便为领导决策提供技术支撑。只要这里的条件得到满足，就能规划创建国家公园了。

五律·重阳小聚

今岁又重阳，应邀品蟹黄。

茱萸除秽垢，琼醴引吉祥。

入座谦恭让，临行道别忙。

祝君长体健，共度好时光。

甲午年重阳日于京华

2014年10月2日，国庆又逢重阳佳节，笔者邀请几位老友小聚，观赏菊花、品尝蟹黄，体验旧时插茱萸祛除污垢邪秽的风俗、用美酒招引吉祥的习俗。大家相聚，一个个温文尔雅，入座时就开始谦恭推让。宴罢临行之时，又忙着握手道别，互致平安祝福。我也衷心祝愿大家，在未来的日子里，身体健健康康，共同度过这美好的晚年时光。

变体诗

雅江源

雅江①水穷处，惟剩山万重。

嚣尘天地外，草色有无中。

峭壁山前拥，冰川身后横。

年年飞鹤至，点点上苍穹。

雪域冰山路，几人现影踪？

来时多骇遽②，过后少从容。

欲沐斜阳暖，却逢霜雾浓。

回眸云缱绻③，放眼月朦胧。

赖有西山雪，晨晖面向东。

世人每到此，犹怨没春红。

事物皆循迹，表征各不同。

超然三极地④，冰雪建奇功。

他日成流水，空山见彩虹。

出行⑤消潦暑⑥，所到⑦便繁荣。

壬寅年夏于拉萨

杰玛央宗冰川

注释：

①雅江：即雅鲁藏布江。

②骇邃：惊骇遑邃。

③缱绻：缠绵萦绕。

④三极地：在地球南北两极之外，一般人更愿将青藏高原喜马拉雅等地区比作地球第三极。

⑤出行：指江水流经的地方。

⑥溽暑：指气候潮湿闷热的盛夏。

⑦所到：指江水停留的地方。

　　雅鲁藏布江是世界上海拔最高的河流。它发源于喜马拉雅山北麓的杰玛央宗冰川。自西向东，流经西藏中南部腹地，转而往南，流向印度及孟加拉湾，最终注入印度洋。

　　在雅鲁藏布江之上，没有流水的地方，只剩下了万千群山。喧嚣与红尘，在这方天地之外。大地草色，时有时无，似有若无。

悬崖峭壁，蜂拥而至，狭长幽深的冰川，就横亘在身后。纵然年年有黑颈鹤和蓑羽鹤这样的野性精灵栖息迁飞，旋即变成一个个小点点，消逝在茫茫的苍穹之中。

像这样的雪域冰山，崎岖不平的地方，会有多少人在这里留下倩影芳踪？一般人要来的时候，心里就纠结犯怵；即使走过之后，出现的高原反应，依然使人难以淡定从容。

高原早晚寒凉，本想能晒晒太阳，暖和暖和，遭逢的却是晨霜暮岚的阻隔。回眸身旁，云彩缠绵近在咫尺，触手可及。放眼天边，月亮亦被蒙上了淡淡的晕光。

幸有西山顶上的白雪，身披晨晖，面朝东方。普通游客的光顾，大多埋怨这里没有春天的颜色。

世间万物，均有自身的运行规律与轨迹，而各自的表现特征，却不尽相同。超凡脱俗的地球第三极，凝冰聚雪，建立了不朽之奇功。

每当冰雪消融，成为潺潺流水时，在这遗世而独立的崇山峻岭，同样会出现绚丽的彩虹。江水亦会给流经的地方带来清凉，消减盛夏闷热潮湿的暑气。在停留的地方蓄积能量，滋润万物，呈现一派欣欣向荣的勃勃生机。

雅江河谷

秦岭颂

秦岭山系，主峰太白。危巅之处，常驻冰雪。

地理中心，华夏祖脉。人人称颂，正统高洁。

始起周秦，汉唐紧接。声名远播，地位显赫。

横贯西东，一千六百。流分江河，地划南北。

干湿分异，南稻北麦。栉风沐雨，暑寒相隔。

物产丰饶，多样有别。野性精灵，生生不灭。

朱鹮黑鹳，濒危稀缺。国宝熊猫，憨态亲切。

金猴羚牛，山林留客。孑遗植物，珍贵奇绝。

其中奥秘，高深莫测。追古抚今，时空穿越。

亲身体验，倍感和谐。江河万里，永不停歇。

庚子年冬于陕西省太白县

秦岭雪山

秦岭是我国一座意义非凡的名山。2020年11月26日，笔者初上秦岭主峰，夜宿太白县城，与第一场冬雪不期而遇。见山中立木森森，山岭白雪皑皑，感佩非常，故而颂之。

观防风祠有感

科海浮沉山水间，德清开圃又一年。

才闻地裂防风国，再创生态示范园。

封岭松林观白鹭，渚湖苇荡放朱鹮。

奇松待鹤落霞衬，唯有仙踪滴水泉。

庚子年于浙江省德清县

防风祠

浙江省德清县，据传是大禹时期防风国的都城。为纪念防风氏治水的功绩，后人建有防风祠。这里背靠封山，面临下渚湖。可谓风景秀丽，福地洞天。周边曾有封山石室、春渚浪花、百丈深潭、竹林听雨、朝阳俯瞰、古梅胜景、落霞飞虹、奇松待鹤、防风古碑、潘老仙踪十大美景。德清是我国人工孵化朱鹮最大的野放基地。

笔者从事水土保持科学研究，一直奔波在大自然的山水之间。到浙江省德清县开展水土保持生态示范园的创建，已进入第二个年头。前一年深入现场规划，参观了极具传奇色彩的防风祠。今年再次到来，则为评审水土保持生态示范园。

　　既欣赏了封山松林栖息与自由飞翔的白鹭，也参观了下渚湖的朱鹮野放基地。古老高大的松树上，伸出神奇苍劲的树枝，并没有等来仙鹤光临，只有落霞做其陪衬。这里曾经的古迹，如今大多已不复存在，唯独剩下山洞里的滴水泉，或许残留着潘老大仙的影踪。

鹭鸟归林

岩溶地貌　二首

其一

伏天流火避高温，二级台阶最诱人。

草灌森林增负氧，飞流瀑布降浮尘。

岫坑①古逸②岩溶貌，涧谷迥幽老树深。

碧水蓝天常驻守，免了冬夏赛恒温。

德天瀑布

其二

峰丛洼地③增山色，槽谷台原④爽客身。

袅袅炊烟随己愿，悠悠晨雾任天真。

蛙鸣沟堑虫失语，蝶舞山花鱼下沉。

阅尽天然康养地，贵州兴义最传神。

己亥年夏于贵州省兴义市

注释：

①岫坑：指天然岫洞、天坑和窟穴。

②古逸：未加修饰。

③峰丛洼地、④槽谷台原：均为岩溶地貌类型，前者出自广西桂林，后者地处贵州高原。

其一

因工作需要，笔者对我国第二级台阶的喀斯特岩溶地貌有过较深入的研究。2019年夏天，再一次到贵州省黔西南州考察水利设施。时值伏天，七月流火，当时的北京非常闷热。一到云贵高原，立马感觉到空气凉爽怡人，可见是个消夏避暑的好地方。

高高耸立的山峰，到处是绿草灌木和森林植被，大大增添了空气中的负氧离子。飞流直下的瀑布，有效削减了空气中飘浮的杂质尘埃。未加修饰的岫洞、天坑和窟穴，古朴空灵，这是岩溶地区独特的地貌特征。一些狭长幽深的溪涧山谷，往往被茂密而古老的大树填充覆盖，不知道到底有多深多险。因受典型的高原气候和独特地貌的影响，这里常常是碧水蓝天，并且免除了夏日的酷暑、冬天的严寒。生活在这里，简直比坐在空调的恒温房间里还要舒服惬意。

岩溶洞窟

其二

喀斯特地貌的峰丛洼地，更增添了山的成色、山的峻峭。尤其是在贵州高原槽谷地区，体感更加清爽舒适。且看那袅袅炊烟由着自己的性子，在山间轻轻飘荡，悠悠白云在湛蓝的天幕下，随着烂漫的天性，任意变幻，多么的自由自在啊！

霸气的青蛙，在沟堑的石洞中鸣叫，吓得虫子都不敢吱声了。美丽的蝴蝶，在花丛中飞舞，羞得鱼儿也不敢出来与之媲美，赶快潜入深水之中。我见过众多的休闲康养胜地，其风景气候莫过如此。位于二阶台地上，具有喀斯特地貌的兴义市，那里的万峰林、马岭河谷和万峰湖等景区，已成为最适宜、最传神的避暑和休闲康养地之一。

万峰林田园

梯田韵

其一

中华文明，源于农耕。开疆拓土，横麓危巅。

拾级为梯，水平成田。依山就势，古称阪田①。

条块无定，宽窄随缘。阡陌纵横，逶迤蜿蜒。

错落有致，辗转盘旋。最负盛名，有此三片。

其二

湘紫鹊界，率先屯垦。时至今日，史近三千。

古朴典雅，水墨山川。无塘无库，灌溉自然。

岩土契合，涵养水源。春耕秋收，维系平衡。

渔猎稻作，影响深远。板屋交错，和谐家园。

紫鹊界梯田

其三

云南哈尼，巧用水源。山有多高，水有多远。

顺序灌溉，溪沟渠连。刻木定水，亘古不变。

约定俗成，自流进田。稻作之外，兼收渔莲。

规模宏大，磅礴绵延。错落有致，直入云天。

其四

广西龙脊，颇具特点。灵动飘逸，曼妙盎然。

大山似塔，小山螺旋。九龙五虎，起伏延绵。

七星伴月，巧引流泉。田绕山村，沟渠镶边。

含蓄内敛，韵舞蹁跹。晨雾晚霞，蔚为壮观。

龙脊七星望月

其五

梯田胜景，美轮美奂。四季神韵，交替变换。

春如游龙，戏水山巅。夏披绿毯，青翠层层。

秋叠金色，绚似彩练。冬铺瑞雪，貌若天仙。

世界遗产，精神家园。文明之果，世代相传。

戊戌年秋于桂林龙脊

注释：

①阪田：山坡上的梯田。

梯田是我国古代农耕文明的典型代表，一般分为土地旱作和水田稻作两种。北方多为旱作梯田，尤以黄土高原的甘肃庄浪、陕西延安和宁夏彭阳，以及黑土地的黑龙江拜泉等地最具代表性。虽其规模宏大，气势雄浑，终因缺少水与光影的参与而略显单调，是为碧玉微瑕，美中不足。

在我国南方，由于雨水丰沛，多为稻作梯田。加上有光影的参与配合，其景色四季变换，气象万千。笔者先后参观了南方的湖南紫鹊界、云南哈尼、广西龙脊、福建联合和江西上堡等著名的稻作梯田。一入眼就被她们的美貌所吸引，竟有一种欲罢不能的感觉。若能适时亲临其境，可谓震撼心灵。

在研究中发现，因稻作梯田修筑技术含量更高，且集中体现了中国劳动人民的聪明智慧；各地的修建理念、形态外貌和文化内涵，别具特色，各有千秋。尤以湖南紫鹊界、云南哈尼和广西龙脊三大梯田规模宏大，特色最为突出，给人留下的印象极为深刻。

湖南紫鹊界梯田修筑的历史最为悠久。据考证，距今已有2700多年。这里是全球重要农业文化遗产和世界灌溉工程遗产，也是渔猎稻作文化与多民族文化糅合的历史典范。因其山林面积大，岩土契合度高，水源涵养能力强，无塘无库，能形成自流灌溉，且不受旱涝影响而备受推崇。

云南哈尼梯田则以面积最大和同一坡面梯级最多而著称。仅云阳一县梯田，就有 19 万余亩。有的在同一面坡上，海拔落差高达 2000 多米，梯级多逾 3000 级，梯田面积逾 1000 亩。因其规模宏大，气势磅礴，且森林村寨与山川梯田形成了稳定的良性循环，而列入世界遗产名录。

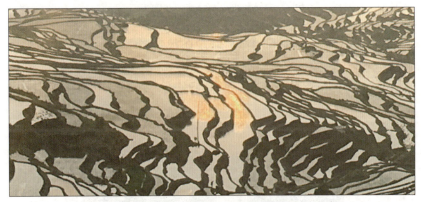

哈尼梯田

　　广西龙脊以梯田的形态最为优美飘逸而闻名。依山就势的梯田如练似带，斜叠成半折半开的扇子，错落有致，跌宕有序。尤其是九龙五虎和七星伴月等著名景区，既像天上飘落的彩带，亦像振翅欲飞的雄鹰，更像龙行大海、虎啸山川，动感与韵律十足，呈现一派力与美的杰作。

九龙五虎

过汶川

大震十年后，驱车过汶川。

一江浊浪涌，两岸危石悬。

楼耸新城貌，绿着动地痕。

愿祈川壑稳，万众尽开颜。

戊戌年夏于岷江江畔

重建汶川

汶川八级大地震，发生于 2008 年 5 月 12 日。十年之后，笔者到四川出差，从成都到茂县，驱车往返，均途经汶川。一路上，仍然可见岷江滔滔，浊浪奔涌，群山峡谷，深壑之上，巨石高悬，岌岌可危。危险似乎并未完全解除，着实令人担惊受怕。

只有看到城镇中新建的楼群拔地而起，还有那些绿色的植被慢慢浸染附着在因地震而坍塌的危岩裸地之时，心里才感觉到些许宽慰。我衷心祈愿：这里的河川水流清澈，山谷沟壑上的山石稳固，所有的老百姓，天天都能过上幸福安康的日子。

银川同学会

碧荷易色两三枝，龄到秋寒五六十。

人道为时桑梓晚，我信秋水涨秋池。

癸巳年秋于银川

荷塘秋色

2013年国庆节假期，大学同学相聚银川。作为恢复高考后的第一届天之骄子，毕业已30多年。为了重逢，有的同学不远万里，从地球的另一面专程赶来，自然有说不完的心里话。回首之余，大家不禁都感慨光阴荏苒、岁月不饶人。过去风华正茂的同学，绝大多数已过知天命之年，有些同学已经退休了。为活跃气氛，消减落寞惆怅的情绪，我在旅途的车上，即兴凑上几句，以示安慰。

从机场到银川市区途经一个荷塘，碧绿的荷叶败象显露，少部分已经泛黄。毕业30多年的同学，年龄已到五六十岁。大家见面之后，都感觉此时再谈什么植桑养蚕、种梓取蜡，似乎为时已晚。然而，我却相信，秋天的降雨，仍然有机会填满那些荷塘与水池。

2013年10月4日

儿歌·月亮和我

月亮和我一起走，她已等在家门口。

我向月亮挥挥手，月亮对我微微笑。

月亮和我一起走，我与月亮拉过钩。

咱俩成为好朋友，不再躲在云里头。

月亮和我一起走，她又送我到门口。

大家困了要睡觉，相约再见在明宵。

1987年初秋，我在外地出差，得知将为人父，心里甚是兴奋。是夜，见一轮明月高悬，想一想不久的将来，就要带着活泼可爱的孩子在迷人的月色下玩耍，我该为他（她）准备点什么见面礼呢？于是，在不经意间，念出了这首儿歌。

可天不遂愿。孩子早产，仅仅在医院的保温箱里存活了几天就不辞而别。因此，我一直把这首写好的儿歌视为不祥之兆，随即将其埋藏心底。

退休后整理资料时，又触碰到痛处。对于是否将此隐私公之于众，内心依然十分纠结。最终，还是时间战胜了情感而释然。

夜

夜

阑珊

依轩窗

星空浩瀚

风拂杨柳岸

捎来阵阵芬芳

独赏那流萤轻飏

今夜无尘修水河畔

江清月近人无限风光

月上柳梢莫非只为情郎

执手处千里烟波夜静影单

忽闻夜莺松涛恰似酒入愁肠

自难忘所谓伊人今夜身处何方

伴着羞月相顾无言竟然思之若狂

展开书卷点亮心灯遂草录一纸诗行

纵有千种风情何人伴我轻吟浅唱

无佳人共舞韶华平添几分惆怅

犹如倦鸟归林洒下一路苍凉

掩合心扉快速将思绪安放

无意间惊扰了夏虫呢喃

待残月隐去诗意漫窗

温柔浸染爱的张扬

竟朦胧原野欢畅

留下独自彷徨

揣岁月沧桑

悄然收藏

入梦乡

悠长

夜

癸亥年夏夜于修水河畔

　　1983 年，笔者在江西省修水县蹲点，驻点于城郊的大坑水土保持站。该站位于修水河畔，柘林水库回水区域的岸边。那时的主要任务，一是调查了解当地水土保持情况，以便理论联系实际帮助基层开展工作；二是协助北京林学院的师生，开展森林水文作用的研究。

在夏日的一个夜晚，乡村宁静，景色宜人。又遇周末，当地的职工都回县城的家里去了。因我婚后两地分居，想给远方的人儿写封家信。写来写去，就写成这样。

该诗行既可顺读，亦可逆读。顺读的语境有一种由清入迷入梦的境况，而逆读的意念则有一种由迷变醒变清的感觉。

登南岭猛坑石

山巅林缘处，萋萋绿草歌。

登高山逾小，回首峰长个。

探访红豆树，查找粤湘河。

历尽艰辛路，方知斩获多。

庚申年于南岑莽山林场

1980年9月，中南林学院七七级林学专业的师生，到湖南省郴州地区莽山林场，开展生态学、昆虫学和树木分类学等课程的教学实习。师生们于17日登上了南岭的最高峰猛坑石。这里既是我国长江和珠江两大水系的分水岭，也是两江重要的支流——湘江和北江的发源地之一。

在森林边缘的尽头，已经到达南岭的最高峰。因受高山气候和生物生态特性等诸多因素的综合影响，在莽山猛坑石主峰周围，形成了一道明显的森林与高山草甸的分界线。山顶上已不再是森林的属地，而是草的天堂，是绿草欢歌的地方。在山巅的最高处，有一块突兀的基岩出露，形成巨石主峰。登高途中，极目远眺，一座座山峦，似乎变得越来越矮小了。回过头来，见同学们一个个爬上了突兀的基岩，伫立于巨石之上，就像山峰突然长了个头，显得愈加高耸了。

实习期间，同学们见识了具有南方特色的相思红豆树等许多珍稀的动植物品种，考察了北江和湘江发源地的森林生态系统，圆满完成了野外的教学实习任务。大家通过一番番艰难的跋涉和辛勤的探索，一致表示此行不虚，获益匪浅，收效良多。同时也丰富了笔者对大自然的认知，感觉物超所值。

赠学友

两载同窗将欲行，恋恋不舍中南林。

初入芳林无识己，将留学校尽知音。

结成友谊风华茂，探索真知理想同。

最是欢欣春又到，定能来日会群英。

庚申年春于辰水河

1980年春，完成了大二的基础课和部分专业基础课程之后，学校挑选了一批优秀的学生，送往相关高等院校进行强化培训，充实师资队伍，以备留校任教。我们班上有两位同学被选送到四川师范大学分别进修数学和英语。

同窗两载，就要分别了，大家对中南林学院已有了一种依依不舍的眷恋之情。刚到学校，进入林业系统时，没有谁认识谁。现在要留在学校工作，师生校友都将成为同行知音。

展翅高飞

我们同学之间，已经结下了深厚的友谊。时值风华正茂的年纪，并且在探索真理、追求知识等方面都志同道合。特别令人高兴的是 1978 年科学大会之后，科学的春天已经来到。只要大家发奋努力，说不定在将来的群英表彰大会上，还有见面的机会。

送末届工农兵学友

相遇春来别未秋，至今已逾七三周。

同窗年半光阴逝，照应周全友谊留。

擘画蓝图为四化，甘担重任效神州。

凝噎许下鸿鹄愿，不绿荒山不罢休。

己未年仲夏于沅水河畔

（为欢送最后一届工农兵学友而作）

送别留念

1979 年夏天，是我国最后一届工农兵学员毕业离校的日子。用推荐与高考两种截然不同的方式，招收而来的两届学员，在大学里共同度过了 70 多个星期的学习时光。不知为什么，这两届同门的师兄弟，居然在学校里成为天然"冤家"。可是，有些乡缘之谊，往往能超越世俗的歧见和时代产物的纠葛。七六级工农兵学员就要毕业了，在见证历史的重要时刻，写下这首诗，赠予曾给我许多帮助的老乡学长，以示留念。

插秧联想

苗移非觅安，理想心中藏。

舍弃老营地，奔赴新战场。

栉风再沐雨，奋力夺高产。

革命志不移，红心永向党。

丙辰年初夏于衡阳

栉风沐雨

高中毕业后扎根农村，待了一年又一年。当时我的心情不胜焦灼。在农村，成天有干不完的农活，经常被压得喘不过气来。企盼有朝一日，好风能吹满我的船帆。特别是在春耕农忙时节，没日没夜地干农活，更加令人烦躁。春插时，生产队的社员一般是夜晚扯秧、白天插田。联想到自己的遭遇，竟然无人问津，还不如这苗床上的秧苗，便有感而发。

在我的心中，一直藏有一个小小的理想，那就是要找到适合自己生长的地方。就像我手中的秧苗，需要从苗床上转移至大田一样。有了宽阔的生存空间，经历了风雨，见过了世面，禾苗才能够茁壮成长，就能开花结果。我不是一个贪图安逸的人。离开老地方，哪怕到更加严苛的新地方，我的心愿和意志都不会改变，目的就是希望能为党和人民做出更大的贡献。

词

天净沙·墨脱

曾闻墨脱三多，物华飞瀑危坡。

邂逅①藤桥溜索。

棒糖②驰过，颂平安请石锅。

癸卯年夏于西藏墨脱县

雅江大拐弯

注释：

①邂逅：偶尔遇见。

②棒糖：雅鲁藏布江下游的一个大拐弯，宛若一根棒棒糖镶嵌在大地上，简称为"棒糖"。

墨脱是我国最后解决公路交通的县，且是世界上海拔最高的大江大河——雅鲁藏布江的出境地。考察之前就曾听说，墨脱县有三样东西最多。一是丰富的生物多样性，境内涵盖了由寒带到热带的生物群落。二是飞流直下的瀑布，随处可见。三是高危陡峭的山坡，经常发生雪崩、滑坡和泥石流。2023年初夏考察期间，又亲历了大雨、暴雪和雪崩，还偶尔遇见过涧的藤桥和溜索这样有趣的景致。驱车奔驰在雅鲁藏布江棒棒糖形的大拐弯处，总感觉能够顺利平安归来，就值得请上当地最著名的特色石锅，为之庆贺。

墨脱县城一瞥

浪淘沙·春日冬奥

冬奥又逢春，宾客盈门。

五环旗下笑相迎。

理念创新擎圣火，举世堪惊。

廿四铸美名，双奥首城。

雪冰场上竞输赢。

面向未来当自信，共筑和平。

壬寅年春于京华

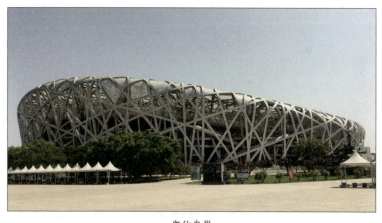

奥体鸟巢

　　2022年2月4日，第24届冬季奥林匹克运动会在北京隆重开幕。时逢立春，来自全球三十多国政要和世界组织首脑，近百国家和地区的冰雪运动健将，克服了新冠疫情的滋扰，集聚在鸟巢的五环旗下，共同见证了以中国二十四节气的立春为序幕、以低碳环保为中心的创新理念，圣火高高擎起。开幕式现场美轮美奂，堪称给世界一个大惊喜，同时铸就了北京成为全球第一个举办了冬夏双季奥运会的城市美名。各国运动健儿，在冰雪运动场上，竞相角逐，比拼输赢。面对未来，我们有理由充分自信，能够共同构筑世界和平。

竹枝词·雅江　二首

其一　重阳拉林行

进藏登高望碧霄，雪山与我共白头。

雅江歌罢①尼洋②路，忙拈祥云抹郁愁。

老人与狗

其二　雅江大峡谷

百转千回越险滩，穿行峡谷乐悠然。

初心一路奔东海，无奈飘零印度洋。

注释：

①歌罢：意指滔滔奔流不息的雅鲁藏布江被新建的大古电站大坝所截，顿时失去了湍急与喧嚣。

②尼洋：即尼洋河，拉萨到林芝的高速公路和铁路皆穿行于此。

其一 重阳拉林行

庚子年重阳节前夕（农历九月五至八日），笔者到西藏考察雅鲁藏布江大古水电站的建设情况，顺道登高望远。站在电站的观景台上，放眼远眺，碧空如洗。群山之巅，白雪皑皑。联想起自己曾经黝黑的头发，现在如同这里的高山，全都白了。心里不禁涌现一股淡淡的忧伤。

雅鲁藏布江奔流不息的滔滔江水，被新建的大古电站大坝所截，顿时失去了湍急与喧嚣。返京途中，笔者沿着拉林公路，翻过了海拔5013米的米拉山口，旋即进入尼洋河流域。一路上，山明水秀。目光所及，长空苍穹，白云朵朵。河谷山坡，芳林霜叶，美不胜收。还有许多野性精灵，不时闯入眼帘，给人以阵阵惊喜。尤其令人高兴的是，在垭口停留期间，看见云彩近在咫尺，何不信手拈来，以清除旅途中的疲劳与困顿，抹去那些平添的郁闷和闲愁。

尼洋河谷

其二 雅江大峡谷

雅鲁藏布江历尽千辛万苦，一路百转千回，坚韧不拔，勇往直前。穿越了无数激流险滩，突破了一切艰难险阻，行进在崇山峻岭的大峡谷之中，依然是那样悠闲自得。

雅鲁藏布江原本希望能像长江、黄河一样，为祖国多做贡献，共同奔向那心驰神往的东方大海，汇入浩瀚无垠的太平洋。无奈被念青唐古拉山强力阻挡，意外漂泊零落到了印度洋。

雅江大峡谷

水调歌头·衡阳

南国好风水，能引雁长征。寒来暑往，风雨无阻下名城。俯瞰蒸湘福地，塔镇三江河眼，撒下悦鸣声。古刹雁峰寺，望岳有松风。

巢屯守，藩秣马，两度宫。雁峰鏖战，击抗倭寇现精神。书院船山石鼓，彰显湖湘风韵，蔡纸耒阳成。亘古衡州事，尚武更崇文。

己亥年清明于衡阳市

衡阳是中国南方首屈一指的风水名城。每年都能吸引从北方远道而来的鸿雁，不辞辛劳，万里长征，寒来暑往于这座历史名城。俯瞰蒸湘这块风水宝地，由湘江、蒸水和耒水河绘就类似太极图的大地上，分别建有来雁、珠晖和接龙三座古塔，镇锁三道水口河眼。其充满奥秘的建筑风格，堪与新疆伊犁特克斯八卦城媲美。历代文人墨客，为衡阳留下了许多脍炙人口的不朽诗篇。远来的大雁，也撒下了欢快悦耳的赞美声。位于城市中心的回雁峰，至今留存有古刹雁峰寺、望岳台和松风亭等众多的名胜古迹。

回雁峰

抗战纪念碑

　　衡阳乃历代兵家必争之地，相传黄巢曾在城南的黄巢岭（现称黄茶岭）屯兵驻扎，曾国藩在此厉兵秣马，操练湘军。2000年前的汉景帝后裔刘圣以及清康熙时的吴三桂，都曾选择在衡阳建都称帝。近代倭寇侵我中华，长驱直入，到衡阳，遇全体军民奋力抵抗，以少战多，长达47天之久，谱写了一曲惊天泣地、荡气回肠的抗日战歌，大长了中国人民的志气。衡阳还有石鼓、船山两大书院，培养了诸如王夫子等文化名流，彰显了湖湘文化底蕴。据说蔡伦曾在衡阳市耒水河上游的竹林里，发明了造纸术。由此可见，在历史的长河中，衡阳人在崇尚武卫防备的同时，更加注重文化积淀。

行香子·端午

榴艳堪撷，菡萏衔接。

正当那，端午佳节。

悬挂艾叶，绳粽相协。

让故乡情，异乡客，梦乡谐。

浮华褪却，职场停歇。

自然事，了去心结。

满斟黄酒，畅爽杯碟。

慰少时苦，壮时累，老时竭。

丙申年端午于湘江之滨

夏荷

火红的石榴花开了，可堪采撷。鲜艳的荷花也踏着自然界的韵律节奏，如约衔接。这时候，迎来了一年一度的端午佳节。家家户户门前高悬艾叶，桌上摆放着由粽叶和绳线协作包裹而成的粽子。然而，身处他乡的游子，对故乡怀念的那份情思，只有通过梦乡，才能融洽和谐。

　　人老了，退休了，在职场上的浮华也随之褪却。这是自然规律，了结那些不愿撒手的事，赶紧斟满黄酒，让碗筷杯碟酣畅起来，以抚慰那少年时期的苦难、壮年时期的劳累以及老之将至的衰竭。

清平乐·喜读红宝书

翻开宝典，字字敲心坎。

五卷雄文精细看，倍感心明眼亮。

精神武器相随，何须惧怕苦难？

早有凌云壮志，重新装点河山。

丁巳年五四青年节于衡阳

1977 年，大家的思维和行事方式，带有彼时浓郁的时代气息。在那一年年初，《毛泽东选集》第五卷第一次印刷出版。在湖南省发行时，我好不容易找到一本。我当时的心情十分激动，且难以言表，于是开始彻夜通读。

花未全开

第三篇

故事

篇首语　回忆也平凡

人在旅途，一步一步地走着，留下的脚印，只有自己最清楚。每个人都有自己的故事，终因人生轨迹、社会阅历和天赋异禀而独特。

曾经的我，少小时在死亡线上挣扎。成年后，在泥淖里搏击，现在仍然无法摆脱尘世间的羁绊而平淡。恍惚中，感觉自己老了，只好寻求心灵回归。

如今回首，人生虽然平淡，但尚未被尘埃所湮没。反而发现自己原来这么坚强，咬紧牙关走了很长一段路。刻骨铭心的经历，虽没有显赫的成功，可回味起来，尽管有几分缥缈迷离之感，但还蛮有滋味，于己固然珍贵。

只不过是大人物有大的传记，小人物有小的履历。然而，撰写平凡人的回忆更需要勇气，因为小人物在宏大的史话中微不足道。

无论如何，一部客观而全面的历史，既要留存大人物的风云际会，亦需关注老百姓的柴米油盐。再说，描绘非凡的时代，需要一系列非凡的成就构件。而这一个个构件，则由点点滴滴的平凡故事和人物汇聚而成。以此微末传颂时代的伟大，未必不是点缀。人生的平凡，未必没有圆满。

人民大众的经历，即是时代的经历。许多的轨迹点滴，可以投映出社会的缩影，就像一颗小小的露珠，同样能反射太阳的光辉。历史只会眷顾那些意志坚定、奋力搏击的人，不会等待迟钝犹豫、畏难懈怠的人。

历史不能假设，人生没有彩排。在砥砺前行的岁月中，有些事情，无论愿意与否，都得认领。只有那些真正能做到进退有据、得失有度、取舍平衡、慎终如始的人，方能找到一条恰当快意的人生之路。

人的一生，有太多的分分秒秒、点点滴滴，需要汇成心语、凝成诗文。谨以怀史之笔，回味过往岁月，总结心路历程，期望能有收获。

留下曾经的平凡与率性的感悟，聊以慰藉那即将忘却的年代。冀此能成为散落民间的碎片，是为时代的佐证。

因为这一生走得太过匆忙，或许太过平淡，需要稍事歇息，等待那失落的灵魂。谁承想，时间、青春和生命这三样东西，终究会一去不复返。走着走着，如今只剩下了回忆……

第一章　求生之路

我庆幸我老了，享用着上苍赐予我的寿年，享受着从小到老的完整人生。这是可遇而不可求的福气。我庆幸再也用不着为昨天而叹息，为明天而烦恼，只为当今之美好……

努力奔跑的人，不一定都是在追梦。也许仅仅是为了生存，为了温饱。在奔跑的过程中，最重要的是坚持，且不惧风雨、不畏险阻。最可怕的是缺乏自信，丧失斗志，轻言放弃。

求生是天性，要活是本能，这一点在生物界毋庸掩饰。人的一生，无论多么伟大或者多么卑微，能走完从小到老的全过程，就是幸运，就是福气，就是所谓的仁者之寿。

在漫长的人生旅途中，无论经历多少艰难曲折，还是遭遇多么的意料之外。能坚持活到老的人，应该都有不错的生存诀窍，这或许就是人生的最大成功。如若身处逆境，仍能存活下来，那便是人间奇迹。

人老了的重要标志，就是多了回忆，多了啰唆和慨叹。所有的回忆，无论是艰难困苦，还是美妙愉悦，能长久留存在记忆的心底，应该有着难以抹去的深邃。

一个人的命运，大抵在出生时归上苍主宰，在幼年时由别人操弄。长大了，人生命运才轮到自己去找寻、选择与把控。直到最后，只能期待心灵得到回归。

我原本希望寻得忘忧草，将苦难的岁月忘却。谁承想，收获的竟是还魂汤，让沉睡的时光倒流。

饥馑的童年

1

20 世纪 50 年代中期，一个卑微的生命，在一个寒凝大地、蜡梅含苞欲放的深夜呱呱坠地，降临在一个可谓一贫如洗的农户家中。那便是微不足道的我。

初尝世味，便领略了人世间的寒凉。对于这样的结果，我不怪自己，不怪家人，更不怪与我毫不相干的任何人。

因为降生于何时，降临在何处，都无法选择，只能被动接受。在轮番降临的生命里，只不过是在这个世界上，多了一粒尘埃，或是多了一位无足轻重的匆匆过客而已。

安徒生童话有一句名言："只要你是只天鹅蛋，就是生在养鸡场里也没有什么关系。"

如今看来，出生在那个年代的人，与后来者相比，其经历的种种磨难和困苦，似乎是多了些。好像命中注定，人生的旅途，躲过了一番风浪，还有另一番风浪袭来，跨越了一道坎坷，还有另一重坎坷在等待。

人们常说，人一出生，犹如一张白纸，好画最新、最美的图画。可是，最初的画笔总是攥在别人的手里。等到长大了，能自主了，才会拥有属于自己的画作。只有摆脱了束缚羁绊，从深陷的泥淖里抽出身来，打拼出一方真正属于自己的天地，那才是人生的真正赢家。

每一物种个体，都是客观的独立存在。而其生存和成长的环境，的确可以改变。当然，这种改变既包括主动改变，也包括被动接受。

一个有能力的人，可以主动改变环境。没有能力的话，只能被动适应生境。适应不了，那就迁徙。迁徙不了，只能承受和忍耐。忍耐不了，注定被淘汰。其他的一切抱怨，都是多余的，于事无补。

说句实在话，我的出生地，还算是一个不错的地方。那是被称为"鱼米之乡"的江南，且距离城市很近，甚至可以说是一个幸运的降生地。

2

我出生在一个普通得不能再普通的农村家庭，也是典型的中国传统式家庭，更没什么值得炫耀的地方。往往有些人一谈到类似我这样的家庭出身，就选择回避。我倒并不特别忌讳，也不怕别人嫌弃。何况我的家庭，也有温暖也有爱，这些东西一样都不少。唯一不同的就是父母老了，家境更为贫穷一些而已。

我父亲是一个忠厚老实、勤劳善良的人。他循规蹈矩，从不敢跨越雷池半步，树叶子掉下来都怕砸着脑袋。他的前半辈子，家无子嗣，由于勤劳，家境还算殷实。他读过三年私塾，能看报计数，在农村可算作识字人。

在他年近半百时，前老伴病逝后，续娶了我的母亲。他老人家老来得子，接二连三，生了六七个。最终存活下来的有我们兄妹四人。生我的时候，他已年逾半百。

我庆幸我有一位好母亲。说起她，确实令我肃然起敬。虽然她目不识丁，却非常聪明能干。具备了做事认真、吃苦耐劳、坚韧不拔等中华女性所特有的优秀品质。

在我初始的记忆里，她能上厅堂，能进厨房。家里的大事小情，基本上由她主持操办。逢年过节，她那双被岁月磨砺的巧手，仍能为全家张罗出一桌可口的饭菜。平时里的粗活细活，什么都干，能把家打理得井井有条。

她以商人的精明，在乡下走村串户，收集鸡蛋、小鱼小虾或其他一些土特产品，独自挑到衡阳市的农贸市场去卖，以便挣取一点微不足道的价差，贴补维持一家人的生计。

她强于精打细算，到城里卖完东西，绝不放空回家。有时会挑上四五十斤重的红薯苗回家种植，有时还到工厂领取再生棉花回来纺纱。城乡往返，一天四五十千米的路程，肩上总是压着沉甸甸的担子。

她从小当过童养媳，由于辛勤劳作才没有成为小脚女人。在农村，她学会了春种秋收的全套农活。农闲的时候，她还能像男子汉一样，到大山深处，扛上数十斤重的毛竹，赶到十多里外的农贸集市上售卖。

在女红方面，很多事情她能无师自通。从纺纱织布、添衣做鞋到缝补浆洗，所有的女红活计，虽然谈不上精细，更算不得细腻美观，却能保全一家人不至于挨冻。

在那时，由于生产资料极度匮乏，劳动生产率十分低下。再加上多种因素的影响，无论一家人多么努力，无论我的母亲多么精明，总也摆脱不了吃不饱、穿不暖的困境。一家老少，常常吃了上顿没下顿。平日里，我的肚子老是饿得咕咕叫。一到冬天，饥寒交迫，那种滋味，实在难熬。

3

按理说，一个生活在农村的童年，应该有着树上的知了、荷尖的蜻蜓、水里的蝌蚪、牧归中的短笛、以及伙伴间的迷藏和游戏等童趣与天真。

而我的童年，犹如初航的小船，必须直面风雨。我亲近自然的方式十分独特，却与那些天真烂漫毫不相干。上述的那些童趣，我虽有过触及，但满脑子的回忆却与之相去甚远。

在生存的选择上，受生命韧性的驱使，存在一种天性的"贪婪"。填饱肚子成为我终日的企盼，找到能吃的食物是我最大的幸福与快乐。

食不果腹，始终成为我挥之不去的梦魇。寻找食物似乎成为我与生俱来的必修课，成为我日常生活的重要组成部分。为了生存，我将大部分时间，用于攀摘高树上的野果，采撷荒原中的野菜，找寻荆棘丛里的豆荚，捡拾失落在田地的稻穗麦穗，翻寻遗漏在泥土的番薯荸荠，甚至冒险抓捕在水中游弋的鱼虾。

柠条花

如此种种，在我的潜意识中，老是对那些能成为食物的东西情有独钟，并将它们视若救命的珍宝。早早地丢失了童年的纯真和快乐，硬扛着本不该由稚嫩的肩膀来承载那生活中太多的负荷。

在那个年代，当然不能排除存有生活富足的人。但绝大多数家庭，生活十分贫穷。社会上一直流行着一句厉行节约的口头禅："新三年，旧三年，缝缝补补又三年。"对孩子多的家庭而言，是老大穿新的，老二穿旧的，轮到老三穿破的。

我们家的情况是有过之而无不及。老大的衣服多是用旧物改制的，老二穿破的。轮到我时，衣服破到已找不着能补牢补丁的地方了。

在我的记忆中，成年之前，从来没有穿过一件新衣服。数九寒冬，常常穿着带有许多破洞的衣服，难免遭受小伙伴们的讥笑。尽管冻得瑟瑟发抖，我还会经常自嘲："你们不用担心！寒冷的西北风刮进来，经过我的衣服破洞，出去就暖和了。"

为了驱赶冬日的严寒，我经常和同伴们玩一种抱团取暖的游戏，并把这种游戏取名叫"榨油"。即是一群小孩子，紧靠墙根，站成一排。大家从两头用力往中间挤，被挤出来的人称之为"出油"。接着又补充到两头，再往中间挤。如此反复，以此活动取暖。但更多的时间，我只能独自抵御寒冷，死硬扛着。

　　冬天的取暖方法，基本上靠挤、靠抖、靠活动。可是，仍然摆脱不了天寒地冻对身体的伤害。几乎每当冬季来临，我的手和脚都生冻疮。肿胀得硬一块，紫一块，当温度回暖时又痒又疼，十分难受。实在忍受不了，常常用力抓挠，弄破了皮肤，冒出的黄汁液还会结痂，更延长了伤愈的时间。类似的经历多了，倒是让我练就了一生不怕寒冷的习性。

　　在我稚气未脱的记忆中，印象最为深刻的是出入生产队的大集体食堂。依稀记得食堂里经常煮着大锅的稀粥，或蒸着大甑的米饭，以及木桶盛装的盐水酱油汤。

　　我总是想不明白，为什么大食堂那么多的食物，分到我们家，就那么一丁点儿。长大些才逐渐明白，那是因为僧多粥少的缘故。

　　再说，所谓吃大锅饭，不是现在人们所想象的那样。大锅饭既不是大家随便吃，吃饱了还不干活，也不是平均分配。每个地方，都有一套分配的土政策，且存在相当的等级级差。劳动力多的家庭多分食物，老人小孩不算劳动力就少分，差距还挺大。分到我们家的食物总是不够吃。

　　据说刚开始的时候，大食堂办得还算不错，我没有多少记忆。到后来，大食堂越办越差，食物的品质越来越糟，分到每个家庭的食物越来越少了。

屋漏偏逢连夜雨，连续三年出现自然灾害，大家的日子过得更为艰难，其程度令今人无法想象。我们家老老少少人口较多，而劳动力偏少，故而分到的食物更少。

我常常饿得前胸贴后背，心里发慌，头晕眼花，身发虚汗，手脚颤抖。整天无精打采，一副瘟鸡像。几乎每根神经末梢，都得忍受极度饥饿的冲击。

经常瑟缩在墙角的我，总是羡慕别人家的孩子，有一个能遮风避雨的港湾。总是羡慕别人家的父母，能让自家孩子不挨冻受饿，顿顿吃上饱饭。老是感叹流年的清浅，抱怨命运的不公。

我们兄妹四个都处在长身体的阶段，食量很大。父亲为了让几个孩子能多吃上一口，常常省吃俭用，吃糠咽菜，忍饥挨饿。亲眼见，我父亲饿得全身肿得像个大水桶，腿上的皮肤肿胀得通明透亮。手指一按一个深窝，长时间不能复原。

4

我至今记得，那时干旱灾害的确非常严重。在最严重的时候，田垄里的滂泥水稻田，干裂的口子都能放进去一个大拳头，我的脚曾被卡进去过，弄得鲜血直流。

山坳沟渠中，所有的塘堰水库基本干涸，周围几个村庄的数百号人，所需的饮用水，都要到一个仅存一点泉水的井里去挑。井里的出水量不大，挑水还要排队等候。

每天天还没亮的时候，父亲拉着我到离村子很远的井里去挑水。当轮到我们时，我父亲用钩子扁担，将我从井口上放到井底下去舀水，等舀满了一桶水就拉上来，再放另一只桶下去让我舀满，拉上水后再拉上我。颤颤巍巍挑着一担浑浊的井水回家，至今仍历历在目。

就这样经历很长一段时间，大约几个月后，好不容易下了一场透雨。结果池塘的水里，没几天就长满了小虫子，仍然不能饮用。在我那雨量丰沛的家乡，几十年过去了，至今也没有出现过那样严重的干旱灾害。

当然，全国的土地面积那么大，其他地方是否存在同样的自然灾害，我没进行这方面的调查研究，也没掌握这方面的资料数据。但我亲历过那种特大干旱灾害，着实令人触目惊心。我相信那时饿死过人，也在所难免。

幸运的是，我们家尽管在死亡线上，吃糠咽菜，但还是挣扎着坚强地挺过来了。无论是大办食堂，还是自然灾害，都没有听说有亲戚邻居饿死，也没有亲眼见过村子里饿死的人。像我们这样极度贫困的人家，都能够存活下来，那种形容当时饿殍遍野的形容词，未免有些夸张。

大约到了 1962 年，办了几年的食堂散伙了。可是，大集体的基本结构和分配原则并没有改变，生产队粮食分配政策也没有改变。我们家里人均分配到的粮食，依旧比别人家少一大截，故而生活状态也没有改观。家里仍然是吃了上顿没下顿，东凑西借，忍饥挨饿。小妹饿得像个肺痨患者，经常喘不过气来，仅剩一息尚存。

那些年一年到头，能吃上一块肥肉始终是像我一样的孩子们苦苦的企盼。梦想倘能如愿，则是遇上好年成的年节，也算是父母对孩子们的最高奖赏。

5

岁月再艰难，日子仍要继续。既然来到这个世界，就该好好活下去，活出精彩来。纵然是棵小草，也要接受世界的薄情，耐得住寂寞，经得住风吹雨打。若能耐人践踏，那便是坚强。还有机会绽放小花，那就是精彩。

条条大路通罗马，不要太过在意，不要眼红别人出生在罗马。如果你的目的地是罗马，且能安全抵达，就是胜利，你就是强者。

如前所述，由于我们家人口多，劳动力不足。在我六岁的时候，生产队派给我们家为大集体饲养一头水牛，放牧的任务自然落在我的头上。饲养一头水牛每年可记800分的工分，这也算是生产队对我们家一种自食其力的补助。

要知道，在南方放牧一头牛，并不轻松。不像在北方，一个人可以放牧一大群牛羊。因为在南方，人多地少，能种庄稼的地方都种着庄稼。而且南方的牛都是耕牛，十分珍贵。一般情况下，一个人只能牵着一头牛，在田间地头或空旷的荒地上放牧。

从六岁开始，在我最需要呵护的时段，一连放了六七年的牛。自以为积累了一套所谓的放牛经验。知道哪里有草有水，能让牛吃饱喝足。哪些地方空旷，能让人与牛自由活动。

自己还能帮助家里，干些其他的活计。或砍柴，或找食物，或打鱼草、猪草。

天有不测风云，人有旦夕祸福。人生可能会有意外的收获，抑或遭遇致命的危险。有时下一秒是福是祸，都无从知晓。也不知明天和意外，哪一个会先到。我七岁的那一年，就险些命丧黄泉。

在一个夏末秋初的午后，天刚下过雷阵雨。正是池塘里的鱼虾最为活跃的时刻。我放学回家，立刻牵着牛，带上定罾，出去放牛。

在一个大池塘畔，我将牛安顿妥当，就用定罾去弄鱼。那种定罾类似大江大湖的扳罾，只不过定罾没有那么大，规格要小得多。它的四方边长六七十厘米，而且网眼很小。在固定罾的竹弓上，悬挂着蚂蚱或螺蛳肉等诱饵，只能捞些池塘里最细小的鱼虾。

一般一个人可管四只到六只定罾，轮流提起，把上网的小鱼虾倒出来后，再放回去。如此循环反复，运气好的话，一个下午能捞到半斤左右的小鱼虾。经过加工火焙，可卖一两角钱，能抵一个全劳动力一天的劳动价值。

我那时还没有学会游泳，池塘边十分湿滑。正当我小心翼翼捞鱼的时候，脚下踩着的石头突然坍塌了。于是，身体失去平衡，跌落池塘。幸亏有一位乡亲在旁边挖土种菜，他见状立即将锄头柄递了过来。我在水中时沉时浮，扑腾了好一阵子，终于有一次顺势死死地抓住了锄头柄。老天有眼，我才侥幸捡回了一条小命。

经历了那次飞来横祸，当得知施救者也不会游泳时，我感觉到后脊梁骨凉飕飕的。当然，我对施救者的勇气更加佩服，更加肃然起敬。此后，我拼命在池塘里学会了游泳。

6

想活，是人的欲望。要活，是人的本能。无论是欲望还是本能，能存活下来才是最重要的。我一个半大的小伙子，一天到晚总是想着吃，可到处找不着吃的。尤其是在青黄不接的季节，这种欲望，更加强烈。野外很少找得到能果腹的食物。

我饿得实在不行了，看见牛在吃草，梦想有那么一天，自己能像牛一样，能将青草变成食物。经仔细观察，发现牛也不是什么草都吃，它也是有取有舍。

有一次，牛的一个不经意的动作，却舒缓了我一时的饥肠辘辘。当我牵着牛，路过一处小山竹林时，它硬拉死拽着缰绳，拖着我跑过去吃那翠绿的竹叶。在极度饥饿的情况下，我眼前一亮，这小山竹在春天里长出的竹笋，不是人可以吃吗？虽然当时春天已过，竹笋早已长成了竹子。活下去的强烈欲望，潜意识驱使我抽取枝梢上的嫩竹叶，露出下端芝麻大的白色内芯，并将其掐下，毫不犹豫地塞进嘴里咀嚼吞咽。尽管那东西很小，好歹还算充饥的食物。就那样，我一叶接着一叶抽取，一根接着一根掐嗑。那种抽叶嚼芯虽不能真正解决饥饿问题，也许能够延长脆弱的生命。

由此可见，每一次危机中都可能蕴藏着转机，关键是能否用眼、用心去发现，去抓住并有效利用它才是最重要的。看来，人的求生欲和求知欲都是与生俱来的。在我的身上，随着饥饿的一次次偷袭，求生的欲望往往更胜一筹，从而激发了人类最原始的聪慧天性。难怪《基度山伯爵》中有这样一句名言："开发人类智力的矿藏是少不了由患难来促成的。"

　　有了第一次吃螃蟹的勇气，自那以后，我便举一反三，充分利用禾本科等植物资源。于是，我知道了有些高粱秆茎是甘甜多汁的，野稗草、狗尾草、象草等的草芯是脆嫩可口的，白茅草、百慕大草的地下茎前端是香甜清爽的。

　　同时，也了解到其他植物的食用方法。如洋槐花、栀子花、木槿花、柠条花和榆钱等花朵，可以直接充当菜蔬食用。夏枯草的花蕊球、枸树的雄花穗、嫩艾叶、荠菜、苦菜和蒲公英等经焯水捣碎后，加上少量的米糊或面粉包裹，就可以制成粗糙的青团米馃或野菜粑粑用来充饥。吮吸山坡上油茶花蕊中的花蜜，吸取映山红花朵中的酸爽汁液，采食油茶树上滋生的茶耳茶泡，可以弥补身体所需的营养。鸡公脑的块根，脆嫩得像菱角，煨熟了像山药，乃是一种美食。车前草的嫩叶，像冰草一样爽脆。从野外采摘回来的马齿苋、野苋菜和葫葱等野菜，常常成为一家老少餐桌上的菜蔬美食。

　　此后发展到采摘金樱子和月季等蔷薇科植物的徒长枝，剥去带刺、带叶的表皮，露出鲜嫩的干芯，放心大胆地塞进嘴里，大快朵颐，品尝那清爽可口的纯天然食品的醇香。

　　在野外，无论找到什么样的食物，就像当今逛着大超市，意外寻到心仪的时鲜蔬菜水果一样地赏心悦目。特别是到了夏秋时节，可食用的野生果菜更加丰富。

采摘的火棘（俗称救兵粮）、野桑椹、野刺莓、野生猕猴桃、乌饭子、胡颓子、金樱子、君迁子和四照花果等野果，有的酸甜可口，有的甘之若饴。不仅抵御了一时的饥肠辘辘，而且饱尝了世间百味。有些野果，只有大山深处才有，我只能利用砍柴的机会找些充饥。运气好的话，有时还能将多余的野果带回家，奉献给家人充饥食用，多多少少弥补了一些食物的不足。

火棘果

当时采摘的那些野生食材，大多数都叫不上名来，或叫当地的乡土名字。后来通过学习，才认识了解那些植物，才分得清什么叫作根、茎、枝、叶、花、果。

感谢上苍的恩赐，感谢大地长出了那么多的野生食材，帮我度过了那段困苦的时期，度过了那个不堪回首的饥馑年代。

曾经的痛，未必不是一种淬炼；曾经的苦，未必没有温暖；坎坷的路，未必不是成长过程中的磨砺。生命中多了磨砺，就多了潜藏的能量，或许还会成为人生无可替代的资本。

拿野果当零食，用野菜做干粮，将苦难当浪漫。无论岁月多么艰难，都要奋力坚持活下来。在脆弱中学会坚强，在平淡中找到精彩，在有限中发现永恒，人生就有可能迈入新篇章，就会变得更加美好。

穷不是错，也不是罪，更不要成为人生的包袱。改变的正确方法，就是自我救赎。没有靠山，自己的坚强就是靠山。尽量依靠自己的力量和智慧摆脱困境，把生活掌握在自己手中，人生才不会输得太惨。

始终保持着一颗平常心，一路向前，凡事无愧于天、无疚于心，方能百毒不侵。自身强大，困难都会绕着走，勇敢向前，危险也能无视。看，那时再大的事，现在都成了故事。

有些往事，除了回忆，谁也不想留下。有些无奈，除了沉默，谁都不愿多说。人生如梦，梦里或美或噩，美梦终究会醒，噩梦醒来未必是早晨。只有经过人生极度的荒凉，埋头迈过自己的坎，才能抵达内心的繁华。

现在我敢打赌，假如让我再去参加荒野求生。我坚信，我会充分利用有限的自然资源，比一般人支撑的时间更久，奔走的路也会更远。

辍学的日子

1

人生之路，实难一帆风顺。路上会有风浪险阻，也有迷茫彷徨，兴许还有动荡和灾难。总而言之，会有诸多的不如意。又有谁不是一辈子风雨兼程，一路捡拾，一路丢失，才闯过来的。

许多光鲜的背后，往往隐藏着一段弓紧了的脊背，负重前行。或许有咬紧牙关苦熬的经历，也或许有那么一段不堪回首的艰难岁月。

一个人只要坚持一个目标，朝着既定的方向努力前行。既不急功近利，也不妄自菲薄，而是锲而不舍，且永不停歇，会有更多的机会抵达诗和远方。

在我十二岁的时候，小学毕业之后就被迫辍学在家。那时的我，就像一片被寒风吹落，漂浮于小溪中的枯叶。那种无法自我控制的随波逐流，不知何时才能停歇，何处才是尽头。

一个不谙世事、三观未成的少年，面对鱼龙混杂的社会，最容易惹是生非而误入歧途。好在那时，我没有耍横撒野的资本，老是被人欺侮，总是夹着尾巴做人。

我的人生没有出现太大的偏离，主要还是得益于家庭。

因为家庭是人生的第一课堂，也是人生获取知识、接受技能和继承传统最原始的课堂。父母是孩子的第一任教师。其言行最先投射在孩子身上，进而内化成孩子的世界观、人生观和价值观。

人的教育从来离不开家庭。一个好的老师，也许能影响孩子一阵子，而一个优秀的家长，却能影响孩子一辈子。因此，孩子的性格，在被时代刻下印记的同时，也被家庭深深地打下了烙印。

家庭教育虽与父母的文化程度和兴趣爱好有关，但家教的好坏，却与财富的多寡和地位的高低等因素基本无关。良好的家庭教养，既不是富裕人家的专利，更不能成为贫苦人家的私藏。无论愿意与否，都得接受时光的检验。

当孩子还是一张白纸时，三观的形成，和对未来的憧憬与规划，在很大程度上源于父母的教育，源于家长对孩子的言传身教。这时的孩子，最需要家长对孩子的价值取向加以正确引导，还需要父母的一颗火种点燃。为孩子的心灵世界，点亮一盏指路明灯。

家庭教育，关系到一家子女能否成才，能走多远，能飞多高。家教与门风，能浸润人的一生。

孩子那种善于思考、渴望知识的习惯，同样源自父母。没有太高学历或学识的父母，同样可以拥有教养良好的子女。因为父母的言行举止、精神素养以及他们的人生阅历，影响着子女的思想境界和行为格局。

思想境界决定人生格局，行为格局影响人的性格。我的父母虽然给不了我富足的物质条件，却尽力给了我基本清晰的认知、基本正确的三观。

经历过大集体、大食堂和三年自然灾害，我父亲的身体已大不如前。家境由此快速走向衰落，家里稍值钱的东西越来越少了，最终变成家徒四壁。家庭生活就像王小二过年，一年不如一年。

我的父亲文化程度不高，但他的宽厚与仁慈，却无可挑剔。他是一个有格局、有胸怀的人。面对子女的教育，从不含糊。始终秉持着"养不教，父之过"的自觉，不仅言传，更重身教，从不违背道德良心。

例如，教导我们兄妹与人为善，便有"吃不得亏，搁不了堆"；教育我们勤奋努力，便有"怕吃苦的人有苦吃"；劝说我们莫贪小便宜，便有"君子爱财，取之有道"；劝慰我们读书学习，便有"读书能使人终身受益，贼偷不走，强盗抢不走"；告诫我们做事做人要有原则，便有"有钱把事做好，没钱把人做好"等浅显明了的话语。还有待人接物、为人处世、孝老尊贤等方面，父亲的教诲无所不包。

我们兄妹几人的性格，受父亲的影响较深。尤其是他那种春风化雨、潜移默化的身体力行，起着润物无声的效果，至今让我记忆犹新。

母亲对我们的教育，没有父亲那么多的大道理。她总是亲身示范，那种吃苦耐劳的精神，永远值得我们晚辈学习。一年到头，无论寒暑，总能见到她忙碌的身影。她像一台不知疲惫的机器，从不停歇。在冬天里纺纱织布，常常通宵达旦。曾用手摇纺车，创造出一人一天纺过一斤多棉纱的纪录。

她以惊人的毅力，抵御着一切风浪。几乎是独自一人，操持着一个随时可能落败的家。

她对子女爱得有力量。她的心愿，不仅要让一家人活下去，而且还要让子女上学读书、出人头地，并且坚信自己的子女一定行。她总是不知疲倦地劳作，力图为子女创造更好的条件。只要有能挣钱的事情，不管是男人干的，还是女人干的，无论是脏还是累，她都抢着干。哪怕只能挣取一点微薄的酬劳或工分，哪怕只能挣到买回食盐、火柴和煤油等生活必需品的钱，付出加倍的力气也在所不惜。

就这样一位勤劳善良的母亲，为养活一家老少，她忍辱负重。因而，我们更加敬重自己的母亲。在我们家，母亲的话就是"圣旨"，我们每个人都得听，母亲的命令必须服从。

有此父母，能言传身教、率先垂范。为人子女，面对如此家境，经过耳濡目染，孰能无动于衷？父母的模范行为，在我幼小的心灵，留下了深刻的印象。也让我暗下决心，无论如何，决不能给家里添乱，尽量不让父母操心，更不忍心让父母失望。

在生活中经过父母点点滴滴的培养，我们兄妹几个都非常努力，从小就帮着家里做些力所能及的事，帮衬着父母支撑着家。尽量找机会为父母分忧，让自己和家人都有更多的生存空间，更多活下来的机会。

可是，父亲的老实本分，并没有给我们家带来多少好运，依然免不了受人欺侮和霸凌。母亲的辛勤劳作，也没能打拼出一个殷实的家。

2

一个人最糟糕的际遇，莫过于本属于自己关乎前途命运的机遇，被人抢走。那种懊恼，在我混沌迷茫的时候，还真不知该抱怨谁。

劳其筋骨，饿其体肤，并没有天降大任，等待来的却是一盆冷水。我小学毕业后，继续接受教育的权利随之失去。

日渐老去的父母，再也不能为我遮风挡雨了。我必须学会独立经历风雨，独自承受委屈。所有的伤痛，都必须自己扛。只有扛住了，生活才有希望。如果承受不起，就只能把伤痛埋藏在心底。

生活还要继续，再艰难的路也要走下去。不要埋怨现实的残酷，也不必害怕人心的虚伪。既然无处可逃，那就坦然面对，在原地驻守，隐忍等待。

也许我生来就没有"少年运"。辍学时的我，虽然年届十二岁，但因长期食不果腹，营养极度缺乏，再加上从小劳动强度过大，故而身体非常单薄，个子特别瘦小。

辍学的那一年，生产队还不愿接纳我。我不知所措，内心十分孤独落寞。除了能帮助家里砍柴、打猪草鱼草外，剩下的时间就是跟着年迈多病的老父亲，耕种那片面积不大、十分贫瘠的自留地。

由于在土地改革时期，我们家祖辈的田地被划分到邻近的生产队，因此我们家在生产队分到的自留地多是劣质土地。本来由紫色页岩发育而成的土壤就相当瘠薄，尤其缺乏氮肥。

凭借我们父子这一老一少类似爷孙辈的生产组合方式，根本无力改变土壤肥力。我们只能在自留地里多种些豆类植物，企图以豆科作物的根瘤菌来改良培肥土壤。因此，在我们家绝大部分自留地里，春夏经常长的是绿豆、黄豆，秋冬种的是蚕豆、豌豆。

然而，这种改良培肥土壤的过程十分缓慢，家里又没其他办法能为自留地增添肥料，只好采取广种薄收的办法。于是我的父亲领着我在旷野里到处点播种子，期望能多收获一口粮食。遗憾的是，这种奇迹并没有发生。

那时老家的习惯，一天只吃两顿饭。少吃一顿的原因，也许就是为了节省粮食。早餐时间，一般在上午九点钟前后，晌午为正餐，约在下午两点以后。所有外出的生产活动，均按此作息时间安排。生产队每天出工三次，记工分遵循 2：5：3 的比例。

辍学的第二年，生产队终于收留了我，给我评定每天出全勤记三分。意味着三个我，仍顶不上一个全劳动力。作为在册的正式劳动力，生产队继续安排我放牛，但这时已没了补助性质。我每天早晚放牛，可得一点五分。一旦牛被派去犁田了，我就要和其他劳动力一起下地干农活。其余的时间，还要像大人一样干活，再去挣另外的一点五分。就那样，从早到晚，一天忙忙碌碌挣得三分工分。即使我能出满勤，全年只挣得900分，与原来放一头牛的800分相差无几。

刚参加生产队劳动时，因我经验不足，力量太小，无论我怎么努力，付出多少代价，受过多少苦和累，流过多少血和泪，总是得不偿失。我在农村干农活，往往事倍功半，经常被搞得焦头烂额，苦不堪言。

农谚云："有收无收在于水，收多收少在于肥。"那时生产队的经济基础相当薄弱，农业生产基本上以自积农家肥料增加作物产量。因此，各级领导对积农家肥的工作都十分重视。其主要途径是收集家禽牲畜粪便，积聚树叶草皮等植物残渣，再就是秋冬在田地里播种绿肥紫云英。

为了提高稻田的土壤肥力，传统的农业耕作方法是在晚稻收割之后，将稻田翻耕过来，浸泡在水中，形成白水田。以便促进稻茬腐烂、土地熟化，且有利于消灭水稻的病虫害。然后，在白水田里围起泥埂氹坑，将从山上收集来的草皮树叶和肥沃的土壤连同家禽牲畜粪便一起挑到氹坑里，进行发酵沤制。经多次翻拌，加速植物有机质腐烂而形成肥料，再均匀抛撒在田里。

像积肥这种农活，一般安排在农闲的冬季里进行。往往与天寒地冻不期而遇，社员们经常要砸碎冰块，赤着脚，踩着冰碴子下田干活。站在水田里，只要是能没过大人小腿的淤泥，就能轻易没过我的大腿。所以，我的裤腿要比别人卷得更高。这样造成身体大面积裸露，常常被冻得瑟瑟发抖，牙床不停地打磕颤。再加上我初涉农活，在水田的劳作经验不足，大腿经常被冰块划出一道道血口子，渗出殷红的血。

还有，在挑送草皮树叶和农家肥的时候，需要不断在岸上和水田间往返。这种类似钢铁淬火般的干湿交替，很容易引起腿上的皮肤皲裂。那皲裂的伤口一到水里，就像往伤口上撒了一把辣椒面，弄得火辣辣地生痛。

如此种种，我只能把我那时的经历当作一个生瓜蛋子成熟过程中应该付出的代价。

那时的我，尽管还算不上一个真正的男子汉，但已能合理分配劳动作息时间，以多干活来减轻家庭的负担。我早晚为生产队放牛，还可以帮助家里捡些柴火，顺便采集猪草或鱼草。中间一个长长的大白天，我可以到远处的大山里去砍一担柴火，以解决家里一日两餐的烧柴问题。

那时，我二哥早已失学在家，参加生产队劳动多年了，但还不是记十分的全劳动力。随着父母衰老，身体条件变差，并没有因为二哥参加生产劳动使家庭的生活条件有所改观。

大道至简，当以存活为先。不怕列位笑话，在我的脑子里，似乎找到了食物就像抓住了活下去的希望。这是我从小就有的最根本的认知和切身体验。

3

在没有书读的日子里，凄风苦雨的生活教会了我吃苦耐劳与坚忍。一旦忘情于茫茫荒野，孩童的天性或许被饥饿的感觉所驱使，触发一些奇思妙想。

我们生产队的枣树很多，每到青黄不接之际，树上的青枣还未成熟，有时等不及了，我会把那青涩的枣子摘下，摊在沙坑里催熟。其方法是在上面覆盖一层薄薄的细沙，以利夏天的太阳晒烤，且使青枣受热均匀，还不易被别人发现。几天之后，待青枣的淀粉转化成果糖，去除了青枣中的生涩，就可以享用自制的红枣干了。

对于找到的那些不能生吃的食物，就和一起放牛的几个小伙伴，生起一堆篝火，把找来的豆荚、番薯和芋头，甚至把钓到的鱼、抓到的泥蛙，取出其苦胆和内脏，洗净后用荷叶或树叶包裹好，直接投入火灰堆里，煨熟了再吃。如此种种，不一而足，反正都是就地取材。

然而，那时山上的植被稀疏，野生资源极少。再说，用那种原始的取食方法，一般都是孩童间的游戏之作，只能解一时之馋，充一时之饥，聊续一点人体能量而已。

胡颓子

人的欲望如能控制在最低的限量之内，不让其任意膨胀，应该还算是一个正人君子。因为人生的最高境界，就是知道节制。既不靠别人的监督而控制欲望，也不因无人知晓而恣意妄为。我尽量做到冬天不进萝卜园，夏天远离黄瓜棚，为的是瓜田李下，避人嫌疑。

如果说聪明是一种天赋，那么，善良则是一种选择。在生存受到威胁的情况下，还能不受物欲的诱惑而心生邪念，还能慎独自律，不失本性，守住底线。

现在回想起来，竟然暗暗地佩服自己。饥饿不丧失良知，找食不损害他人，卑微之处，至少还有尊严。没有贪念，没有虚荣，故而，至今内心感觉到如此安宁。这不是炫耀自己多有风骨，而是出于戒慎，似乎还有某种外力强加于我。生怕授人以柄，也怕伤及自身，更怕给父母带来麻烦。

家庭的教育，社会的约束，时代的烙印，隔离了自己偏离正轨的土壤。我虽没有出淤泥而不染的高洁，至少保持了内心的干净。

面对恶行，我选择善良。忍着、让着，甚至容着、避着，把它藏在心底的某个角落，保持一颗善良的心，继续前行。做一棵傲骨的小草，相信总有一天，承受的痛苦会成为腾跃的起点。学做兰草生于幽谷，并不会因无人欣赏和采撷而不吐迷人的芳香。

人生需要多一些快乐，少一些哀伤。追求幸福和快乐是人生最基本的目标。在忍耐而坚强地挺过之后，给自己找一个开心快乐的理由，将美好留存心底。争取做一个拿得起、扛得住、放得下、看得开的心怀大度之人。

寻觅适应自己的生活心态，创造一种全新的生活方式，并及时兑现快乐。哪怕是为自己能找到一点充饥的食物而欣喜，为一种细碎的美好而感动。

生活中，苦与乐的数量，取决于曾经的遭遇，而苦与乐的品质，则取决于自身的灵魂。

4

如前所述，我的家乡被称作鱼米之乡，这个称谓，不是浪得虚名。家乡的池塘水田遍布，河道沟渠纵横。有水便有鱼，这话一点不假。那些地方，到处藏有鱼虾。

捕鱼捞虾是我从小就喜欢干的活儿。收获的鱼虾，不仅可以改善生活，更重要的是能拿到集市上，换回家庭生活必需品。经过长时间的摸索，我还积累了一套抓鱼捞虾的经验。

大家都知道水至清则无鱼的道理，但浑水中不一定就有鱼。只有那些未经外力干扰的浑水中才可能有鱼。一般情况下，水田里有小鱼，河沟里有大鱼。浅水中游的是小鱼，深水中藏的才是大鱼。除了掌握这些找鱼的经验，同时也了解一些鱼儿的习性，可以起到事半功倍的效果。

当春天水温回暖时，水中的鱼儿开始活跃起来。播种育秧的时候，经过白天的阳光照射，表层水温变高，鱼儿喜欢到水温高的地方活动。傍晚时分，稻田里的泥鳅会钻出泥面活动觅食。只要用火光照着，用工具就能轻易把它们捞上来。一到闷热天气，泥鳅一般藏在柔软的浑水坑里，用手轻轻探摸它的腮帮子就能轻松地拎出来。

黄鳝比较狡猾，它在稻田里的隐藏处，泥面通常有三个小洞，用手指头顺着其中一个稍大的洞探摸下去，准能找着。如果黄鳝躲藏在田埂或溪沟旁边的洞穴里，可用小棍将它弄出来，徒手用力掐住它的腮帮子才不至于让它逃脱。有时也可以在铁丝钩上挂条蚯蚓，将它钓上来。

在没有捕捞工具的情况下，如果要外出抓些小鱼，可去稻田里。先要找到被流水冲淘的深水坑，再用泥土围个埂。或者在河沟里找一处容易拦塞的水坑，来个"竭泽而渔"，一般都有收获，绝不会空手而归。

每当春夏之交，冷热交替频繁，水里闷热，含氧量偏低。一场雷雨过后，水田中漫溢的流水带来了充足的臭氧，鱼儿会随着水流溯源而上。当遭遇陡坎时，鱼群受阻而滞留，便会出现所谓"过江之鲫"的现象。这个时候只要用工具卡住下游细窄处，再阻断或改变上游来水，就能抓到很多鱼。有时一次能抓好几斤，这确实是件令人开心的事。

有一种下河弄鱼方式，现在看来很不环保。在夏秋的干旱季节，当小河水位下降时，选择一个风清月朗的夜晚，由五六人分工协作，利用当地出产的油茶籽枯饼、旱烟秸秆和石灰等作为主要原料，按一定比例进行熬煮。并将这些熬制的混合液体，挑到河道又浅又窄的急流险滩上。

等到凌晨三四点的时候，再将混合液体搅拌均匀，迅速倒入河道。不一会儿，河里的鱼儿就像喝多了的醉汉，到处乱窜，部分被毒害的小鱼会立马浮现水面。

经过一两个小时，有些醉晕的鱼儿才会慢慢地苏醒过来，恢复自由。河面仿佛又恢复了原有的平静。

一般有操捞工具的成年人，一个晚上能收获数十斤的鱼，甚至更多。没有工具的人，只能等到天空泛亮之后，在浅水中捡些漂浮在水面的小鱼，捞点"残汤剩羹"。

我曾参与过一次这样的捕鱼活动，由于缺乏必备的操捞工具，所获十分有限。再说，我见到那种场面后，内心就产生了一种不安的抵触情绪。

利用这种办法捕鱼，其杀伤力虽不具灭绝性，毕竟还是造成了对生态的负面影响。尽管那时的政府并没有明文规定禁止使用那种办法，但仍然免不了被人指责的尴尬。自那以后，我再也没有参加过类似的捕鱼活动了。

5

在我辍学的日子里，"乐山"要比"乐水"来得更为凶险刺激。受生活所迫，那种懵懵懂懂的状态，让我多了与死神擦肩而过的风险，也曾有过几分少年不知愁滋味的愉悦。

蛇是最令我害怕的爬行动物。可是，在南方，又很难避免。我和蛇有过数次惊魂落魄的遭遇。

有一年秋天，我去取稻草喂牛，纵身从高坎上跳到下面的稻草垛里，似乎踩着了一堆软乎乎的东西。当我拨开上层的稻草一看，原来是一条大银环蛇围着几条小银环蛇，躲在草垛里避寒。要是在温度高的夏天，我跳进那堆冷血动物的蛇窝里就该完蛋了。

还有一次，我在野外采猪草，发现前面高埂上，生长着一丛枸树，那树叶是很好的猪饲料。我急匆匆地赶过去采摘，刚到近前，突然发现一条大响尾蛇近在咫尺。它的身子盘旋扭曲，正抖动着竖起的尾巴，摇得像一根短路的电线，嗞嗞作响，向我发出警告。若稍向前靠近一点，我头部的位置，正是它攻击的高度和范围。如果那样，后果不堪设想。

最令我惊悚的是有一年夏天，我正在收拾柴垛，刚把砍下的柴火抱拢，准备捆缚后回家。当我一脚踩下去，一条一米多长的眼镜王蛇"嗖"的一声，箭一般地从柴垛里蹿了出去。蛇在逃跑的过程中，突遇梯田的陡坎阻挡，还可能是怕我追打的缘故，于是迅速掉转头来，高高地竖起身子，架起扁平的头，在呼啸声中冲着我"嘶嘶"地吐着信子。而我早已被吓得魂不附体，呆愣在那儿。当回过神来，发现手里有砍柴用的茅镰，面前还有柴堆的阻拦，心里便有了底，所以我并没有打算逃跑。僵持了一会儿，蛇见没什么动静，便快速地溜走了。原来是人怕蛇三分，蛇却怕人七分。

类似这样的经历还有很多。比如掏鸟蛋、逮雏鸟、追赶野兽等，都遇到过不同程度的危险。尽管现在看来有些荒唐，少年时期觉得还是蛮有趣的。

最有趣的莫过于在冬天下雪的时候。特别是大雪封山两三天之后，野生动物必然会出来活动，寻找食物。村子里的孩子们就像过大年一样，三五成群外出找野兽。

大家一手拿着一根棍棒，一手拎着一捆稻草。棍棒可用来防滑当手杖，也可用作击打野兽的武器。稻草的用途就更多了。它不仅可以作为雪地里稍歇的坐垫，而且在遇到斜坡时，可将稻草捋直了垫在屁股下，用手攥着稻草的一端，瞬间变成雪橇顺坡滑下去，不伤衣服还加快追赶的速度。稻草的另一个用途是在发现动物躲藏处时，直接当作点火生烟的材料，用来驱赶藏在山洞的野兽，钻进在另一端早已布下的网兜口袋。

在雪地里，孩童们循着野生动物夜间活动的足迹，追踪着直捣老窝。很多时候，由于人声嘈杂喧闹，人还未到达它们的窝边，野生动物撒腿便跑。于是，大家紧追不舍。一旦查明动物躲藏的涵洞，一帮人在涵洞口点火生烟，另一帮人在另一头张网以待，来个"守株待兔"。

都说"狡兔三窟"，但它也有"呆萌"的时候。有一年夏末秋初，一场大雨过后，坑洼里积满了雨水。我身披蓑衣在野外放牛，正坐在一个废弃了的采石场豁口处，欣赏雨后的彩虹。突然身后传来一阵窸窸窣窣的声音，我慢慢移过视线，发现一只野兔正准备潜回窝里休息。

我假装没看见，背着它走下坡去。然后，搬起一块石头，悄悄绕到它的上方。掩藏在草丛的野兔，还警惕地注视着我，以为我没发现它。说时迟，那时快。我迅速将那块扁平的大石头，居高临下，用力向下砸去。石头不偏不倚，准确地砸落在野兔身上。

描写此景，多少带有一些血腥或残忍，也许还会有人埋怨我的狠心。可是，儿时那份不期而遇的收获，我有理由兴奋。如若不妥，都是饥饿惹的祸。

在前途渺茫、温饱存忧的辍学的日子里，我只能用这种方式来打发那无聊的时光。就那样，过了一天又一天、一年又一年。尼采有句箴言："每一个不曾起舞的日子，都是对生命的辜负。"我也常常问自己，难道这就是我的生活、我的未来、我的全部？

人找吃的，当然是为了活着。但活着的人，绝不仅仅是为了找吃的。欲想生活的舞台能够绚丽多彩，就必须破除安于现状的心态，去摆脱困境，让人生变得更美好，让前途更加光明。

每一条人生路都不是坦途，曲折与坎坷在所难免，不如意十之八九。与其抱怨沮丧，嗔怪生活的残酷，不如振作起来。把曾经的痛，曾经的苦难，演绎成坚强，因为没人在意你的懦弱。一旦选择坚强，全世界都会陪着你欢笑。可以在前途无望的时候，坚持一份信念，赢得一线生机。

人不要怕走弯路，世上处处是弯路。能巧妙地避开所有障碍，曲折前行，说不定就能抵达内心的繁华，可能会有意外的收获，看到更加美妙的风景。

失落的碎片

1

回首往事，仿佛蒙上了一层淡淡的晕光。亦幻亦真，若隐若现，欲升还沉。人这一生，在时光的记忆里，只要没有储存太多的遗憾，没有留下太大的痛苦，就该知足了。如果回首往事，还能想到自己做了些有益于社会或他人的事，就无愧于曾经拼搏奋斗过的一生。

若论人生成败，不应是比拼财富的多寡和地位的高低。而应是在不忘初心的路上，心里留下的遗憾最少。在爬坡过坎的过程中，一路坚持，达到了已尽力而为的人生高度，便是成功。

回首曾经的岁月，有些事情尽管细碎，却能烙进心里，令人难以忘怀。依稀记得，在我的整个青少年时期，劳碌和奔波一直如影随形，往往被弄得心力交瘁。繁重的体力劳动，经常压得人喘不过气，似乎永远没个完。

高中毕业后，我再一次回到农村。有了从小干农活的历练与摔打，掌握了多数农事活动的基本要领。自己的个子也长高了，体力增强了。

从高中毕业的那一天起，为了能够填饱肚子，使家庭尽快摆脱困境，我不惜体力，拼命地干活。无论是在春寒料峭天的打凼积肥、犁田播种，还是在夏日炎炎下的抢收抢种、追肥撒药，无论是在秋风瑟瑟中的挑土筑坝、兴修水利，抑或是在冰天雪地里的开山凿石、修渠筑路。我都能从容面对，勇往直前。经常弄得自己晴天一身汗，雨天一身泥。

就这样，一年到头没能为自己留下一点闲暇。希望能以多挣工分来改善生活，以勤劳肯干来改变命运。同时也希望通过高强度劳动来换取人们的尊重，求得社会的认可。

随着年岁的增长，家里的兄长进入了成家立业、自立门户的阶段。这是中国传统的大家庭开枝散叶的必然。我母亲再一次找来家族里的头面人物，帮忙主持分家。

按照农村当地习俗，家庭所有财产与义务，应由家里的男丁均分承担。我们家能称得上财产的，仅有两间半土坯瓦房，还有家里为长兄新近添置的几件必备的家具，以及二哥找木匠简单打制的几样家具。剩下的就是日渐老去的父母。而这是为人儿子该承担的赡养义务。

面对这种捉襟见肘的"家产"，主持人面露难色。我当即表示，家具为谁准备的就分给谁，我不参与分配。但我目前不能露宿荒野、流落街头，房屋应有我一份。可能在我的潜意识里，想为父母争得一个转圜的余地，保留一处遮风挡雨的地方。

主持人见我主动放弃了最难裁决的家庭财产，也为我争得了一项优惠待遇。那就是推迟了我赡养父母的时间，约定我 25 岁之后，无论成家与否，开始必须承当。大家对此均无异议，我们家就这么简单、和颜悦色地分了。

我相信，在农村，有文化又勤快的人不会被轻视。何况我回乡的第二年，已全面掌握了农业技术活的基本要领，生产队终于将我评定为每天能记十分工的全劳动力了。

说句实在话，我的身体一直不够强壮。要干像挑重担和抬石头那样的重体力活，我还是比不过身体强健的农民。别人能挑180斤以上的重担，而我只能挑120斤以下的担子。若论像插秧犁田等农业技术活，特别是具有一定科技含量，像喷洒农药和抛施化肥等这些需要科学方法和技巧的农活，一般农民远不是我的对手。

每到农忙季节，为了不误农时，生产队经常鼓励社员多干农活，常常以记件或记量的定额方式，给社员包干下去。为了多挣工分，我经常一人干着两三人的农活。

就在那一年的"双抢"期间，因久晴不雨，天气炎热，既要抢收抢种，又要抗旱斗高温。生产队的劳动力十分紧缺，上面要求的时间进度抓得很紧，并且还没有省时省力的机械动力。为不误农时，我白天干着或拖犁或踩打稻机等重体力活，夜晚还蹲守生产队的柴油机抽水灌田，一连几天几夜没合眼。

连日来的劳累，加上夏日午后的高温，我中暑晕倒了。体温高达40摄氏度，烧得我不省人事。家里请来的赤脚医生已表示无能为力，就看自身的造化了。我母亲急得团团转，一边用凉水毛巾帮我降温，一边祈祷上苍。最后，索性来了个"死马当作活马医"，就近请来土专家，用农村的土办法，又是刮痧，又是放血，忙得不亦乐乎。

我的身上早已血流不畅，嘴唇和指头都发乌发黑。土专家用打碎的瓷瓦片，扎遍了我的十个手指头和十个脚趾头，反复用手挤压，以促进体内的血液循环流通。这些，我当时全然不知。直到二十个指（趾）头都挤出了如墨的乌血，才感觉到疼痛，我才从死亡线上被救了回来。

至今我的每个指（趾）甲盖下方，还留有一块块白色的斑痕。有时我察看手脚，内心五味杂陈，只能暗自叹息。经此一劫，我对夏天的酷热，多了一份天然的畏惧，到现在还习惯性地讨厌夏天的高温。

2

在农村，能有高中毕业的"头衔"，那时还算稀罕。所以，类似我这种"山乡寒士，农桑拙夫"，也算有了独特的用武之地。生产大队凡需文化知识高的生产活动，基本上都有我参与或由我组织。因此，我多次参加过由公社举办的农业技术培训班，学习过水稻和棉花等病虫害防治技术。掌握了一些土农药的熬制蒸煮方法及其适用范围，更精于农药的浓度配比和精准的使用方法。还能辨认出水稻和棉花的一般病虫害，且能对症下药。所以，一到生产队需要分组定额干活时，许多人都愿意与我同组。

随着自己的组织能力变强，活动余地变大，慢慢地便在当地有了些小名气。关键时候，生产队好些技术活已渐渐离不开我了。

1975年8月下旬，晚稻的长势转旺，正是稻瘟病和稻纵卷叶螟等病虫害横行猖獗的时候。而防治水稻病虫害这些技术活不是生产队普通劳动力随便就能掌握，需要有技术、有经验的人指导才能完成。

那时在农村的"双抢"过后，有些农民便有了难得的闲暇。一般有改建房屋需求的家庭，都会利用这个暂时的空闲，组织人帮忙打砖建房。

我的贺家大哥，家住大山桥公社，离我家有好几千米的山路。他家那年也准备建房。应他之约，我请假去帮他打砖。好说歹说，生产队长批了我一天假，要求我第二天一大早必须归队，带领青年社员喷洒农药。在那种情况下，我只得应允。由于那天打砖的工作量很大，直到摸黑才算基本完工。我只得在大哥家留宿，第二天凌晨再走。

那一天，正值农历七月半的盂兰盆节，在农村简称鬼节。凌晨四点时分，我睡眼惺忪，一骨碌从床上爬起来赶路回家。野外的月色朦胧，远村近树，依稀可辨。从大山桥公社回家，抄近路需要途经一个人迹罕至的水库。

我一阵暴走之后，来到水库旁边，看到坦荡宽阔的水面，难免心生怯意。走着走着，道路前方的库坝岸边，隐隐约约出现一棵大柳树。快到近前，幽幽的凉风渐起，慢慢地越来越大，围着那棵大柳树由下到上，逆时方向，快速旋转起来，树梢柳枝扭成螺旋状翻滚。

当我走近树前，突然，好像有什么东西，"嗖"地一下从树上蹿下，"咣"的一声，恰似一个石破天惊的巨物砸向水库当中，打破了山野黎明前的寂静。远处村庄的狗，随声狺狺狂吠。满水库的鱼儿，顿时像炸了一锅爆米花，噼里啪啦地跳个不停。此时的我，"啊"地惊叫一声，吓得魂飞魄散，浑身发抖。当我回过神来，高声唱着，不！是高声喊着革命样板戏《智取威虎山》里杨子荣打虎上山的曲段。"党给我智慧给我胆，千难万险只等闲……"快速地逃离了那段惊魂的濒水之路。

类似那样的自然现象，我曾在大白天有过相似的遭遇。就在我居住的村子旁边，当时的社员们正围着一个池塘，在梯田里栽插晚稻。出于积肥和防治水稻病虫害的需要，池塘和稻田周边的灌木杂草被铲除得干干净净，只剩下几棵孤零零的枣树。

在众目睽睽之下，莫名其妙地出现了一股旋风，围着一棵高大的枣树快速旋转，并且越来越快。满树的青枣雨点般地落入水中。突然，像有巨石从枣树上砸向水里，一池塘鱼全都惊跳起来。好在大白天有一群人亲眼看见，并没有引起太大的恐慌。

我自认为是一个唯物主义者，但亲历的这些场面，却至今无法解释。后来问过很多人，有些人坦承有过同样的经历或遭遇。但没人能说清楚其中的缘由。

3

那时在农村，全劳动力干一天记十分，到年终分配时，还分不到一角钱是常有的事。一年干到头，无论我怎么卖力，只能勉强糊个口，就连添置必需生活用品的钱都很难找到。更糟糕的是，我不知道那种生活状况，何日才是个尽头。

如果人生状态就那样下去，我自然心有不甘。更不愿画地为牢，作茧自缚，将自己孤悬于逆境之中而裹足不前。于是，我那颗不安分的心，开始悸动，一种叛逆心态由此萌发，一股倔强劲头开始躁动。我真希望能用自己的智慧和力量，来摆脱困境，逃离苦海。

随着危机感的与日俱增，逃离农村的欲望愈加强烈，我开始了漫无目标的瞎折腾。于是，我到马路边与锤碎石子的养路工人套过近乎，到采煤矿井帮助矿工挖过煤，到水泥厂求过刚进厂的同学帮忙找零工活做，甚至去衡阳市城里的招待所，帮助服务员打扫过卫生。在我狭窄浅显的认知里，希望能以帮助别人劳动的方式，换取招工的信息。企图碰碰运气，长长见识，找到一份能挣钱的差事，尽快离开那偏僻落后的穷山村。

记得有一回，我偷偷带着好不容易从野外收集积攒下来的几斤新鲜的红枣，只身跑到谭子山重晶石矿的一个工地。在一个貌似矿山管理办公室里，我热情地递上带来的红枣。当人家明白我的来意时，都表示爱莫能助。

我找到了该矿的尾矿工棚区，临时投奔在尾矿渣堆挑拣重晶石的同村老乡。当我和他一样，将混入矿渣的重晶石挑拣出来送到矿上去时，管理矿区零工的工头，却不愿收购我挑拣的重晶石。理由是，我的到来抢了他那帮穷哥们的饭碗，威胁到了他人的生存安全，故而必须将我撵走。

在万般无奈之下，我只能兴味索然地打道回府。濒临绝望的我，踽踽独行，神情沮丧地踯躅在湘桂线的铁轨上。我默默数着脚下的枕木，不知该向何处，顿时好生悲戚。任由思绪弥漫开来，脑子里浮现出一幕又一幕。

童年的苦难，成人的艰辛，旁人的冷眼，世态的炎凉，处处碰壁的境遇。到哪里都不遭人待见，在哪儿也无法容身。自己仿佛成了小时候放过的那头牛，吃的是草，挤的是奶，拉的是犁，挨的是鞭。

遭遇那种挣不脱的樊笼苦恼，竟然无处诉说。我的内心，一番番酸楚，一阵阵凄凉，猝不及防地突袭而来，将我貌似坚强的外表瞬间摧毁。眼眶里的泪水再也抑制不住，夺眶而出，沿着面颊滚落下来。

突然间，天空中淅淅沥沥地掉下雨滴儿，仿佛一同在为我的遭遇而哭泣。泪眼蒙眬的我，双腿如同灌了铅似的，感觉是那样的沉重，迈不开步伐。

我一屁股瘫坐在冷冰冰的铁轨上，心里想着，在这宁静而无人知晓的地方，只要自己的身子往下一躺，就能轻易地结束眼前的一切，与天地融合。

几乎与此同时，脑海里浮现出另外一幕。前不久看过的《钢铁是怎样炼成的》中有这样一段话："任何一个傻瓜，在任何时候都能结束自己！这是最怯弱也是最容易的出路。"主人翁保尔·柯察金还有一句名言："人最宝贵的就是生命，生命对于每个人来说只有一次。"想到此处，一股神奇的力量，将我的思绪从崩溃的边缘拉了回来。

人不可以过于自私，我不能就此了结。因为生命不仅仅属于我一个人，同时还属于含辛茹苦把我养大的父母，以及疼爱我的家人。

每一颗种子都有存在的价值。相信这个世界，总有一朵鲜花为我而绽放，总有一处风景因我而美丽。纵使全世界将我抛弃，也有理由用自己的智慧和勤劳让生活变得更有意义，更加精彩。即便走到生命的尽头，也应学会坚强。至少不会让自己后悔曾经来过，活过，付出过。

凡有志者，不会因生活困苦而消沉。生活的强者，不是没有眼泪，而是含着眼泪，负重前行。

突然间，垫座的铁轨铮铮作响，静静的大地仿佛都在颤抖，一阵阵轰隆轰隆的声音由远而近。猛然间，火车的汽笛一声长鸣，我瞬时滚下了铁路。由桂林方向开来的一列货车，风驰电掣般地从我身旁呼啸而过……

话到此处，描写的情节似乎有些虚幻，讲述的故事好像有些老套，可它却是真真切切发生的事实。在那脑子空虚的年代，《钢铁是怎样炼成的》那本书，的确对我的影响很大，给予我鼓励，给予我正能量。

4

生活与岁月的双重镂刻，让我感知了生命的韧性。一个意志坚毅的人，必须热爱人生、珍惜生命。哪怕眼含热泪，独自舔伤，也要担负起生活的责任，至少不去拖累家人。

民间世俗早就有"穷不走亲戚"的古训。人在贫困的时候，很容易被人轻看，从而陷入"借钱无路，投亲无门"的恶性循环。因此，再苦再累都得自己扛着，再难再险只有自己撑着。

无助的我，犹如一棵草芥。自然不能与大树争高低，更不敢与花朵争美丽，唯一的希望就是能够留存自己的底色。因为每个生命都是带着使命来到世间，无论多么平凡，多么渺小，多么微不足道。总有那么一个角落将其安放，总会有人需要他的存在。

　　在变幻莫测的大千世界，竞争是一切生物的本能，而人是生物竞争中的强者。顽强的生命，一旦选择不惧风雨，无论生境多么恶劣，风吹不倒，雨淋不跑，耐得住孤单寂寞。顶得住压力，就可彰显生命的韧性和顽强，扛过一切狂风暴雨，就有机会迎来新的希望。

　　我挥手告别那种瞎撞的折腾时光，找一个安静的角落，寻一处适合自己的生存环境，独自疗伤。在艰难困苦中学会养精蓄锐，精心打磨自己。在逆水行舟中积蓄力量，把一种卑渺的野性活成一股能力，让自己变得优秀强大。我老老实实地待在家里，不再折腾了，尽量多找点书看，以充实自己。

　　在我居住的村庄附近，有两所学校。其中一所是我就读过的完小，当时变成了完小附中，另一所是随之下放到生产大队而开办的小学。在农村的学校，配备的师资力量本来十分薄弱，教师的岗位基本上是一个萝卜一个坑。

　　随着学校的突然升格和迅速扩张，自然需要招聘老师予以补充。因为在这两所学校里，都有教过我的老师，他们对我的情况十分熟悉。如果学校有教师不能到岗，我就被请去代课教书，老师一回校，我又回家当农民。一段时间，我在这两所学校之间，干起了半耕半教的营生。

　　自小学下放到生产大队之后，学校里不仅缺师资，而且缺校舍。下放到我们生产大队的那所小学，一边借用民房给学生上课，一边筹建新校舍。学生分散在几个自然村里上课，管理起来很不方便，也很危险。

为尽快改变这一状况，必须赶紧把新校舍建起来。生产大队解决问题最简单、最直接的办法，就是"一平二调"。要建学校，没有资金，按人头分摊筹集；没有木材，到山上去砍；没有红砖，发动社员去烧。要砌房子就把辖区内所有的能工巧匠，全都抽调上来。

在解决学校师资的问题上，同样如此。由于上级对正式教师指标控制得非常严格，学校师资明显不足。我因此被抽调出来，临时充当了一段时间的代课教师。

在同一所小学里，同时存在公办教师、民办教师和代课教师三类。公办教师由国家发放全额工资，民办教师每月发六元钱的补贴，代课教师连补贴也没有。后两类教师都由生产大队以统一记工分的形式作为报酬。工分相当于工资，相当于货币，年终用于抵扣各生产队摊派的任务。老师拿着这些工分，和农民一样参加所在生产队的年终分配。

我在代课期间，正赶上学校兴建新校舍。民办教师和代课教师白天上课，下课后都要参加建校劳动，晚上还要轮流值守基建工地。我的年纪最轻，又是代课教师，在干完自己那份差事的同时，自然还要帮助年老教师和女教师完成守夜的苦差事。所以，建校的那段时间，我几乎每天夜晚都值守在学校的工地上。

夜阑人静，在湿热的工棚里，值守人员一般都是和衣在稻草上席地而睡，守护着工地上的建材和工具。待到第二天早上，总感觉浑身湿漉漉的，很不舒服。没过多久，我就患了严重的痔疮，行走很不方便，感到十分困难。

恰好有一位民办老师，兼任着生产大队的赤脚医生。他给我开了一大堆庆大霉素，并说一个疗程为半个月，每天必须注射三次才能控制。由于他不能成天跟着我，就教会了我自己打针。我依样画葫芦，在自己身上扎了几个星期数十针，真的是无知者无畏。现在回想起来还有些后怕，万一扎偏了伤着神经，自己就残废了，还怪不着别人。幸运的是，没有出现那种意料之外，最终还把自己的病根治了，值得庆幸。

在那段代课的日子里，一般情况下，如果是上小学课程，我都可以凑合能顶上，要是教初中课程，我一般只教语文。因我没正式上过初中，教其他的课程，我怕误人子弟。

5

1975 年底，衡阳地委行署派出"抓革命，促生产"工作队到我们公社蹲点。由行署农业局一个副局长带队，进驻我们生产大队。

工作队的到来，当然需要有头脑、有文化的人协助配合开展工作。无论是写文章，还是接受农业技术教育，我都能出色地完成。这无形中为我提供了抛头露面和接触外界的机会。我的工作表现和能力，也慢慢得到了工作队的认可。有时，他们还会直接给我布置任务。有了这一机缘，就有了参加公社相关活动的可能。

"知识青年到农村去，接受贫下中农再教育，很有必要。"自1968年开始，由城里下放到农村的知青越来越多。到了1972年，政府把政策调整为插队落户。各地上山下乡知识青年管理部门，会组织知青的家长代表，到插队落户的地方进行实地考察，并征求意见。按当时的水准，能安排知青插队落户的地方，在当地都是生产生活条件较好或土地富足的地方。

　　我们公社距离衡阳市很近，可算作远郊。也只有几个条件相对好的生产大队才有资格接纳插队落户的知青。我当时挺希望能有机会与城里的知青一起学习劳动，以便了解外面的世界，交上新朋友。但由于我所在的生产队条件较差，未被选中而留下小小的遗憾。

　　这并不等于我没有机会接触到城里的知青。有一次，我被挑选为优秀的回乡青年，到公社开办的红旗茶场知青点去参加五四青年联谊活动。刚到开会地点，一进门就看到衡阳市的对口单位用卡车给该茶场的知青送来了大批的农具、炊具、床铺和家具，也给他们带来了许多日常的生活用品。知青们的家里顺便还为他们捎来了糖果、饼干和猪油等许多紧俏的物资。

　　时隔近半个世纪，从全国1600多万知青群体走出的中共领导集体中，十八届常委占有4席，政治局委员占48%，十九届常委占有3席，政治局委员占44%。这何尝不是一种"失之东隅，收之桑榆"的收获过程。

6

有些事情，年轻的时候无法懂得，懂得的时候已不再年轻。奇迹无法复制，记忆难以忘怀。无论是苦是泪还是笑，干过的善事、好事、快乐事，需要留存。干过的傻事、糗事、荒唐事，需要忏悔。留存曾经的美好，忏悔曾经的过错，赶走跌宕的心情。

我庆幸这一辈子，虽然历经了缺吃少穿、天灾人祸的艰难岁月，但未经历兵荒马乱的战争蹂躏，更没有颠沛流离的逃亡生涯。蓦然回首，发现在痛苦中奋力挣扎的我，虽不说具备了拿得起、放得下的心怀，却有着扛得住、行得稳的毅力，坚强得超乎自己的想象。凤凰涅槃，浴火重生；破茧成蝶，不断超越。

经历过所有的挫折与磨难的我，这才发现，自己的内心，远比想象中的强大。也许是因为生在贫瘠的土地，更容易汲取那种叫"坚韧"的营养物质。我感恩苦难与逆境，让我学会了坚毅与倔强。感激上苍和这个世界的给予，让我尽情享用这生命中的自然阳光，呼吸这自由的清新空气。

镌刻在青春的记忆里，容不得半点迟疑，生活中没有过不去的坎。与其担心未来，不如珍惜当下。忘却昨天的困苦，拥抱明天的希望，享受今天的美好。好好活着，就是胜利。

在茫茫的人海里，在人生的盛宴中，尽管人生的高度是靠自身支撑起来的，也不能忘记支持和帮助过自己的人。人与动物的本质区别，就在于人有道德情感，知道感恩。

出生在 20 世纪 50 年代的人，后来事业有成者，哪一个不是靠自己栉风沐雨打拼出来的？这要得益于自己的坚韧和坚持，得益于改革开放的时代，得益于借鉴别人的智慧和经验，加上一点点运气。

无论我经历了什么，至今我对伟人毛泽东的崇敬之情，依然那么炽热。20 世纪 80 年代初，我第一次到延安参观毛主席工作和居住过的地方。当时展示的全都是由他亲笔撰写的手稿原件，时间和内容都那么真实亲切。一个领袖，身处地理位置那么偏僻，条件那么简陋，仍能大气磅礴地指挥全国战场上的千军万马，不能不被他雄浑的气魄和亲力亲为的特质所震撼。

在工作中又了解到，新中国成立之初，全国只有 1200 多座水库，到现在有 98000 多座。其中有 80000 多座水库是在毛泽东时代，用短短的二十几年时间，由人民群众用血肉之躯、用肩挑背荷干出来的。尤其是像丹江口、新安江等大型水库至今安如磐石，不得不躬身佩服。如果没有那时的水利基础建设和水利工程，没有水，神仙也种不出粮食来，恐怕连首都人民现在喝水都成问题。

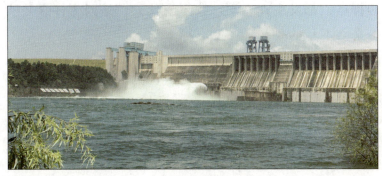

丹江口大坝

后来又发现，中国还有许多奇迹，都是在毛泽东时期创造出来的，如"两弹一星"这样的千古神话。因此，随着日进月升，我知道得越多，就越崇拜毛主席了。

人间沧桑，演绎出一段段悲欢离合、牵动人心的故事。走过了充满回忆的岁月，经过一番又一番的搏击之后，这一切都因清新而淡远，因苦涩而悠然。

小时候曾肆意攫取枝叶花果，随意抓获蛙鸟虫鱼，任性逮捕飞禽走兽。我也曾为此感到愧疚，感觉该用某种方式回馈自然，该用忏悔的心情来弥补因年少无知所犯的过错，来救赎那脆弱与受伤的灵魂。

聊以自慰的是我参加工作后，用一辈子从事水土保持生态事业，默默维系着大自然中有利于人类生存的生态环境和生态平衡。

更值得庆幸的是，我通过勤奋劳动，终于让自己的生活和家境变好了。我想我尽力了，目的也达到了。所有的失去，都得到了补偿，我知足了。

春天是我的幸运季。我在春季降生，后来人生几个幸运的转折点，都发生在春季。我更爱秋天，是因为怀念并感恩这份来之不易的收获。

第二章　求学之路

求学是快速获取知识，实现自我价值的重要途径。

至于为什么要上学读书，自古以来，就没有统一的标准答案。有人为"修身齐家治国平天下"，而另有一些人更愿意相信"书中自有黄金屋，书中自有颜如玉"的说辞。

实际上，今人读书的目的，并不全是非此即彼，可谓五花八门，不尽相同。有的为出人头地，有的为升官发财，有的为奉献社会，有的为名留青史……

可是，在现实中，往往只有能人出人头地，超人升官发财，贤人奉献社会，伟人才能名留青史。凡此种种，十年寒窗，青灯苦读，似乎与成名的关联性并不那么紧密。

在我看来，不管为什么而读书，只要有书读，就是幸福，就该努力。

读书的重要性在于开阔人的心灵视野，启迪人的智慧宝库，增进人的知识技能，提升人的思想格局与精神境界。

读书可以给人以精神享受与心灵愉悦，让自己变得更加优秀，拥有更多的选择机会。并且还能帮助自己尽快找到解决问题的钥匙，探索真理的路径，延伸人生的深度、广度和高度。从而实现人生的逆袭，加快抵达目标的步伐。因此，绝大多数家长还是愿意送孩子上学读书，自古至今，延绵不绝。

由此可见，读书最大的好处，是可以找到认识世界的路、通向成功的门、登上巅峰的梯、跨越阶层的垫脚石。

至于能到何种程度，是否成才成器，还取决于个人对诸多因素的领悟与把控，仰仗于天时地利人和的生态环境，以及选择的正确性和自身付出的努力程度。

在历史的长河中，推动人类进步和社会发展的动力，来源于人类对社会经验、科学知识和专业技能等的不断积累，来源于不断的传承与吸收，来源于不断地创造与更新。

正如高尔基所言："书籍是人类进步的阶梯。"不仅如此，书籍还是一面镜子，也是一盏明灯。通过读书，既能照亮自己，也能亮堂他人。因此，上学读书既能丰富自己、改变人生，亦能奉献社会、推动进步，值得人孜孜不倦地坚持与追求。

懵懂的小学

1

每个人都希望有一个美好的前程,都想拥有幸福的人生。这也是我读书的初衷,还是父母的期盼。

在我很小的时候,每当看见大孩子们背着书包,快快乐乐去学校,心里就非常羡慕。能够上学读书,已成为我幼小心灵的企盼和梦想。

刚上学时,并不知道什么叫作功名利禄、锦绣前程,更不会懂得通过读书,既可点亮自己,亦可照亮他人。只是本能地保持着天然去雕饰的原真,循规蹈矩,亦步亦趋,依样画葫芦。如果说有企盼的话,那就是只想通过读书,来摆脱眼前的贫穷,收获温饱。只想通过读书尽快逃离那穷乡僻壤,爬出那混沌的沼泽泥潭。没有想到的是,自己的求学之路,竟然如此坎坷。

到如今,整个小学的记忆所剩无几。只记得那时在学校里,老师经常在课堂上教育我们:"长大了要当工程师,要当科学家。"有时,老师还会在讲台上大声一吼,同学们在下面齐声应答,为自己的未来加油鼓劲。

在我居住的村子不远处,有一所小学叫灵官完小。所谓完小,即是完全小学。学校招收的小学生,从一年级到六年级都有,分为初级小学和高级小学两个阶段,简称初小和高小。

一年级到四年级称为初小。学校每个年级招收一个班，每个班有五六十人。四年学完，合格的发给初小毕业文凭。

五年级到六年级称为高小。学校每个高年级可招满两个班，100余人。读完六年级，合格的则发给高小毕业文凭。

学校的总规模有三四百人。按当时在农村的教学条件，这是一所很不错的完全小学，全公社类似的学校只有两所。

其余的学校，都是不完全小学，散落在稍大的村庄里。一般只有初小，没有高小。很多学校只有一间教室，甚至只有一个老师，独自承担着一年级到四年级的全部课程。当然，学校里的学生人数，由十几人到几十人不等。

那时的孩子，没有输在起跑线上一说。家长并不讲究孩子在哪儿上学，哪儿方便就在哪儿上。还有一些家长，并不太情愿送孩子上学读书。因为孩子上学，不仅要花钱，而且要操心费事，家里还少了农事帮手。所以，条件那么好的一所小学，初小每个年级只招收一个班，以男生为多。到了高小，孩子大了，家长才可放心让孩子到稍远的地方去上学。再说，周边也只有这所学校能招收高小生。所以，每个年级能招满两个班，男生的比例更高。

报名上学的孩子，年龄参差不齐。初上一年级的学生，大的已有十多岁，小的只有五六岁。学校的报名手续十分简单。老师只记录学生叫什么名字，多大了，家庭成分，家住哪里之类基本信息。报名登记完就可以上学读书了。

由于村子离学校很近，我还没上学时，有时会跟着上学的孩子到学校里去玩。偶尔窥见老师在黑板上写字，我觉得挺新鲜，就会把一两个字默记于心，不时用木棍在地上比画。大孩子看到后，都说我没上学就会写字了，传得很玄乎。后来我告诉了他们真相。谣言，很快就止于当事者的坦诚。

2

1960 年，我正式报名上学读书。那时，小学的课程非常简单。学校老师只将语文和算术这两门当成主课，其余的都算副课。而有些副课，课程表上虽有安排，受诸多因素的影响，常常被忽视。一旦课程需要调整，最先被裁撤的就是这些副课。特别是音乐和美术课，那时分别叫作唱歌和图画课。由于教授这两门课的老师需要有一定的专业基础知识，学校里缺少这样的专业老师，而其他老师又不太愿意兼任。所以有的时候，这两门课程整个学期都不会开课。类似自然和地理等基础知识，要到高小时才会开课。

由于国家是在 20 世纪 50 年代末才开始推广拼音教学，轮到我上学的时候，学校里绝大部分老师仍然不会拼音。因此，我们在上第一学期时，由专门的老师教了些拼音字母的读音后，就没了下文。此后教我们语文课的其他老师，也不再触碰拼音。

孩子们最喜欢的课程要数体育课。尽管上体育课的老师都是业余或兼职的，也没有接受过基础训练。老师顶多会教学生做做广播体操，然后发些体育用具，让同学们自己去玩。

学校里的体育器材十分有限。每到上体育课，老师就将一个班分成几个活动小组。每个小组发一副球拍一个球，或者给一个皮球之类的小球，任大家自由发挥，更没有传授体育运动技能一说。而大型球类，全校只有一个篮球，足球、排球等则见所未见。也有的孩子干脆玩自己带来的陀螺、铁环和毽子等。大家上体育课一起嬉戏打闹，玩得十分开心。

那时的小学毕业生，除了能认几个字，能计几个数，其余什么都不会。文艺、体育等兴趣爱好更是无从谈起。

当然，学校收缴的学杂费非常便宜，每个学生一个学期的学费，只要交上两三块钱就足够了。类似我这样的困难户，学校还会免去部分学杂费。所以，学校里教学用具极少，师资条件有限，学生学不到东西，也不能全怪学校和老师。

由于小学课程很轻松，老师布置的作业又少。每次留下的家庭作业，我一般在课间休息时就能完成。回到家里，可以一心一意做家务、干农活。

在小学期间，我的学习成绩一直是全年级数一数二。用现在的语言形容，那是绝对的学霸。说起全年级，最多也不过就两个班，一百多号人而已。

大家知道，一般的学生都害怕考试，而我却天天盼望着考试。为什么呢？因为每次考试，我能交上满意的答卷。考试之后，学校对排名在年级前三的学生，会给予适当奖励。其奖品一般是一支铅笔，或一个作业本，或者两者都有。一到期中或期末考试，奖品还会更加丰厚。

在我的记忆里，读小学期间，家里几乎没有给我另外添置过铅笔和作业本。这从侧面说明，那时候的家庭作业的确很少。从另一角度而言，家里根本没有多余的钱为我买纸买笔买本子。因此，考试这种"名利双收"的事，我有什么理由不天天盼望着呢？

3

在我上小学的时候，家里曾经发生过让我们兄弟一辈子难以忘记的事情。1963年夏天，我的两个哥哥，一个初中毕业升高中，另一个高小毕业升初中。他们两个人的学习成绩都非常好，都拿着位列前三的毕业文凭，都考上了县里最好的学校。尤其是二哥拿的是一号文凭，那时学校的毕业文凭是按学习成绩高低排名编号。

因为上中学离家的路程较远，需要寄宿住校。意味着上中学读书的人，不仅不能为家里出力干活，而且会给家庭增添新的经济负担。我们家里早已穷得叮当响，要同时负担两位兄长外出住校读书，仅凭母亲一己之力，早已不堪重负。

我母亲太需要有人留在家里帮衬，为她出力，为她分忧了。在万般无奈的情况下，我母亲不得不做出决定，只供一人去上中学读书。这就意味着另外一个人必须就此终止学业，停止读书。很可能这个人一辈子都要待在农村，再无出头之日了。

孩子都是母亲的心头肉，舍弃谁的前程都会寝食难安。在那种情况下，又不能不做出抉择。我母亲认为，已到了孩子们人生的十字路口，是关键时刻，也是家庭的头等大事。

于是，她老人家请来了本村的头面人物，帮忙出谋划策。那些人也很聪明，怕落下埋怨，便想了个抓阄的办法。这样谁也不得罪，也留得日后好见面。

抓阄的结果出来了，是我二哥抓到了"上学"，大哥没抓着。对于这样的结果，在我母亲的心里，好像准备不足，似乎结果事与愿违。她本想让家里的老大通过读书，尽快找到一份能挣钱的工作，再帮助家里渡过未来的难关。面对如此结果，她不知道这个家何时才有出头之日。

她有些惶惑不安，过了一阵子，才把真实想法当众讲了出来。二哥当即表明态度，愿遂母亲心愿，留在农村，希望大哥能尽快学成归来帮衬家。众人听后，觉得有理，又有人主动承担后果，便迅速拍板定谳。大哥继续上学读高中，二哥留在农村务农。

可是，天有不测风云，人有旦夕祸福。等到大哥1966年高中毕业时，被突如其来的"文化大革命"打了个措手不及。自那以后，一连四年，全国的高等学校都没有招生。直至1970年，才开始推荐工农兵学员上大学。母亲的美好愿望，由此化为泡影。

对于这件事，在我母亲的心里，一辈子愧疚得不行，总觉得对不起二哥。我同样看在眼里，急在心上。为了减轻母亲的愧疚感，总是默默地帮着母亲，在家里多做些力所能及的事情。

直到我大学毕业，分配到江西省水利厅工作，多年后，才帮助二哥在江西谋了份临时工，筹建江西水土保持生态科技园。

在建园之初，那里是一片荒山野岭，条件十分艰苦。不仅白天需要耐得住寂寞，晚上还要冒着与狐狸、野猪等野兽为伴的危险。研究所里的正式员工都不愿去吃那份苦。出于无奈，我把真实情况告诉二哥，问他是否愿意帮忙。得到肯定的答复后，我如释重负。

由于有了他的坚守和付出，总算把江西水土保持生态科技园建成了。并且后来成为全国著名的水土保持科技示范园。他在那一时段，获得了一份相对稳定的收入，还培养出三个子女，全都考上了大学。尽管当时的这份工作还有些不尽如人意的地方，但能为母亲尽一份孝心，也是为人子女应尽的义务，这是后话。

4

时间到了 1966 年下半年。我虽然以优异成绩小学毕业了，但因受当时风气的影响，随即便失去了上学的资格，小学毕业就面临辍学的风险。

我母亲似乎对此心有不甘，想方设法为自己的孩子多争取一点上升的空间。并且执拗地认为，在农村的孩子，只有通过上学读书，才能改变命运，才有出头之日。于是，她到处托人求人，好说歹说，据说她还动员学校里的老师为我据理力争。在那种状态下，欲想打破阶级与阶层的藩篱，挣脱成分的歧视，其结果好比登天。最终，我母亲好不容易为我争取到一个上公社农业中学的名额。

刚刚成立的洲市公社农业中学，是我们公社推行教育要革命的新鲜事物和最好的成果，需要大力扶助。我小学毕业的那一年，是该学校第一次招生。一听说让我到那个农业中学去读书，我认为那是在侮辱我的智商。何况农业中学第一次招收学生，还有拉人凑数之嫌，于是我当即予以拒绝。

母亲听说我不愿意去上农业中学，也非常生气，于是大发雷霆。在她老人家的心目中，已为我能继续上学付出了那么多的努力，好不容易为我弄来的一个读书名额，我却不领情。便苦口婆心现身说教，希望我不要像她那样"没出息"。

她老人家也许认为，我那时还处于读书的年龄，应该上学。只要能够上学读书，就会有知识，就能摆脱贫困。后来，我理解了母亲的良苦用心。为了不让母亲伤心难过，我只好极不情愿地勉强应付，以顺遂她老人家的心愿。

坎坷的中学

1

母爱是永恒无私的，是完美无瑕的。1966 年秋季，在母亲的极力规劝和坚持下，我出于对母亲的尊重与顺从，到了开学的那一天，上洲市农业中学报到去了。

在那以前，我从未去过那里，也不知道学校究竟在何处，是个啥模样。经打听，才知道学校所在的大致方向，离我家有十几里*山路，正好与我平时活动的轨迹相反。

我独自一人，沿着崎岖而陌生的山路，一路走一路打听，紧赶慢赶，终于在一个村子旁边，找到了学校所在地——唐家老屋旁边的一个祠堂。

"洲市农业中学"几个显赫的大字，写在一张鲜红的纸上，贴在祠堂门口。外部的环境，似乎掩饰不了杂乱无章，临时拼凑的痕迹。学校周围的环境要比我预想的还要糟，教学条件远不如我毕业的小学，校舍几乎与只能招收几十人的初小无异。

我在学校里察看了一番，偶尔遇见有一两个人从眼前晃过，不知道他们是公社社员还是学校老师。遇见像我一样的小孩，也分不清他们是不是学校里的学生。在祠堂大厅的后

---

* 1 里，长度单位，1 里合 500 米。

方，有两间屋子貌似教室，全由"铁将军"把门。透过门缝看去，里面堆放着一些残缺不全的旧桌凳，原来那里很可能就是一个不完全初级小学。

学校的报到处倒是挺显眼，在祠堂门口的厅堂里，进门就能看见。我交完八块钱的书本学杂费，得了一张收据，被告知再过两星期才能来上课，便没了下文。我只好打道回府，就这样结束了农中开学的第一天。

当我再一次按要求来到学校时，终于走进了我要听课的教室。好像桌子、凳子有人整修过，还见着了班主任老师和班上的十几个同学。

从老师的介绍中得知，学校里还有五六个老师，本学年招收了两个班，一共有五六十人。可是，直到我离开学校，也没见过有那么多的人，不知是虚报数字，还是学生从来就没到齐过。

我在学校领到了几页油印的文件。舍此之外，我没有领到任何一本书，而且再也没得到其他任何学习资料。学校自成立以后，从未步入正轨，究竟要干什么，估计学校领导和老师还没理出头绪来。

那时在偏远的乡村，教师的学历层次和教学水平本来就不高，难免还有滥竽充数之辈。在公社办农业中学虽是个新生事物，可临时组建的"草台"班子，没有教学大纲，没有教材。

莎士比亚曾经说过："生活中没有书，就好像天地间没有阳光；智慧中没有书，仿佛鸟儿没有翅膀。"一个学生没有书，那还叫读书吗？

本来，我对上农中就相当抵触，一直提不起兴趣。就那样，三天打鱼两天晒网，过了一个多月。我没有办法再坚持下去，毅然结束了在洲市农业中学的那段学习生涯。自己"远大"的理想和抱负以及母亲殷切的期盼，这些希望的种子还没来得及种下，瞬间化为乌有。

没过多久就听说，那个学校再也没有办法继续办下去，就地解散了。

2

坚持未必能胜利，放弃未必得认输。自那之后，我彻底成为无拘无束的"闲云野鹤"。混迹于山村田园，辛勤劳作。迷茫于荒郊野岭，苦苦挣扎。

有一天，在去往深山砍柴的路边，我捡回一大本线装的《封神演义》。我如获至宝，反复研读。那时的我，还有很多繁体字不认识，只好连猜带蒙。对于看不太懂的文言文，我就根据前后文的意思，来个囫囵吞枣，弄个一知半解。最后，还充分利用这本书的"剩余价值"，与爱读书的人偷偷换书看。

大多数人看完之后，便立即将原书归还于我，并想把他交换给我的书立马要回去。有时，虽然我换来的书已看完了，但不想马上还回去，借故推辞。或说最近忙，书还没看完，或说书又被人借走了，过两天再还。如此等，千方百计拖延还书的时间。

我那么做的目的，是想再利用别人那种具有正能量的革命书籍，去交换其他的书籍，会更容易些。好的故事书，拿在自己手里，可容易换看更多更好的书。

在辍学的日子里，我利用这种借书和换书的办法，断断续续、零零碎碎看了包括四大名著在内的很多书籍。既打发了那无聊的闲暇时光，也增添了自己的知识，懂得了不少道理。更重要的是保持了上小学认识的那几个字，不至于遗忘得太快。同时，也是用这种方法，来喂养自己残缺不全的灵魂和思想。

有些梦做着做着就醒了，有的路走着走着就断了，有些事干着干着就没了。然而，噩梦醒来未必是早晨，路的尽头未必能有华丽的转身。或许还会坠入更加浓密的荆棘丛中，弄得遍体鳞伤。

3

后来，"学制要缩短，教育要革命"的指示在农村中得到全面贯彻落实。初中和高中的学制，分别由原来的三年缩短为两年。在我的家乡，高级中学由县教育局直管，初级中学一律下放到人民公社，小学下放到生产大队。

我原来就读的完小，已升格为完小附中了。说是附中，后来已不再招收小学生了，成了真正意义上的初级中学。学校里原来教高小课的老师，大部分转为初中的授课教师，教初小的老师到生产大队继续教小学。

那时农村师资本来就不足，经这么一扩展，各级学校的师资力量更加捉襟见肘。我长兄自 1966 年高中毕业后，在农村也算是个文化人了。何况他是老三届中读书最多的那一届，基础知识和基本功都非常扎实。加上他读书本来就读得好，经过自身的努力，随之进入了初中代课教师行列。经过一番历练，积累了一定的教学经验，很快就成为初中授课的全能教师。刚开始时，语数理化课程，样样都教。几年后，他就由代课老师转为正式教师了。

有人说过，知识的高度决定人生的高度。有了大哥在学校教书这一有利条件，又重新点燃了我上学的梦想，至少要混一个初中毕业文凭。可事情并不那么简单，我先后两次插入初中毕业班的最后一个学期，就想得到一张初中毕业证书。

也许有人要问，我怎么不从初中一年级读起呢？那时的我，在家里虽算不上一个强壮的劳动力，但对于家庭来说，已不可或缺。家里砍柴等活计，基本由我承担，参加生产队劳动虽然挣工分不多，但还能挣。所以，在我插班读书时，每天上午完成四节主课，下午还要到大山深处再砍一担柴火回家。只有这样，才不至于太过影响家庭的正常生活秩序。

有一天，我上完几节主课，带着茅镰和扁担，一边啃着早上从家里带出来的冷红薯，一边赶往大山深处砍柴。时值秋冬季节，天黑得早。我着急忙慌地砍了一阵子，茅镰由利变钝。正当我对着一根粗壮的灌木用力砍下去，不幸被旁边的树枝碰撞。一刀下去，弹向了我的左手，四个指头齐刷刷地受了伤，鲜血淋漓。其中食指和中指还露出了白花花的骨头。

我立即就近刮下旁边的油茶树皮，敷在伤口上止血。顺便从自己穿的破衣服上，撕下长长的一块布条，草草包扎整理，含着眼泪，继续挑着一担柴火，摸黑回家。类似这样的情况，不止一次。至今，我的手上布满了条条白色的伤痕刀疤，清晰可辨。

我插班读书的事情，最终全都功败垂成。我只能年复一年，老实地待在农村务农干活。但我也坚信，在未来的日子里，必定还有人与我同行，陪我一起看风景。

4

有人说过，上帝为你关上一扇门，却为你打开了一扇窗。1970年，停止招生四年的大学，开始推荐招收工农兵学员。受此政策的影响，做梦也没想到，兜兜转转，我居然还能获利。由我两位兄长分别从学校和生产大队两个方向同时使力，最终我作为社会青年，被成功招收回炉，进入正规高中就读，得偿所愿。

1972年春，进入高中时才发现，我这个在社会上混迹了五六年的社会青年，对初中的数理化的基础知识，居然是擀面杖吹火——一窍不通。连什么是原子，什么是分子都分不清。也不知道分子式与不等式的区别，更不理解平面几何与立体几何"究竟几何"。面对如此尴尬的境遇，我没有他法，唯有加倍努力，奋起直追。

同学少年

　　我记得，当时写的第一篇作文成为班主任老师点评的范文。凭着它，我在班级里当上了语文课代表。这拉近了我和同学们的距离，为我融入同学大集体，为补习数理化基础知识提供了方便。

　　到了1973年，学校开始注重抓教学质量，对学生的学习更加重视。经过一番努力拼搏，补习短板，皇天不负苦心人，我的学习成绩终于有了起色，取得了相对均衡的进步。第一学期，我的数理化成绩不如班上其他同学。第二学期开始与同学们齐头并进，并成为一名共青团员。第三学期我已是班上的优等生了。到毕业时，我已成为名列前茅的模范生了。

5

在高中期间，学校也更加重视德智体美劳"五好"全面发展。学生不仅要学文化，还要学工、学农和学军。我们在学校的学工课主要是做砖坯，以便烧制成红砖。我从不会做砖坯开始，最终变成了一天能完成800多块砖坯的熟练工。

在制作精细加工活方面，我按照数学老师提供的教学图纸，找来白色高岭土捏出了两个机座模型，以增加对立体几何的感性认识。这些制成品后来成为老师的教学模具，也是我学工所取得的最好成绩。机座模型是我学工做得最精细、最得意的作品。

学农课主要是到衡阳市农科所的农场里种植萝卜和白菜，以补食堂伙食之不足。这对于出身农村的孩子来说，种菜可谓轻车熟路，不费吹灰之力就能干得十分漂亮，单位面积产量也很高。食堂一时消耗不了，就把剩余部分晒成干菜，腌成咸菜。

学军课只是用棍棒当红缨枪比画了几下，操练了几天刺杀动作和行进步伐，就算是完成了教学任务。

由于上高中需要住校，我不能在生产队挣工分，无形中给家里增添了一份经济负担。我母亲费了九牛二虎之力，好不容易，分多次为我凑齐上缴学校的伙食费。如果我还想得到其他的补充，已无可能，因为家里已竭尽全力了。再说，我一日三餐有九两米的定量，足以维持生计。

每到周末，绝大多数同学都回家去打牙祭。返回学校还能带上一些好吃的改善一下生活，最不济也能炒上一两罐腌菜，以对付每天早餐的稀饭馒头。而我回到家里，除了帮助家里干些农活，就是完成凑米筹钱，交足学校伙食费的任务。

在学校，每餐定量三两米，经常就着萝卜咸菜，没有油水，成天总觉得饿得慌。不知道是谁得到消息，听说从衡阳开往湛江方向的慢客列车上，有五分钱一个的法饼，每包六个只要三角钱。据说不要粮票，还很好吃，可备饿时之需。这趟车每天晚上九点多，刚好是晚自习后，经停学校旁边的车站。每到这个时候，身边有些零花钱的同学，就会趁机溜出校门，到车站停靠的客车上，去买法饼充饥。

由于列车停时较短，人又多，列车员忙不过来。很多人还没买着法饼，车就开走了，大家只能扫兴而归。

有一次，我弄到了几角零钱，也想去碰碰运气，同样空手而归。在回学校的路上，同学们你一言我一语，还会议论买饼的心得。

一个周末的晚饭后，学校不上晚自习。我们几个同学出去散步，走到车站，发现一辆运煤的列车停在月台上，便鬼使神差地一同爬上车，不一会就到了衡阳西站。随后下车，同学们上街买了些牙膏、毛巾等生活用品，准备沿途返回。来到衡阳西站的月台上，由衡阳东站开往湛江方向的那趟列车正在上下旅客。大家并没商量，不约而同地溜上了车。

从衡阳西站到我们学校不到二十千米，有两站地。第一站经停头塘，票价是二角钱。第二站就是我们学校所在地三塘车站，票价是三角钱。下一站是谭子山站，票价是五角钱。

大家身上的零钱本来就不多，在车上，每人又到餐车买了些心仪的法饼，身上所剩无几，钱已不够补票了。同学们互相交流一下眼神，心领神会分散到各节车厢里去了。

一出衡阳西站，列车员便从车头到车尾，开始挨个车厢查票，同学们被迫又聚到了一起。在最后一节车厢，大家已退无可退，被列车员逮个正着。

正当我们辩解时，列车一声长笛，即将启动。眼看就要离目的地而远去，大家非常着急。列车员盘问我们要到哪里去。我随口说了一句，到下一站谭子山下车。大家心里明白，此时不能暴露自己的学生身份。不然的话，被学校老师知道了就要挨批。

列车员可能已经相信，我们几个身上的确没钱了。于是，迅速将我们撵下车，可能想利用走路回家的方式，来惩罚我们几个。

其中有个调皮的同学却哀求道："天这么黑，我们还有十几里山路要走，怎么办呀？求求你们再带我们一程吧，我们把法饼退给你们补票行吗？"查票的列车员不管卖法饼的事，一听更加生气，坚决予以拒绝，顺势就将我们撵下车。

下车后，大家再也忍不住，都笑爆了。以至于多年之后，同学们相聚时，每当提及那些陈年糗事，还能成为茶余饭后的谈资。都觉得挺逗，挺有趣。

6

　　由于学校临近铁路，校门对着车站，车站上铺设有五六条铁轨。那时横过铁路，既没有跨越的天桥，也没有穿行的地道。只在铁轨之间用几块薄枕木垫就的过道，通向月台。

小火车站

　　车站的轨道上，经常停放着一列又一列长长的火车。从学校到小镇，横跨铁路是学校和周围几个村庄出行上街的必由之路，也是横亘在行人心头上的一道坎。

　　一旦要到小镇的街上，只有或钻或爬火车，才能穿越铁路。每每通过，的确令人胆怯。否则，需要绕行很远的路，也仅仅避免了钻火车这一环节，仍然需要横穿铁路。那时人们的安全意识不强，钻火车已成为家常便饭。车站值守人员对行人的这种行为已司空见惯，偶尔提醒，并不阻拦。

　　过车站横跨铁路的人，在准备钻车之前，一般先看一下火车头的朝向。然后贴着车头前进方向的车轮边钻过去，以防万一列车启动，可留下一段较长的空间，确保自己还能钻过火车。

　　那钻车的场面，让看的人提心吊胆，钻的人胆战心惊。

很多女孩需要有人鼓励，才会壮着胆子爬过铁路，钻过火车。

次数多了，同学们仿效电影里的铁道游击队员，都练就了一副爬车钻车的好身手。经常上演一幕幕现实版的铁道游击队，其灵活敏捷程度堪比铁道游击队员。

一天晚饭过后，我们几个同学正沿着铁路散步闲逛。在不远处的另一股轨道上，有一列货车徐徐驶进车站。

不知是谁捡起一块石片儿轻轻扔向货车，那石片顺着车行的风力切线，划出了一道优美的弧线，煞是好看。

大家见了，觉得好玩。每人都捡起了一块小石片，顺势抛向火车。按理说，只要控制好力道，就砸不着行进的列车。

可谁知这一幕恰恰被车站值守人员发现了，就连忙追了过来。同学们四处逃散，结果还是逮住了班里的团支部书记。

这下可捅到了马蜂窝，车站领导要求学校领导或班主任老师去领人。原来他们这样做的目的，是希望能与学校达成搞一次爱路护路的联合行动。老师去了，弄清了原委，在答应加强教育的前提下，才把人领回学校。

被逮住的团支书倒是挺仗义，既承认了自己扔石片的错误，也未供出其他扔石片的人，把责任全部包揽下来。

随后，车站与学校联手，搞了一次爱路护路的安全教育活动。学校把这件事当成反面教材，在全校大会上点名批评。这给我们留下了深刻的教训，也算是为铁路安全教育活动做了一回"贡献"吧。

7

　　岁月蹉跎，光阴荏苒。对于曾经的驿站，可以剪辑，但不必驻足。对于曾经的过客，需要感激，但不必苛求。在失学与复学交替的青葱岁月，无论自己做下什么错事、糗事和荒唐事，都应该从中吸取教训，以利继续前行。

　　平心而论，在我就读高中的两年时间里，还是狠补了一下中学数理化的短板，掌握了一些基础知识。为后来恢复高考时能一举考上大学奠定了坚实的基础。

　　有风有雨的日子，才知道生活的厚重。对于一个普通的孩子而言，上学读书只不过是一件十分轻松平常、唾手可得的平凡事。而我们家，为了能够让我上学读书几乎拼尽了全力。现在回想起来，两年的高中教育，才是真正奠定了我的人生未来。

高中毕业

高中毕业以后，我长大长高了，也成熟多了。我学会了自立，学会了原谅，不再纠结过去。完成了求学的第一阶段目标，我可以挺直腰杆，通过自身的努力，再不必为生计发愁了。

想到此处，心里轻松了许多。但是，现实处境又着实让我轻松不起来。

意外的大学

1

上大学是每一个读书人的渴望与梦想。即便是在绝望中挣扎的我，依然没有放弃对上大学的美好憧憬。至今，我仍然觉得，能上大学始终是人生最美好的选择。大学里的优质资源、教学平台和所拥有的机遇，远远超出未进大学前的想象。

在大学里，不仅能获得专业知识，而且能培养人的全局化观念、国际化视野。同时还能改变人的思维，增长人的自信，陶冶人的情操，提升人的精神境界。更重要的是收获一批优秀的同行者，亮堂通往人生未来的路。

生命中总会有那么特定的一刹那，就像一首优美动人的诗篇，没有征兆，没有预感，却悄然而至。

时光来到 1977 年。对于某一特定群体而言，这个特殊的年份，开启了一个时代，改变一群人的人生轨迹，并且成为那个时代重要的标志产物而无法复制。那一年的 10 月 12日，国务院正式批转发布，恢复停止了 11 年的高考制度。同月 21 日，新华社等重要媒体向全国发布了这一消息。《人民日报》头版头条刊发了《高等学校招生进行重大改革》的文章。正式公布当年恢复统一高考，这就是共和国历史上唯一的一次冬季高考。

头版头条

恢复统一高考的消息一经公布，无疑像一颗威力无比巨大的震撼弹，迅速搅动了整个中国。同时也向世人宣布，一个可以通过知识改变命运的时代已经到来。广大的知识青年，终于有了公平竞争的机会，可以通过自身的努力，参加考试，进入高等学校，接受高等教育，无不欢呼雀跃。

在此之前，虽有零星小道消息传出，可绝大多数人还是将信将疑，心里没底。我虽有耳闻，并没有把它当回事。因为我不敢有上大学的奢望，所以我根本没有一点激动，更没有半点行动。

直到11月中旬，我曾就读的衡南五中挑选了一批历届学习成绩好的毕业生，回校参加高考复习。当老师通知返校参加复习班时，我才如梦初醒，再一次点燃了我求学求知的激情和欲望。面对这千载难逢的机遇，心里异常兴奋，激动不已。无论如何，都值得为之奋力一搏。

兴奋之余，我便在家里翻箱倒柜找课本、找资料。遗憾的是，我离开学校又有三四年了。忙乎了好一阵子，既没有找到可供复习的资料，也没有找见高中学过的课本。于是临时抱佛脚，跑到衡阳市新华书店去购买。

其结果可想而知，在城里几家寥若晨星的书店里，根本没有任何数理化等教科书的影子，更没有可供高考复习的参考教材。而借书一途，也被他人捷足先登了。面对如此境遇，无异于对我当头棒喝。于是乎，心里又萌生退意，准备打退堂鼓。因为人可以白手起家，但不可以手无寸铁。

可转念一想，好不容易等来的机会，不能就这么让它白白地溜走。在对命运的掌控中，只有那些坚持的人才能出众，而放弃坚持的人只能出局。

于是，我采取先找到什么就看什么，逮住什么就学什么的策略。哪怕是字典、词典，或者是旧刊、报纸都行。几乎到了饥不择食，病急乱投医的程度。

在家里，其他人也帮不上我。只有大哥从初中教科书上，帮我抄了些数理化的例题供我复习参考，起到了聊胜于无的作用。

直到我上了学校的复习班，复习的事情便有了更多的回旋余地，借阅课本和复习资料的问题暂算解决。只觉得自己分身乏术，时间不够用了。白天听老师讲课，我尽量多做笔记，课后到处找人借书看。无论是认识的，还是不认识的同学，一见到他们的书本有空，我就去借。同学们都十分支持、配合，有时还会一起讨论解决书本上的疑难问题。

经过两个星期的在校复习，在老师和同学们的帮助下，我总算基本理清了思路，找到了复习的重点。还没来得及捡回高中课本所学过的内容，就仓促上阵，草草参加高考去了。

通过这种互相学习和支持，我又结识了几个十分投缘的同学，大家都在那年同时考上了大学，成为一辈子的好朋友。

2

从后来披露的信息中得知，那年恢复高考有多么的不容易。教育部召开高校招生会议，从1977年8月13日到9月25日，足足开了四十二天。10月5日，中央政治局通过了《关于一九七七年高等学校招生工作的意见》。同年10月12日，国务院批转发布了这一意见。高校招生改成了"自愿报名，统一考试，择优录取"的办法。邓小平先生批示的这一意见，不知省掉了多少繁文缛节，也极大地激发了广大知识青年的报考热情，大大推进了招生进程，真可谓大快人心。

恢复高考的消息公布后，受到社会各界的普遍欢迎。在短短的一个月里，全国2000多万学子，怀着"一颗红心，两种准备"，踊跃报考，接受祖国挑选。有的地方还组织了初选，只有通过初选后，才能参加正式高考。据统计，经过层层报名选拔，全国最终共有570多万考生参加了高考。

我们县里没有组织高考初选。我所在生产队100多人中，就有10多人报名，考生占比接近10%。在考场上，出现了父子同考、夫妻同考、兄弟姐妹同考的现象。

平心而论，当年高考的题目的确不难。可那时所学的知识不系统，再加上备考时间短促、复习资料匮乏等诸多因素的影响，考生的考分都不算高。湖南省的录取线是220分，四科成绩平均起来，还不够及格水平。

我在考场上手忙脚乱，完全没了从前考试的那份淡定从容。审题似是而非，答题连猜带蒙。其中考语文的第一道是拼音题，我的拼音本来就学得不好，到现在普通话还讲不标准。我猜答的第一道题是"我们的目的一定要达到"。如果考题反过来让考生给汉字注音，这一题我笃定得不到满分。这也许就是所谓的一点点运气吧。

我怀着忐忑的心情，完成了政治、语文、数学和理化四科的全部考试。后来总觉得那次高考，自己考得十分窝囊。也是我做学生以来，最糟糕的一次考试。每科成绩可能都在及格的边缘。自己揣摩的结果，可能还是语文成绩最好，理化成绩肯定不及格。由于我没有得到高考分数信息，那次究竟考了多少分，我不得而知。

1977年录取新生，没有重点与非重点大学之分，录取似乎只是分了几个批次。第一批次为本科大学，就将本科大学招录人员分成若干组，同时到对应的地区去挑选，哪个学校抢到了高分考生的档案，就归哪个学校录取。剩下的再留给大专和中专学校去挑选。

据学校招生录取的老师说，他率先得到衡阳地区的考生档案，因此就多挑选了几个衡阳地区的生源。按照当时的录取线，我估计自己当时的高考总分数，差不多就是250分。

3

高考结束之后，也许是考虑到把考生集中到镇上很不容易，县里第二天就组织所有考生到高考点所在地的三塘区卫生院进行体检。当体检查到我的内科时，医生听出我心脏的杂音比较严重，示意我缓缓再查。

复查了几次后，我的心反而跳得更加厉害了。我估计可能是心情过于紧张，或者是小时候长期营养不良和劳累过度所致。医生还是把严重的三级杂音，改为较轻的二级杂音。我心存感激。

很快就有传言说我身体不过关，被刷了下来。实际上之后的几十年，直到退休，我身体好到连医院都没住过。

对于每一个分数上线并体检合格的考生，由公社组成两人以上的政治审查小组，进行了严格的政治审查，写出专题政审材料。不知怎么搞的，那次调查小组把我的年龄弄错了，少填了两岁。后来我到学校只好将错就错，直至退休。

当招生前期的所有程序完成之后，我便进入了漫长焦灼的等待期。时间一天天过去，我从未得到有关考试或录取的任何消息，好像石沉大海，杳无音讯。这时候，有广播或收音机陆续传来，某某大学开始发放录取通知书，某某考生收到录取通知书后是怎样的激动等报道。

拿破仑说过："每种逆境都含有等量成功的种子。"在一个细雨霏霏的日子，正当我丢掉幻想，准备再战之际，公社邮递员陆师傅突然找到我家里来。他对工作十分负责，也很热情细致。我在学校代课的时候，彼此就混得很熟，几乎每周能见面一两次。

听到他的声音，我急忙从屋里迎了出来，心里充满了期待。陆师傅一见到我，满脸堆笑地对我说："我给你道喜来了。"随即从绿色的邮包里掏出一叠信封，并从中找到我的信，递了过来。那是用牛皮纸印制的专用信套，正是我朝思暮想的大学录取通知书，那股高兴劲儿就甭提了。我紧紧拉着陆师傅的手，久久不愿松开。

被冬天束缚了太久的躯体，经历过太多的沉淀郁积。那种令人窒息的感觉，压得我喘不过气来。在饱经风霜雪雨之后，如今终于迎来了朝阳喷薄而出的时刻。我终于考上大学了，成为同辈中最令人羡慕的大学生。消息不胫而走，乡亲们纷纷前来祝贺。

据资料显示，当年原计划在全国 2000 多万知青中，招收 20 万新生，录取率为 1%。这是一个中断了 11 年的高考，再加上应届毕业生，以及允许提前报考的下一届优秀学生，等于前后集合了 13 个年头知识青年中的精英。

经历了一番最激烈的高考角逐之后，国家计委和教育部决定扩大招生。最终有 27 万余优秀学子脱颖而出，被招进了高等学府，录取率为 4.8%，是中国高考史上最低的录取率。我的家乡湖南省，因为考生众多，受招生名额的限制，录取率仅为 3.8%。

1977 年的高考，在中国历史上是空前绝后的。那一届的学子是一个大浪淘沙后，特色鲜明的群体，是时代的幸运儿。

后来听说，我们公社当年有数百人参加考试，被录取上大学的只有十几个人。回乡青年中包括我在内仅有三人考上了大学本科。

寒冷的冬天终于过去了！1978 年的春天，从冰封雪冻中走来，轻轻推开了紧闭的窗户。仿佛感觉到，自己的愿景，似乎与国家的命运发生了某种关联，前途仿佛充满了阳光。那种愉悦激动的心情，再也按捺不住了。

在求学的路上，我感触太深：不曾拥有，永远不能体会失去的心碎；没有失去，永远无法明白拥有的珍贵。

我带着亲人的嘱托和期盼，匆匆收拾起简单的行囊，怀揣着那些年好不容易积攒下来的几十元钱。带着希冀，如愿以偿地逃离那个偏僻落后的村庄。

踏浪前行

4

早春的花，素雅而明媚。迎着和煦的春风，我搭上通往未来的列车。仿佛如梦初醒，慢慢睁开了惺忪的双眼，好奇地张望着车窗外的世界。直到傍晚时分，列车到达湘西的溆浦县大江口车站。

原来乘坐这趟列车来上学的学生，不止我一个。还有其他十几位校友，一起在那个小站下了车。我们拎着行李，跟着导视牌的指引，爬上了一辆从学校派来迎接新生的卡车。

卡车沿着一条蜿蜒的河谷，在崎岖的砂石路上，经过一番颠簸，辗转停在一个山包的平地上。望着远处，群山如黛，近处树影婆娑。还有那一排排朦胧的灯影，勾勒出房顶屋檐的轮廓，高低错落，若隐若现。我心中暗暗窃喜，这不就是我魂牵梦萦的大学城吗？

在接待老师和学长们的引导下，我简单办理了报到手续，很快就找到了入住的宿舍，一夜无话。

走进大学深造，应是人生的历史蜕变。大学的深邃博大，早已烙进我的心底。我怀揣一颗虔诚的心，终于走进了这神圣的科学殿堂。

然而，理想很丰满，现实很骨感。第二天一大早，我迫不及待地想看看自己朝思暮想的大学到底长得啥模样。不看不打紧，一看让我倒吸了一口凉气。天啊！这哪是什么大学城，简直就是流放地。昨晚貌似的繁华，原来是大山、深沟与灯影的合谋，跟我开了一个大大的玩笑，虚构出一副梦幻般的大学城模样。

校园里根本没有高楼大厦的影子，没有像样的教学楼房，也没有像样的科学研究设施，更没有像样的实验场所，甚至没有像样的小镇街道，没有一点儿大学的样子。有的则是在几座山头上和几条山沟里散落着数十栋用就地取材的石灰石垒砌起来的房屋。多是两层的小楼和小平房，还有一些空荡荡的厂房。我满怀的兴奋，满腔的热情，瞬间从云端坠入谷底。

后经打听得知，我们学校在学习朝阳农学院的办学经验后，积极响应"农林院校办在大城市里不是见鬼吗"的最高指示。学校领导决定，从繁华的广州大都市迁出，搬进了这个几乎与世隔绝的深山沟里。

学校搬来之初，受革命样板戏《智取威虎山》的影响，师生们把林学系所在的山头，取名为威虎山，把森工系所在的山沟，取名为夹皮沟。一直沿用到学校搬离，并烙进我们这一代师生们的记忆里。

那里不仅远离都市，而且远离县城，处于一个有深山、没老林的喀斯特岩溶地区。那种偏僻蛮荒，苍凉萧瑟之感，比我家乡的偏僻农村更胜十倍。

命运将我抛撒到山沟里，自然是跟艺术无缘，跟美学无关。学校里寻找不到一星半点儿与艺术和美学相关的营养物质。那里更是远离音乐殿堂，既不能令人血脉偾张，亦不能让人沉默安享。那里缺乏经典的名片，见不着流光溢彩，更无法体会光影的深邃。那里没有高品质的技艺讲座和恢宏大气的学术报告，接收不到世界前沿研究的信息和科技动态，得不到高层的青睐与垂爱，更感知不了外界变化的冷暖凉热。同学们青涩的背影，被定格在"威虎山"的岩壁上，"夹皮沟"的小河畔。

话分两头，事物都有两面性。虽不在大城市读书，却经常能看到成群的牛羊，在校园里悠闲地徜徉，寻觅青草。在教室的窗外有牛羊伴读，心情也不会太糟。不时听到牛儿哞哞，羊儿咩咩的叫唤声，倒也增添了几分乡野情趣。这对于求知若渴的学子们来说，并非全是坏事。那里远离都市的喧嚣，可以避免尘世间的诱惑，多几分静谧，少一份杂念，更利于安心学习，潜心钻研。或许静能补失，或许勤能补拙。或许这是唯一的安慰，更可能就是一种阿Q精神。

树下读书

5

　　刚刚踏进校园的莘莘学子，因长期的封闭禁锢，释放出强烈的求知欲望。有着战胜文化饥荒的激情，还有要把被耽误的时间夺回来的决心。那种感觉，同学们就像得了"知识饥渴症"，以一种异乎寻常的坚韧，近乎自虐的方式，投入到读书学习之中。那种劲头，就像一根被压缩到极致的弹簧，反弹时爆发出无与伦比的力量。学校里的同学们成天端坐在书桌之前，沉湎于课本典籍之中，默记着定理定义，遨游在知识的海洋，探寻其中的奥秘。

多少回，睡梦里还在背诵着外语单词、数理公式。恨不得将所学的知识瞬间融化到血液之中。那种向学之心，犹如干涸已久的大地，贪婪地吮吸着上苍赐予的甘霖。

历经劫难的学校，从广州市美丽的白云山风景区，搬到这偏僻的湘西大山沟。巨大的落差，巨额的损失，的确令人扼腕，令人遗憾。唯一值得庆幸的是学校图书馆的藏书，没有丢失太多。这也许是师生们爱书，或是书籍便于搬运的缘故吧。

那时，社会上的专业书籍极度匮乏，书本和资料稀缺一直是我高考的痛。当我第一次踏入学校图书馆，被那么多的图书震撼了。超百万册的各类图书，排列在上千余平方米的厂房大厅里，整齐码放在书架上。一行行，一列列，看上去是那样的赏心悦目。

学校规定，每个学生一次可借阅七本图书，每个教职工可以借阅的更多。看完还回去之后，可以再借阅其他书籍。同学们可以从容不迫，尽情地阅读、欣赏，尽情地汲取其中的营养。

下放迁徙而来的学校，经此一劫，可谓百废待兴。又遇上恢复高考，迎来了一批不知疲倦的莘莘学子。学校犹如一个嗷嗷待哺的婴儿，等待母亲甘甜的乳汁。教学秩序，亟待走上正轨。

当然，学校的领导和老师同样心急如焚，纷纷要求添置和更新完善教学仪器、实验设备以及试验场所。

然而，学校的经济能力有限，亟待解决的问题实在太多。领导只好分出轻重缓急，分批解决。最先解决像教材课本、必备的教学设施及实验器材那样的燃眉之急。

学校曾经流传着这样一则笑话：土化教研室亟须添置一批万分之一克的分析天平，用于师生们教学实验，教授打报告上报到学校领导审批。学校的主要领导，据说曾是当年拖着马尾巴、蹚过草地的一位红小鬼。当他看到报告时，不知分析天平为何物。郑重其事地找来这位教授，询问买这个东西是干什么用的。教授怕解释多了，领导听不大明白，就说是用于称重的称。领导一听便生气地埋怨，称重的大称小称，镇上有的是，要花那么多钱，购买那么贵的分析天平干什么？现在学校的经费非常紧张，这不是极大的浪费吗？真真切切地上演了"秀才遇到兵，有理说不清"生动而苦涩的一幕。

在那一个社会深刻变革的年代，考上大学的这批同学中，有的下过放，有的回过乡，有的做过工，有的当过兵。有的人成熟练达，有的人年少气盛。共同之点是有着丰富的社会阅历，开阔的视野和非常活跃的思想。同学们普遍具有艰苦奋斗的经历，磨砺了坚毅的个性和练达的人情，并且带着积极向上的乐观心态。是为变化而准备，也为新时代的到来而兴奋。

在校期间，大家进入了一个斗争烟火与诗情迸发的年代。同学们开始接触西方马克思主义，亲历了"实践是检验真理的唯一标准"和人生观的大讨论。又经历了农村改革、包产到户等思想大解放。热衷于收听"美国之音"的"英语九百句"和港台邓丽君歌曲等。经历了具有划时代意义的社会大变革，有着痛入骨髓、痛彻心扉的思考，并开始反思过去，反思自身。

那时学校里的老师，同样憋着一股狠劲。都想尽快甩掉那被禁锢在头上，戴着很不舒服的那顶"臭老九"的帽子，以便尽早得到社会的正面评价与人们的认可。

于是，师生们紧密团结，齐心协力，铆足了劲，发扬了"自己动手，丰衣足食"的南泥湾垦荒精神。没有教材，自己编印。没有教室，自己改造。没有试验场地，就地取材，因陋就简，自己建设。

6

学校那种艰难的处境，不断改造建设和拾遗补阙的尴尬局面，也给我们这些寒门学子带来了挣钱的机会，开启了利用课余时间打工的先河。

在上大学之前，我们兄弟三人早已分家。当时曾有约定，无论我成家与否，二十五岁以前，可以是自顾自的孤家寡人，二十五岁以后，不仅要自己养活自己，独自承担一切生活费用，还要承担赡养父母三分之一的义务。对此，我并无异议。

我在学校，还没来得及好好享受大学生活，就得为筹备未来的学费和生活费而劳心费神。幸运的是学校有部分家境较好同学，还有个别带薪学员。因我所处的境况，被同班同学评定为符合享受甲等助学金条件。这就意味着我在校期间，每个月可以得到二十一元的生活补贴。这种补贴均以饭菜票形式下发，以确保受助同学的生活来源。其他一切费用，只能靠自己再想办法予以解决。

刚开始，我没有其他办法，不得不从每个月的生活补贴费里，省下几块钱的饭菜票，再与同学换成钱。用于添置类似肥皂、牙膏等必需的生活消耗品。

那时候，我们上课经常是学生没有课本，老师缺乏教材，尤其是缺乏专业课的教材。大多讲义教程，需要授课老师临时编写，同学们自己动手誊刻，再由校办工厂统一印刷。

当时誊刻一张蜡纸，可以领到五到八角钱的手工费。我主动找到学校教材科，毛遂自荐帮学校刻印钢板蜡纸。

起初，分管这项工作的老师并不放心，先让我试刻了些实验用的教程。实际上，誊刻蜡纸那些活儿，我在中小学代课期间已经干过，可谓驾轻就熟。

当我将第一批刻写蜡纸的清样交过去的时候，老师看到我干的活还过得去，派的活也就越来越多了。有的时候，授课老师还要另外给我增添任务。因此，一到课余时间，别的同学可以在校园、在野外尽情地潇洒游玩。而我通常猫在宿舍里，或描图，或刻印蜡纸，或誊抄老师的现编教材或专著。

每到寒假暑假，别的同学或回家或旅游，而我一般留在学校不回家。一则为了节省旅途的车费，二则可以利用假期留在学校里打工挣钱。希望能在下一个学期里，有足够的钱用于赡养父母，以及上交学校的学杂费和购买课本讲义。

在挣钱这一点上，也许我更多地继承了老妈的"衣钵"，血液里流淌着经济学的基因。故而在学校，只要能挣钱，我什么活都干。除了经常刻印蜡纸、誊抄教材和描绘投影幻灯片外，还帮助学校干过腾挪教室、会议室的桌椅，打扫清理实验室，修整操场，甚至是在节假日的值班守夜、站岗巡逻等杂活。

具有讽刺意味的是，我在大学期间戴上近视眼镜，并不是因为用功读书，而是为了打工挣钱。

那时，大学的老师授课大多使用投影仪。特别是遇到类似"植物生理学"和"遗传育种学"这样的课程，讲授细胞的新陈代谢、酶的活性作用、植物体内养分的吸收、有机物的积累及其传输转运过程等。表述这些微观结构和运移规律，配合描绘的投影片，自然有利于老师的讲授和同学们的理解。讲授植物生理的彭幼芬教授，在备课时需要准备大量的投影幻灯片，得知我有这方面的经验，点名让我帮助描绘制作。

为了使描图更加逼真，我借来幻灯描图仪。这种仪器主要是利用光的反射和折射原理，底下由强烈的灯光投射到透明的玻璃纸上，再用彩笔去描绘。在十分刺眼的强光下操作，时间久了，我的眼睛慢慢变得模糊起来。到大二的时候，硬生生给自己戴上了一副近视眼镜，俨然成了一个很有学问的大知识分子。

当然，我因此获得了相应的劳动报酬。我用打工挣取来的钱，不仅添置了生活必需品，而且还能完成每月给父母寄上五元，后来加至十元钱的约定，以尽赡养义务，感觉还挺满足。由此可见，人的潜能一旦得到发挥，还是可以突破任何隐忍的界限，超越任何的时空限制，渡过一切难关。

韶华留影

7

　　四年的大学生涯，同学们可以利用假期去旅游，去野炊。我为了节省经费，竟然不知当地的溆浦县城长得啥模样。然而我也知道，上大学的目的，不是为了打工挣钱，而是需要不失本性，不忘初心，学习知识，学到本领。

　　我和同学们一样，都非常珍惜上大学这个来之不易的机会。尤其是第一学年的基础课程，我几乎无暇顾及挣钱的事。我的理化基础本来就不够扎实，学得不够系统。我成天只有上课、学习、做题、看参考书、查阅资料，忙得不亦乐乎。

　　到后来的专业基础课和专业课，相对轻松多了。尤其是专业课程，对于我这个来自农村的孩子来说，像"植物分类学""树木学"，简直太容易了。

　　很多的草灌树木，我在农村砍柴时就与它们打过交道，有些还是老朋友。对它们有些感性认识，也了解或熟悉它们的生境条件、生物生态学特性和生长物候期。对于它们的辨认和分类，只要把专业词汇和植物学名称套用上去，再记它们的特征和区别，就容易多了。

最麻烦的课程要算"数理统计"和"森林经理学"等课程，这些课程并没有什么过于高深的理论，却需要耗费大量的精力和时间，进行烦琐的统计运算。

由于受经费和设备的制约，学校里没有多少现代化的计算工具。亲身体验和见证了在同一时代，使用着珠算算盘、计算尺、计算纸、手摇计算机和计算器等不同时代、五花八门的计算工具。当时我们使用的最现代的工具是统计用的计算器，充其量也只能每个学习小组合用一台。而计算机等现代化的计算工具，只是听说过，却没有机会见识甚至操作过。

我最感兴趣的课程，应该是"植物生理学"和"遗传育种学"。在学习和钻研方面，下的功夫最多。到毕业时，我做的毕业课题就是遗传育种的研究论文。而讲授"植物生理学"的彭幼芬教授，对我特别关照。如前所述，我帮他描绘、制作了很多的投影片，誊抄了很多的讲稿和专著，以及刻印教材和实验操作规程等。每到结算时，他会尽量将我的劳动报酬单价往高处靠。由于我们的师生关系相处融洽，遇到星期天有空时，我会帮他家整理一下菜园子。而他还想推荐我到中山大学去专门进修"植物生理学"，以便留校当教师。

到大城市的名牌大学去读书，当然是很多人的梦想，我也很想去。令我担心的是在大城市读书学习，没有其他经济来源而承受不起高昂的生活费用，更害怕失去能够挣钱赡养父母的熟悉环境。鱼与熊掌不能兼得，因而婉拒了彭教授的美意。

踏进五彩缤纷的大学校园，身旁都是些光鲜亮丽的同龄人。我深有感触，人生中有些机缘，一旦错过，难以弥补，有些技能，一经缺失，无法挽回。尤其是面对那些多才多艺、能歌善舞、见多识广、能说会道的同学。自己就像一只坠入天鹅群里的丑小鸭，只能暗自神伤。类似我这种没有艺术细胞，没有体育特长，没有音乐天赋的农家孩子，一种落寞与自卑感油然而生，一时很难找回自尊和自信。

出现这样的窘态，虽不是自己的错，却总有一种"艺不少学过时悔"的遗憾。如果自己性格孤僻，就很难融入同学群体。好在我的性格还算随和，并以努力学习、加倍挣钱来消磨闲暇的时光，排遣心中的郁闷。且积极主动，参加学校里各种群团的集体活动，用这种融入大集体的方式，来改变自己的不利处境。

我因积极帮助班里抄写歌曲，帮助系里出版黑板报，帮助学校撰写广播稿等一系列的活动，而成为学校的模范共青团员和优秀通信员。就我个人而言，这样做的目的，是为了有机会融入大集体，避免被边缘化。直到大学毕业，我与同学们相处得很好，乃至顺利走上工作岗位后。

迟到的博士

1

时光如白驹过隙，仓促得令人有点儿害怕。还没来得及向 20 世纪挥手告别，转眼进入了 21 世纪。

曾经的风暴虽已远逝。历经苦难艰辛的我们这一代，并没被灾难性的风暴摧残而沉沦，也没在疯狂岁月的争斗中夭亡消逝。

在抖落历史的尘埃，抚平心灵的创伤之后，坚强地扛起了属于自己的责任与担当。同时我也明白了：蒙昧无知，无法破解未知世界的信息密码；认知浅薄，更无法引领文明社会的科学发展。

面对 21 世纪这个伟大的变革时代，日新月异的科学进步、技术创新、学术沙龙、高层对接、强强联合、云端论坛、头脑风暴等，一阵阵狂轰滥炸的科学形态接踵而至，一个个脑洞大开的创新模式层出不穷。

尤其是新一轮技术革命的兴起，互联网、大数据、自动化、智能制造、远程遥控、无人驾驶、5G、6G 以及智慧平台等的迅猛发展及其快速普及。各种新知识、新技术和新思维奔涌袭来。让我们这些上了年纪的人，感觉有些眼花缭乱，有点儿力不从心，措手不及。

按理说，那时的我，早已过了激情燃烧的青葱岁月。既不需要通过读书来改变命运，也不需要获取更高的学位来调换工作。真可谓江山已定，前途在握。

我本该收拢希望振翅高飞的翅膀，藏锋守拙，安静下来。找到适合自己最佳的平衡点，按部就班，便可高枕无忧。按理而论，人到中年，本该静而不争。

经过多年的打拼，我早已成为江西省政府和国务院特殊津贴的双料专家。同时，还是省委组织部重点管理的五十位专家之一。至少可以算得上是一个体面的科学研究者。没有衣食之忧，没有角色转换的需求，更没有工作上太大的外部压力。

然而，人在优越的环境中，最容易滋生惰性，形成温水煮青蛙的效应。没有压力，自然难有动力。如果这么混下去，就有过早地被社会淘汰，抛进历史垃圾堆的危险。想到这里，一种悸动不安的忧患意识，不禁从烦闷郁结的心绪中萌发。

在我的人生阅历中，有过类似的教训，而自己的秉性，也缺乏安享停歇的基因。何况在科学研究的征途上，也需要保持一个积极进取的心态。只有未雨绸缪，方能临危不乱，应付自如。如果仓促应战，许多事情必将功败垂成。

为了跟上时代的步伐，避免过早地被淘汰出局。我决定主动加压，蓄积力量和勇气，去挑战学位上的那颗高山明珠。用攻读博士来验证自己的承压能力，以实现博士的圆梦之旅。

在我童年的时候，受学校教育和老师激励的影响，儿时就有当工程师、当科学家的梦想。既然已被不幸言中，走上了科研探索这条路，就该多一份责任，多一份担当。何况自己还有那么一点位卑未敢忘忧国的情怀。

一个称职的科学研究者，就该把握科技时代的脉搏，紧跟学科的发展前沿，并能与时俱进。不断探索未知世界的科学奥秘，且永不停歇。为科学事业的思维创新、方法创新和理论创新，提供更多、更好的支撑与选择。

再说，作为一个科研单位的主要负责人，其示范带头作用亦不可小觑。没有示范效应，哪来员工积极向上的氛围？没有进取精神，何以应对社会竞争，适应时代发展？

在外人看来，那时的我，早已成为省内业内的顶层科技人员。只有自己心里清楚，虽然已在科海沉浮十多年了，还没有多少可以沾沾自喜的资本。

在水土保持研究领域，许多高深的科学问题，似乎陷入了难以突破的瓶颈形态。自己总结凝练的论文成果，也难有突出的创新，似乎老在同一水平线上停滞徘徊。撰写的立项报告同样缺乏激情，缺乏新意。研究的方法和手段，仿佛有一种山重水复、黔驴技穷的感觉。研究态势好像触碰到了天花板，云山雾罩，一时到了难以破解的迷局。

随着自己承担的科研项目越来越多，涉及的领域越来越广，研究的层级越来越高，似有一种身在庐山深处，不知所向的焦虑。面对这样的困局，自己一时又不知从何下手。并且随着时间的推移，这种焦虑感越来越强烈。想想未来研究的路，可能遇到的疑难杂症会越来越多。眼见自己的能力和水平，已驾驭不了这艘领航的小船驶向正确的目标，于是产生了一种识不足而多虑的狂躁心态。

我既不愿看到自己解决不了的技术难题成为同事们的包袱累赘，也不想成为"深林人不知，明月来相照"那样的孤家寡人。特别是当今的科学研究，欲想攀登更高的学术阶梯，就必须讲究强强联合，讲究高阶协同。

经过反躬自省，我找到了研究上陷入窘态的症结所在。不外乎精力不济、水平不够和资源不足等三方面的主要问题。如何尽快破解这些难题，已成为我研究工作的主要突破口。

精力不济，可以靠合理调配时间，通过强身健体，积蓄能量加以解决；资源不足，可以通过引智和提升人力资源的素质等方式加以解决；唯独水平不够，需要内外兼修方能破解。有许多事情，没有任何其他人能够替代，必须亲力亲为。

《三国志》中说："圣人常顺时而动，智者必因机而发。"我非智者，更非圣人，然，顺势而为，顺应常理，遵循事物发展的客观规律。

经过反复分析和冷静思考，为了提升充实自己，补齐短板，也为了研究事业的需要，我决心提升存量，积蓄增量，释放能量，攻读博士。因为丰富自己，往往比渴求别人更能解决问题，而且还可以给自己一段迂回的空间。

尽管那时读博的年龄大了些，但若有机会沉静下来，什么时候读书，都不算晚。一个人要最大程度实现人生的价值，就必须有一种活到老、学到老的精神。何况自己还没老到不能学习的程度，没有必要在等待中留下无法弥补的遗憾。

2

　　我这一辈子，在断断续续的求学过程中，曾经埋怨过时运不济、世道不公。如今早已时过境迁，没必要再去怨天尤人。没能成为音乐家，不应抱怨自己没有出生在奥地利；没能成为歌唱家，不再纠结家不住在维也纳。这些毫不相干的问题，完全可以通过自身的努力加以解决。

　　为了不留遗憾，我决定放手一搏，挑战自我，折腾自己。带着焦虑，带着希冀，准备开启那艰难的读博之旅。

　　我曾经的专业基础是理科，并不擅长工科。对我而言，报考理科博士既不用补习更多的工科数学，也不用为钻研那些生涩的工程技术术语和繁复的计算公式而劳心费神。然而，自己当前所从事的水利行业，又属于工科性质，不可回避。

　　经过一番权衡研判，觉得自己既然攻读博士，就应以解决生产实践中的难题为主，就应增加水利行业知识，积累水利方面的人脉资源，以便更好地为水利事业服务。因此，最终还是决定成为一名水利方面的工科博士。

　　众所周知，攻读博士本身就是一件十分艰难的事。没有天赋异禀，读博是段异乎寻常的痛苦之旅。跨行业攻读，其难度可想而知。然而，要达到常人难以企及的目标，就必须付出常人无法企及的努力。再说，攻读博士，不是我一时心血来潮，本来就是为解决研究中的问题而主动加压，更没有避重就轻的理由。

　　在我国实行学位制以来，绝大多数博士的学习都在人生三十岁前后完成。而我当时已年近半百，既有工作面上的千头万绪，也有管理单位生存和发展的压力，又有科研项目的完成期限和成果质量要求，还有社会公益义务和领导责任等。其忙乎程度，可见一斑。读博的有利条件是我管理的单位不大，作为一把手，还存在一定时间安排的灵活度和行为支配的自由度。

当一些好友和同事得知我要报考博士时，都表示关心，跑来劝说。你年纪那么大，工作那么忙，没时间复习，很难考得上。读博士是年轻人的事，你已错过最佳时期，还是算了吧。就算考上了，也不能为自己带来任何实际利益，反而会影响生活质量，何必把自己搞得那么辛苦呢。

的确，他们的分析不无道理。在20世纪90年代，不少地方为吸引博士，曾开出一系列的优厚条件，且一浪高过一浪。各种好单位和好岗位，都虚位以待。后来，随着毕业的博士越来越多，社会关注度开始降温，变得并不那么神秘了。

说句实在话，在后来的复习过程中，我发现对当时的情况还是有些估计不足。原以为自己的基础还算不错，又在水利部门工作了那么多年，对水利行业的业务还算比较了解，考个博士生应该是水到渠成，顺理成章的事。

可是，到了具体操作环节，还是出现了一些意想不到的状况。作为一个单位的法人代表，有些事情不可回避，必须亲力亲为，亲自操刀。所以，很难挤出时间按计划复习。只能疲于应付，草草抓抓重点。

由于我以前理科阶段学的数学与报考的工科数学相比，根本不在同一量级层次。因此，我的复习重点是集中精力，主攻数学。费了九牛二虎之力，才涉险过关。考试专业课是我的信心所在，所以能顺利通过。

面对必考的英语，我有些信心不足。毕竟我离开学校那么多年了，工作中也鲜少使用。大学所学的那点英语，早已捉襟见肘。考试时，我使出浑身解数，左冲右突，结果还是露怯了，考试成绩还差两分才够录取线。

于是，我接受了导师抛出的橄榄枝。他让我向学校研究生院递交了一份情况说明后，最终被录取为河海大学的在职博士研究生。

3

那时的我，若脱产读书，因身不由己，故无可能。读一个在职研究生，应是一个不错的选择，我也乐意接受。这样还可以合理调配时间和精力，兼顾学习和工作。

在攻读博士时，年龄真不饶人，我的记忆力已大不如前。现学的东西，经常记不牢，往往需要花加倍的时间，才有可能通过考试。所以，第一个学期上理论基础和两门外语课程，我不敢马虎。只有老老实实住在学校，把主要精力用在学习上，以保证所学的课程能够顺利通过考试，并获得相应的学分。

在接下来学习专业基础和专业课程时，随着工作的重心回归，我已不方便继续请假长期住在学校。只好以自学为主，哪怕是必修课，也要到关键时段才去学校听听课，并将自学积攒下来的问题，集中起来请教老师。就这样，从学校到单位，再从单位到学校，来来回回坚持了三四年，终于完成了学校规定博士生所修的课程和学分。

转入毕业论文阶段，应有我的优势。因为我有很好的试验场地，可用的实验数据很多，资料十分给力。结合自己的研究课题，撰写的毕业论文，答辩一次获得通过。

临近毕业时，因我不住在学校，没能及时跟踪办理毕业离校手续。由于学院里教学秘书的一时疏忽，在办理我的毕业手续时，申报学位证书错过了当季的时间，故延误了半年。偏偏在此期间，河海大学又更换了校长，所以我的毕业证书和博士学位证书，还出现了不是同一校长签名的稀罕事。

当我拿到了毕业证书和工学博士(Ph.D.)的学位证书时，我如释重负。据有关资料显示，全国四十五岁以上获得博士学位的仅占博士总数的8%。类似我这种超过五十岁的老龄博士，虽不至于是最老者，应该也算是凤毛麟角的稀罕之物了吧。

正如劝说者所言，我获得博士头衔，并没有给我带来任何实际利益。既没有增加工资，也没有因此得到职级的晋升提拔。这些都在预料之中。我能如此淡定，因当时就没想过用博士学位去换取别的利益。

在攻读博士期间，总会有人拿在职研究生与全日制研究生说事。如果一定要做一个比较的话，我认为二者虽有不同，但各有千秋。在基础理论学习方面，在职研究生的确没有全日制研究生学得扎实，知识的系统性也没有那么严谨、完整。但是在毕业课题的选择和实验研究中，在职研究生学习的目的性更强，解决问题的能力，以及试验观测的研究经验等却要丰富得多，论文的实验数据来得更为真实可靠。

年龄大了，选择回归学校攻读博士，的确需要勇气，以至于使很多人望而却步。在我看来，无论做什么事，只要持之以恒、锲而不舍，就有可能达到理想的高度。所有的付出和牺牲，都能得到回报，觉得值了。

4

回顾这一辈子的求学之路，一路坎坎坷坷，跌跌撞撞，异常曲折，走过不少弯路，浪费了十多年的青春。

出现这样的结果，不是自己不够努力，而是无能为力。不是自己不想学，多是没有机会，或者是别人不让学。求学之路多次被中断，学业一再被延宕。直接导致我知识系统性和完整性被碎片化，造成了年龄成本的不断上升。

我上学的时候，农村孩子启蒙读书的时间，一般在八九岁前后。而我报名上学，就要比班上的同学小上两三岁。从小学毕业后，就开始当起了"留级生"，不能正常升入初中，两次试图插入初中毕业班，均以失败而告终。被学校"抛弃"多年后，又作为"可被教育好"的社会青年，再次被招入高中就读，才发现自己已比同班同学大出了两到三岁。

高中毕业重返农村"接受贫下中农再教育"，好不容易逮住了恢复高考的机会，考上了大学。发现自己的年龄已成为仅次于老三届的老大哥了。

当我最终完成博士学业时，有同班同学父母的年龄与自己相差无几。竟然与同班同学相差了整整一代人。

同学代沟

这不禁让我联想到，蝉在七年黑暗的土壤中蛰伏，为的是几个星期的畅快。蝉的生命曲线是成长期太平，成熟期太短，衰退的坡线太陡，一生的命运令人唏嘘慨叹。

而我最终完成学业，相比蝉的蛰伏，在某种程度上有异曲同工之处。蝉的蛰伏，是生命周期规律的必然。我的求学之路，却布满了荆棘坎坷，留下的遗憾，是不应有的人为因素干扰，还没等我领略到知识带来的畅快，就戛然而止。令人宽慰的是，我的学位终于达到了梦寐以求的高度。

古希腊的一位哲人曾经这样说过："人类的一半活动是在危机中度过。"而我的学业，虽有一半在危机中产生，另一半却在机遇中完成。个中曲直，何尝不令人唏嘘慨叹？

以至于最后完成的博士学业，放了一个大大的马后炮。也许这是圆梦之旅，本该付出的代价。世态炎凉，道路曲折，并没有击垮我孜孜以求的强烈欲望。无论是辍学的打击，还是工作的压力，都没有让我失去向学的目标，且淬炼成活到老、学到老的意志与毅力。话到此处，我还是愿意为自己的求学行为点赞。

人有时会感觉到老得太快，明白得太晚。唯有不断学习，不轻言放弃学习的机会，才会有更多的人生选择，才能距离自己的目标越来越近。人生的意义，不在乎与谁相比，而在于不断超越自己。

我终于圆了人生的梦想，没有留下太多的遗憾，获得博士学位成为我一生中最骄傲的事件之一。尽管求学之路没有理想中的顺利，自己也没有想象中的优秀，但至少可以证明，我曾经在求学的路上，积极奔跑过，努力拼搏过。

第三章　求索之路

求索，源自人对事物的好奇，进而对其表象与本质进行探究。我所理解的求索，即是在调查了解和分析研究的基础上，揭示事物的内在规律与外在联系，直至上升为理论的全过程。

人们用研究得来的理论再去指导生产实践，从而推动社会发展与人类进步。这些经过探索和研究得来的理论，只有在实践中被反复检验，证明其正确，才有可能配称为真理。

人的智慧是由智力与非智力、知识与意识、技能与方法等系统构成的复杂体系所孕育出来的才能。智慧是求索者的基本要素，而真理则是求索者的精神企盼。真理可以使人变得更有智慧，智慧也能使人辨析真理。在求索的路上，既需要用智慧去探求真理，亦需要用真理来丰富智慧。

一旦人的物质条件得到基本满足，就可能产生一种更为高阶的精神追求。一个优秀的科学家，不仅需要拥有智慧，而且必须具备追求真理的强烈欲望，还要有百折不回的坚韧。

智慧值得人们终生拥有，真理需要人类不断追求。在历史的长河中，人们追求真理往往胜过渴望智慧，这就是人类进步和社会发展不竭的动力源泉。

在现实生活中，有些人往往愿意利用智慧，通过追求真理，来从容面对错综复杂的事物关系。借此塑造自己，奉献社会，推动发展。

真正的智慧，不是利用社会问题，而是在于解决社会问题。不是执迷于对物质的索取，也不仅仅是局限于对生活品质的改善，而是选择坚定信念，去直面人生，挑战自我，探索真理。

任何大事业都源于小进步，而小进步则来自持续的学习意识和不断的创新能力。因为复杂的社会，诱惑太多，每个人都有任意选择如何生存的权力。如果一个人选择了探索之路，不仅需要排除社会上的纷繁滋扰，而且还要去除心里的冗余庞杂，心无旁骛，更需要激情与毅力。

我被动走上科学研究的探索之路，尽管走得十分艰辛，却在不知不觉中，慢慢变成了主角，且渐渐迷上了途中的景色。我的追求，虽远不及"路漫漫其修远兮，吾将上下而求索"的古训来得执着，或许还带有一点宿命的味道。但在求索的路上，自认为已尽己所能，尽力而为了。

人生如棋，落子无悔。求索之路无论有无建树，由此积聚的心得，愿意同他人分享。

初识与践行

1

一代人有一代人的使命。历史赋予我们这一代人的使命，即是负重前行。几乎与新中国同龄的这一代，笃定要冲破前进道路上的狭窄空间，排除一切艰难险阻，奔向那浩瀚无垠的星辰大海。

春天，是一个充满遐想、充满希望的季节。当然，不同的人在同样的季节，也可能产生不一样的心情。就像走同样的路，能看到不一样的风景。

蹉跎的岁月，坎坷的路，给了我深切的磨砺。艰难的生活，劳碌的命，给予我深刻的淬炼。当下求索之路，能带来什么，我不得而知。但我笃信，心中的阳光，必将指引我脚下的路。

1982年的春天，对我而言，注定又是一个不平凡的季节。我清晰地感受到和暖的春风，吹开了冰封的河水，吹出了桃红柳绿、草长莺飞的气势，吹来了我无比愉悦的心情。

大学毕业了，我被分配到江西省水利厅。那一年，春节的假期还没过完，我便匆匆收拾行囊，怀着激动的心情，从老家湖南省衡阳市远郊的一个乡村，赶往江西省会南昌。还没来得及领略这座英雄城的风采神韵，就迎着初升的朝阳，拎着简朴的行装，风尘仆仆地赶往江西省政府办公大楼，去省水利厅报到上班。

由于高考中断了十一年，各行各业都面临人才断层。随着改革开放政策的逐步落实，社会上对人才的需求量迅速大增，许多行业几乎到了求贤若渴的地步。

然而，恢复高考的第一届毕业生并不多，全国仅有27万。能得到这批毕业生的单位，可算是凤毛麟角。直到下半年七八级40万新生力量的再一次注入，才算暂时纾缓了社会对人才需求的巨大压力。

不过，这两届毕业生，绝大多数留在省级以上机关及其所属的大单位，只有极少数分配到基层。由于这批毕业生大多经历过上山下乡和回乡，或农或工的锻炼，经验比较丰富。一到单位，便有独当一面的工作能力，受到社会各界和用人单位的普遍重视与欢迎。后来，这两届毕业生的成功率之高，颇有几分传奇色彩。故被民间称之为"金七七，银七八"，乃至成为社会不可复制的特殊群体。

我去省水利厅报到时，单位领导早已知晓。整个厅机关仅分来两个毕业生，只我一个外地人，另一个当地的大学毕业生已报到就位。所以我报到的手续没费多少周章，循规蹈矩，很顺利就办妥了。

我被分配在江西省水土保持工作站，隶属省水利厅机关的事业单位。当时心里还犯嘀咕，"水土保持站"这个名字土里吧唧，没沾一点洋味，更没有高大上的雅气可言。从名字中似乎还能透露出，这项工作根本就没有离开农村，更不可能跳出农门。是否还要继续发配，我心里没底。直到省水利厅人事处处长亲自将我领进更上一层楼的办公室，并介绍给领导和同事们时，那颗悬着的心才算放进了肚里。

办公室位于省政府的办公大楼，在五楼上班。看到那样的环境，想想即将在省级平台上打拼和驰骋，来展示人生抱负，实现人生价值，心里难免有几分激动。尽管那时还未找到真正属于我的那块园地、那片森林，但已完全颠覆了我之前的谋生之路。

2

我在大学里，并没有正儿八经学过"水土保持学"。它只不过是我在大学所学的众多课程里一门普通的选修课而已。每想到此，便隐去了在学校的那种"天下英雄，舍我其谁"的狂傲。平添了几分压力，几分担忧。生怕辜负了那美妙的平台，美好的时光。

俗话说：有压力，才会有动力。我知道，在省政府机关工作，不是荣耀，不是享受，而是责任，是担当。平台不代表能力，职责不代表功劳，更没必要沉湎于自我感动。

从社会底层走来的我，必须更加勤奋，倍加努力，才能对得起这份来之不易的"幸运"。因此我暗下决心，一定要尽己所能，干好本职工作。

做人要有目标，做事应循标尺。才不至于辜负左氏老祖宗所倡导的传世之训言："大上有立德，其次有立功，其次有立言。"类似我这样的凡夫俗子，远谈不上树立德行，建立功业，亦难创立学说。能做一个立言树标、警醒自己的人，应该也是一件十分了不起的事情。

于是我搜肠刮肚，先立其言，而后从之。树一个标的，然后坚持下去。便立下了"为人正，为官清，为事诚，为业精"的十二字"箴言"，作为自己的座右铭。尽管此立言非彼立言，我还是工工整整地把它写好，压在自己办公桌的玻璃板下，并牢记在心，以此时刻警醒自己，向着心中的目标，谨慎前行。

没想到，就践行这个最低的目标，仍属不易。许下的这一诺言，践行了一辈子，跌跌撞撞地走到了人生的尽头。其结果依然是一辈子为官不大，且远离权力中心。不掌控社会资源，当然无所谓为政清廉。虽为事诚，却远未达到为业精深的境地。

刚上班的那会儿，由于自己远离家乡，只身处在南昌，举目无亲。除了工作就是看书学习，也没有其他事情可做。生活上是一人吃饱，全家不饿。所以每天上班，去得很早，回得很晚。

秉承一屋不扫，何以扫天下的理念。我每天一到办公室，先擦桌子后拖地，再洗杯子打开水。待一切收拾妥当之后，再坐下来，或看书学习，或了解熟悉省情，以弥补自己专业知识和工作经验的不足。

经过一段时间的磨合，办公室的领导和同事，看到我这个新来的大学生，并没有传说中知识分子的那股执拗狂傲。而且做事勤快，只要是办公室的活，什么都干，脏活累活还抢着干。于是，大家就慢慢地接纳了我，开始亲近我。我的工作氛围变得轻松融洽，同事之间的关系随之热络，很快就与工作集体融为一体了。

有了这样的工作氛围，同事间的交流多了，沟通起来也顺畅多了。同事们在工作中的心得体会，同样愿意与我分享。渐渐地，大家待我就像对待自己的家人一样，毫无保留地给我传授工作经验，带我出差调查研究。由于老一辈无私的帮助与奉献，我很快在工作上就能应付自如了。

3

记得第一次到赣南出差，去调查了解水土保持情况。从南昌到赣州，两地相距四百多千米的路程。当时还不通铁路，那是我第一次乘坐长途汽车去那么远的地方。想想这么快就能亲身去体验江西的风土人情，沿途还能看到许多不一样的风景，心里就觉得兴奋，也就多了一份期待。

出发前的一天，我到长途汽车站，帮大家一起购买了最早一班昌赣直达的车票。随后又打电话把相关信息告知了赣州行署水土保持办公室，一切准备就绪。

第二天凌晨四点半，我们一行四人，摸黑从南昌长途汽车站出发。中途在新干县路边的定点饭店吃过中饭，汽车也到指定的地点加了油。由于路况太差，一路坑坑洼洼，汽车颠颠簸簸，把汽车轮胎颠爆了两回。换完轮胎，一路走走停停，抵达赣州时，已经是晚上八点多钟了。

当一行人拖着疲惫的躯体，从长途汽车站再走到赣州行署招待所时，我早已没了出发前的兴奋。

第一次乘坐那么远的长途汽车，体会到了旅途的艰辛，也感觉到从事水土保持工作的不易。

当我们来到招待所，看见赣州行署水土保持办公室负责接待的同志，仍饿着肚子在宾馆苦苦地等候。见到我们便热情地迎了上来，那种敬业精神，还是令我感动。

那次到赣南出差，并不是最惨的遭遇。记得有一次去赣州，长途汽车坏在吉安与赣州两地交界的半道上。位于一个前不着村，后不着店的荒山野岭上。而汽车破损的零配件，车上没有备用的，只有到县城才能匹配。这下可忙坏了开车的两位师傅，他们当中留下一人修车，另一人去拦便车，返回到附近的遂川县城去买零件。就这样来来回回，费了九牛二虎之力，忙了好几个小时，才把汽车修理好。

乘客只能下车，无可奈何地站在风雨中，冻得瑟瑟发抖，可谓饥寒交迫。好不容易折腾到宾馆，已是第二天凌晨四点多钟了。后来，只要一听说要去赣州出差，我的心里直犯怵，希望能有别的办法来改变这种状态。

那时乘坐飞机同样算作高消费。从南昌到赣州的飞机是一种有三十多座的伊尔小型飞机，单程票价是22元，不久后涨到26元，比汽车票贵出好几倍。乘坐了几趟之后，感觉回单位报账挺麻烦，需要找厅长签字审批。我不想老去麻烦领导，不到万不得已，也就不轻易乘坐飞机了。

可是，有些事情却无法回避，真的是怕什么就来什么。在那一年，受省政府的委派，由省农业委员会牵头，分别从农林水三个厅局中，抽调专业人员组成了调研组，奔赴赣南地区开展水土保持专项调研。水利厅是这项工作的主力军，我作为新生力量，自然"在劫难逃"。

为尽快获取第一手资料，及时向省政府汇报赣州地区水土流失严重程度和水土保持工作经验，调研组制订了详细的调研计划和方案。当然，赣州行署的领导对此项工作更加重视，并指示对口委局予以大力支持和配合。大家都希望调研组能为省政府递交一个有价值、有分量的调研报告，以供领导决策参考，最终破解赣南严重的水土流失难题。

4

由于赣南地区面积大，那时共有十九个县市，约占江西省面积的四分之一。那次专题调查，需要了解的内容多，调研时间长，还要进村入户，任务非常繁重。调研组的领导要求大家发扬"一不怕苦，二不怕死"的革命精神，没有条件，创造条件也要上。

调研组最大的困难就是没有固定的交通工具随行。在调研中，大家只好是逮住什么就乘坐什么交通工具。如果距离较近，哪怕是借助单车骑行或徒步，也要把真实情况弄清楚。

正因为那次的深入调研，在半年多的时间内，我几乎跑遍了赣南的所有县市。收获了大量的第一手资料，实地勘查了赣南的水土流失原貌，亲身体验了浓郁的客家风土人情。

以兴国县为中心的那片土地，几乎是"山上无飞鸟，河里无鱼虾"，到处呈现出童山濯濯、赤地千里、砂石裸露、崩岗林立、河库淤塞……满眼疮痍的水土流失景象，令人触目惊心，给人留下了强烈的视觉冲击。

特别是水土流失严重的山头，几乎寸草不生。哪怕对面的山坡上跑出几只小老鼠，也能看得清清楚楚，真真切切。山坡上即使有几棵耐干旱瘠薄的马尾松幸运地存活下来，长了十几年，还不到一米高。人们把这种树称之为"老头松"。每到夏天，经太阳的强烈炙烤，地表温度高达六七十度，能将鸡蛋烤熟。

赣南水土流失

很多地方好不容易修建起来的山塘水库，没用几年的工夫，水库尾闾便淤积成白茫茫的石英沙滩。只有塘坝前不大的空间，蓄积着不多的水。像兴国县龙下水库等典型水库，直接被淤满报废而成为沙库。什么水也装不了，完全丧失了水库应有的功能，反倒成了一座危害当地农业生产的流沙库。

一些村旁的道路与河床竟也分不清。长长的溪沟中淤积着茫茫白沙，河床看似比马路还要宽阔平坦。开车行走在马路上，经常误以为司机走错了道。还有一些河段，淤积的泥沙高出稻田好几米。迫使河水直往沙里钻，透过河堤，渗入农田，形成了大量的落河田和冷浸田。据调查，类似的低产田，约占赣南稻田总面积的一成以上。

每到汛期，山洪暴发，河水猛涨。水冲沙压，损坏农田，冲毁道路，甚至危及老百姓的生命财产安全。调研期间，贡江上游的梅江发生了特大洪灾。亲眼见到洪水淹没了宁都县城的大部分街道，给当地人民群众的生命财产造成巨大的损失。

在兴国县调研时，一路上常常见到农村中的小孩和妇女在寻找生火煮饭的能源。她们身背竹篓，手里拿着用铁丝做成的铁钎，还有用竹子编成的耙子。遇到阔叶树的落叶，就用铁钎将一片片落叶戳起，待戳到的树叶逐步升高，沿铁钎挤到手边形成一串时，再用手将树叶将下，放进背后的竹篓里。遇到针叶树的落叶，就用竹耙子将其抓拢聚集在一起，再用手搂起来放到竹篓里。

尽管人们如此辛勤劳动，一个人一天收拢的树叶柴草仍然满足不了一家人对生活能源的需求，令人感到十分沮丧与无奈。面对此情此景，我不禁想起曾在赣州任职的南宋词人辛弃疾，亲身感受到"郁孤台下清江水，中间多少行人泪"这句词的真正含义。

流失与干旱

为了生存，老百姓需要耗费大量的时间，想方设法寻找柴火。每当进入兴国县境，就能见到，无论是山上，还是房前屋后，幸存不多的马尾松，被人为过度"修枝整形"。高高的树干上，仅剩下顶梢一小撮不长的枝条。其形状活像当年"儿童团"手中一杆杆的红缨枪，孤立无援地挺立在山头，艰难地守卫着村庄，守护着那一方水土。

如此的生存环境，农民一年忙到头，从地里刨出来的有机物质，远远满足不了自身生活的需要。就拿解决烧柴问题来说，家里还需要派出强壮的劳动力，到邻近的泰和县老营盘那样的深山老林里去砍柴作为补充。那种生活窘态，被当地群众编成了"吃饭靠救济，砍柴要出国"的民谣。

稀土开采场

严重的水土流失，给当地群众带来巨大困厄。无怪乎有学者惊呼，"赣南的水土流失如果再不治理，兴国就会亡国，宁都就要迁都"。

5

那时到县里出差，能接待住宿、吃饭的地方不多。我们这个省政府调研组，一般住在当地的县委县政府招待所。其中兴国县招待所，接待最为规范，标准十分明确，至今难以忘记。

到访的客人，只要凭县（团）级以上单位的介绍信或工作证，到招待所服务台登记即可入住。如需用餐，必须提前预约。招待所有定制的标准，在入住登记的时候，只要告诉前台服务员，有几人几时用餐即可。食堂会按规定的标准，给入住的客人备好饭菜。

如果是一个人用餐，就有一菜一汤。两个人就是一荤一素一汤，三人则是一荤两素一汤，依此类推。当然，人多了，提供菜品的质和量，相应有所增加。说不定，偶尔还有机会品尝到当年由毛主席命名为"四星望月"的那道名菜。

住在招待所的客人，只要在规定的时间到食堂里用餐就可以了，根本不用先交押金，也不存在什么大吃大喝的现象。客人按规定交上粮票和伙食费，结完账便可离开。这种定制的接待标准，倒也免去了许多迎来送往的繁文缛节。

那时的兴国县，就是利用这种办法，传承和发扬着当年红军的革命传统，践行着"苏区干部好作风，自带干粮来办公"的工作风气。

那次调研让我体会到赣南老区人民对共产党那份特别的爱，对共和国摇篮那份特殊的情感。

六月的一天下午，调研组一行人，乘坐着212北京帆布篷的小吉普，从兴国县赶往红都瑞金县（今瑞金市）。车辆在砂石马路上驰驶，后面扬起一股长长的白烟尘，由低到高，由小变大。公路两旁的草木物体，全都染上了厚厚的一层尘土。

原野的禾苗一片葱绿，田边的杂草，被铲除得干干净净。偶尔在田塍上点播的几垄豆苗，同样长得蓬蓬勃勃。色彩单调得就像红色的大地上，铺就了一块块翠绿色的地毯，是那样的规整，那样的纯粹。不时从水稻行间反射出道道光芒，格外晃眼，迷人之处又增添了几分落寞。

那时赣南的公路，绝大部分不仅仅是沙石土路，而且拐弯抹角，凹凸不平。每到下雨时节，坑内的积水经车轮不断碾轧，泥水四溅，继而形成更大的坑。就那种马路，被当地群众调侃为"晴天为扬（洋）灰路，雨天是水泥（混凝土）路"。

6

粗粝的调研，使我深受教育。赣南是一方不需要强者去征服，而是需要勇者去拯救的土地。我第一次真实地感到，蓝色星球是人类共同的家园，美好的生活需要绿色植被的庇护，维系良好的生态环境是人类共同的责任。

防治水土流失是一项具有挑战性的公益事业。虽然面临的任务艰巨，肩上的责任重大，但保护一方水土，值得人用一辈子去践行。

有山就有攀登者，有水应有弄潮儿。我当下所从事的行业，虽非专长，但相信只要持之以恒，也有机会仰望光辉的顶点，抵达胜利的彼岸。再说，既已从事这项工作，就有责任用我所学，为社会尽一份绵薄之力，让这片同样充满阳光和雨露的土地，变得更加葱郁，更加美好。

有了这份责任感和使命感，在接下来的工作中，我变得更加积极主动。不再只是为了完成任务而调查，不为苍天为黎民，真心实意想帮助当地群众解决一些具体问题。所以，一有机会，我会深入到田间地头，传授水土保持技术，推广小流域综合治理经验。并与基层群众和技术人员一起，辨认筛选抗逆性强的植物品种，为防治水土流失贡献一份力量。

调研结束后，便积极撰写调研报告，建言献策。据说这份调研报告呈递上去，得到了赣州行署和省政府领导的充分肯定和重视。此后不久，便解决了兴国县群众以煤代柴指标及其补贴等具体问题，得到了当地老百姓的普遍欢迎。同时，也为兴国县后来列入全国八大片水土保持重点治理工程，开展大面积水土流失治理打下了良好的基础。

现在回过头来看，赣州市通过四十年的集中治理、连续治理和综合治理，发生了翻天覆地的变化。全市水土流失面积从 1980 年的 1676 万亩下降到 2020 年的 1050 万亩，且流失程度大为减轻。森林覆盖率也由 1980 年的 40%，上升到 76%。其中兴国全县的森林覆盖率由当时的 28%，上升到后来的 82% 以上。森林的群落结构和林木的品质越来越好。生态环境得到明显改善，到处草木葳蕤，鸟语花香。取得这样的成就，与当地干部群众无私的奉献和艰辛努力是分不开的。作为亲历见证者和参与者，每每念及这些变化，我的心里还会产生一种莫名的欣慰和愉悦。

通过那次的实地调研与现场考察，我初步掌握了江西的省情和水土流失状态。当然也知道，我这个非水土保持专业出身的学子，当时的学识仍难以支撑改善生态的恢宏旅途。要想驰骋在修补地球的边缘，必须具备扎实的水土保持专业基础和技术水平，舍此之外，还需要自己的决心和毅力。

美丽家园

7

1983年，我得知北京林学院水土保持系张增哲教授的研究团队在江西修水县开展"森林水文作用"的研究。张教授每年都要带领一批水土保持专业的学生前去实习。其中有部分学生，尤其是研究生，还会留在大坑水文站，开展教学实习活动，或者在现场开展试验，观测取样，撰写毕业论文。想想自己，原本水土保持专业基础不牢，又没有机会到学校脱产进修水土保持专业课程，能在工作中参与这样的试验研究，不失为一个难得的学习机会。

曾有研究证明，人的知识，80%来源于看，多于10%来自听，其他感知不足10%。那时，办公室安排我的工作，其中有一项就是协助配合张教授的试验研究。因此，只要他们一来，省厅基本上是派我陪同。我索性来个就汤下面，主动请缨，趁着自己还是单身汉的时候，便深入到修水县大坑水土保持站去蹲点。这样，我会有更多的机会参与张教授研究团队的科学研究工作，以便积累田间试验的经验，了解并掌握野外的研究方法和技巧，或许还能看出一点门道，悟到水土保持真谛，以弥补专业知识的不足。

于是，我跟着张教授的研究团队，爬山坡，钻密林，风里来，雨里去。在乔木、灌丛、草地和裸地等不同类型区域选择布设试验样地，建设径流小区和自然集水区。在林内、林缘和林外等典型代表处安装仪器设备，观测林冠截留和降雨的变化情况。在野外采集植物标本、土壤标本和地表径流样品，以及帮助收集整理观测记录。凡是试验观测的重要环节，我一个不落，全程参与。

经过反复实践，我初步掌握了水土保持科学研究的田间试验等基本要领，成为他们的研究团队中的一分子。一旦他们忙不过来了，我都能及时补上。曾经有段时间，北京林学院的师生们都回学校上课去了，现场的观测任务落在了我的头上。

就在他们回校没几天的工夫，老天对我进行了一次现场检验测试。一天早上，从天气预报中得知，午后将有雷阵雨。我看了看天空，蓝蓝的天上飘浮着钩卷状的双层云朵，似乎还有动有静。

对照当地的农谚，"天上云交云，地上雨淋淋"。种种迹象表明，当天可能真的会下大雨。遇上那样的天气，我不敢怠慢。便在食堂里抓了几个馒头当作午饭，单枪匹马，带上雨具和取样的器皿，独自赶往实验地检查试验场的仪器设备。

来到实验地，天气异常闷热，我逐一巡查检校试验样地的仪器设备。临近中午，天幕低垂，乌云密布，天色顿时黯淡下来。在那人迹罕至的山沟森林里，大雨将至的前奏，竟是万籁俱息。连鸟兽都迅速地躲藏起来，空气仿佛凝固了，大地似乎屏住了气息，仿佛所有的物体都在做着深呼吸运动，随时准备迎接大自然严苛的考验。

还没等我来得及把所有的仪器设备校验完毕，一道闪电划破长空，点亮天幕。一声炸雷震荡山谷，隆隆沉吟。一场大雨如约而至，穿林打叶。粗大的雨滴撞击在测试用的金属和塑料器皿上，犹如雨打芭蕉叶，噗噗作响。好似一阵阵催人出征的鼓点。紧接着，山风骤起，卷着瓢泼似的大雨，山呼海啸般地碾压过来。跌落在林间的枯枝落叶上，恰似骤雨扑打残荷，俨然成为一首大自然的咏叹调，如泣如诉。此时此刻，对我而言，那阵势，就是战场上的冲锋号角。

校验完布设在林下的仪器设备，我快速走出密林，直奔山坡上的径流观测现场。

山坡上则是另一番景象，那里的林木，早已被砍伐殆尽。径流小区内只剩下稀疏的草木，还有裸露的泥土砂石。走到近前，发现裸露径流小区最先出现地表径流。一股股薄层细流，绕过砂石草兜，款款流淌，裹挟着泥沙跌进集水槽，潺潺流水通过集流槽，进入取样的器皿。我随即从裸露的径流小区开始，有条不紊地观测记录，定时定量采集样品，生怕遗漏每一组瞬时数据。

江南的雨就这么任性，没有半点消停的意味。一阵紧似一阵，继而时疏时骤，断断续续。我全然不顾雨的疯狂，全神贯注继续我的观测，直至灌满最后一个样瓶。

我的身上湿漉漉的，不知是汗水还是雨水。空气也湿漉漉的，散发出一股淡淡的土腥味，还混杂着野草的清香。整个世界都湿漉漉的，仿佛全都浸泡在雨中、在水中。尽管我用雨衣保护着怀里的记录本，可架不住反复掏摸记录，最终还是把它弄湿了。好在记录用的是铅笔，字迹还算清晰。

雨终于停了，我重新返回林区的试验样地，去测量雨量筒收集的雨水。刚来时，山涧里的汨汨流水，此时已汇成了滔滔山洪，喘着粗气，卷起白浪，哗哗地直奔修河。真不知道它们是在向我示威，还是在为我歌唱。

在林下，我每前进一步，都会撞落林冠上截留的雨水，一阵阵噼里啪啦的坠洒，把自己弄成了一只落汤鸡。我逐一记录着数据，待一切处理停当，紧张忙碌的工作已把晌午的时光带入了黄昏。林子里再一次黯淡下来，我收拾好样品，带上满满的收获，就像一个大获全胜的将军，踏着暮色，胜利返回蹲点驻地。

8

在修水县蹲点的那段时间，我跟着张教授的研究团队，学到了不少田间试验的科学知识。又经过那样一场暴雨的全程检验，我实地重温了一遍野外试验观测的操作流程。尽管操作的手法不算娴熟，经验有待丰富，甚至掌握的知识还有些碎片化。但我相信，在未来的日子里，只要态度认真，自己的科学实践经验定能日臻成熟完善。

特别值得一提的是，张教授的研究团队，那种严谨求实的科学态度，吃苦耐劳的钻研精神，令我受益终生。他培养的那一批研究生，后来都成为我国，乃至世界水土保持学界鼎鼎有名的大教授、大专家、大学者。

　　在蹲点期间，我边学边干，协同修水县水土保持局的技术人员，开展了水土流失防治的生产实践。深入到该县水土流失最为严重的西部地区考察踏勘，选择了大桥公社河桥小流域作为省里的试点，开展水土流失综合治理的研究。

蹲点修水

　　通过在水土流失严重的山头种植像胡枝子、芭茅一样能耐干旱瘠薄的灌草植物品种，以解决群众的缺柴问题。在山梁种植松、杉和枫香等用材树种，以满足群众的用材需求。在山腰种植板栗、茶叶、花椒和决明子等经济作物，以增加群众的经济收入。在山麓种植稻菽薯等农作物，以解决老百姓口粮和上交公粮问题。在河流下游采取工程措施，疏浚河道，打通肠梗阻，根治冷浸田和滂泥田等稻作灾害。这种立体种植防治模式，最大限度地利用水土资源，优化了空间布局，改善了生态环境，增加了群众收入。

从而形成山顶灌草戴帽，山腰果木环绕，山脚农业经济作物穿靴的立体空间布局。构建了水土流失综合防治体系，实现了乔灌草、农林牧相结合的可持续发展生态结构模式，收到了良好的效果。该空间布局和种植模式后来成为全省小流域综合防治水土流失的示范样板。该成果还成为我获得的第一个江西省科技进步二等奖。

辩论与探究

1

中国是一个历史悠久的农业文明古国。劳动人民在长期的生产活动中，通过保护与合理利用水土资源，积累了丰富的实践经验，孕育出光辉灿烂的农耕文明。

《诗·小雅·正月》就有"瞻彼阪田，有菀其特"的诗句，其中"阪田"指的是梯田。产生于 2000 多年前的湖南紫鹊界梯田，堪称稻作梯田的始祖。偕同云南的哈尼梯田、广西的龙脊梯田等，成为当今世界的文化遗产。这些都是中国劳动人民保护与合理利用水土资源的智慧结晶，也充分体现了水土保持悠久的历史，以及强大的创造力与生命力。

人类社会的发展历史，实际上就是科学技术不断创新与进步的历史。反过来说，没有科学技术的发明创造，人类社会就没有今天的发展、进步与繁荣。

一个时代的开启，必然要经历一番番腥风血雨的争斗。一种理论的形成，同样需要一次次面红耳赤的辩论。水土保持学科的发展，在 20 世纪 80 年代，才得以加速，前进在不断完善的道路上。其主要原因可能是基础理论还不够系统扎实，学科体系建设有待完善。直到 2022 年 9 月 13 日，国务院学位委员会和教育部才确定"水土保持与荒漠化防治学"成为一级学科。

20世纪50年代，北京林学院开设了水土保持专业。可是，专业的教科书只属于学校，并不属于社会大众。社会上还没有一本真正意义上的水土保持专著。直到1982年《水土保持概论》的出版面世，中国才有了真正意义上的第一本水土保持专著。然而，该书的核心内容，并没有提及或讨论水土保持效益问题。因此，水土保持效益一直是人们关注与争论的焦点。

20世纪80年代初期，人们刚刚从单调枯燥、沉闷压抑的氛围中苏醒，在混沌迷茫中逐步回归。国家从万象更新中走来，刚刚踏入改革开放的年代。那是一个充满希冀期待与激情迸发的年代。

中国的改革开放政策，最初源自农村的包产到户。全国各地改革开放的程度与发展水平很不平衡，人们的思维大多停留在计划经济的运行模式之中。社会上各个的领域，尤其是自然科学领域，对于经济效益问题，一个个讳莫如深，避而不谈。要想从根本上予以突破，必须要有新的理论和新鲜血液的注入。

在水土保持学界，人们对于水土保持效益，尤其是经济效益没有多少认同感。因而畏首畏尾，对经济效益追求的愿望并不迫切，也不太愿意讨论什么效益问题。只有那些对科学真理追求不懈，对良知信念执着坚守的专家学者，才能给人留下难以忘却的记忆与怀念。

那时，因受信息匮乏、交流阻隔和认知局限等诸多因素的影响，社会上对水土保持和水土流失的认识程度还十分有限。人们更不知生态环境和生态效益为何物。

平心而论，那时对水土保持缺乏系统研究，缺乏成套成熟的技术支撑体系，故而对业务的指导不够到位。一般情况下，只能是"草鞋没样，边打边像"。工作仅凭领导的指示精神、有限的会议文件和零散的专业技术资料去指导生产实践。

2

一个人的知识积累，不仅需要前人的经验储备和前辈们的不吝赐教，而且需要良好的操作平台和工作环境，更需要自己的聪明才智和勤奋努力。如果有了这些，加上持之以恒，世界才能给予惊喜。

有一天，同事们在办公室讨论工作，就如何指导全省开展水土保持工作，推进水土流失综合治理，大家的意见产生了分歧。

有人认为，省一级业务工作部门，应有一个明确的指导思想和工作目标，以便指导和帮助基层业务部门，开展相关工作。也有人认为，如果没有经费支持，单纯从技术上指导，不足以从根本上解决问题。还有人认为，目前国家有困难，老区人民仍要继续发扬自力更生、艰苦奋斗的精神，不能"等、靠、要"，要在工作中找出路，找效益。

一提到效益，马上就有人跳出来反对。如果防治水土流失都讲经济效益，那就是不务正业，水土保持目的只是保持水土，哪有效益可言。即使有效益，充其量也只有生态效益，不能讲经济效益，掉进钱眼里，还搞资本主义那一套，那是完全行不通的。大家的讨论十分热烈，有时争得面红耳赤，不可开交。

作为后辈，我只能当个旁观者，静静地倾听同事们有趣的辩论。就在此时，领导突然点名，说想听听我这个新来大学生的"高见"。或许出于真心，或许只想试探性地考考我而已。

这位领导是一位南下老干部，威望较高，自己平时也喜欢钻研业务。既然点了我的名，不发表意见已躲不过去了。那时的我，似乎还有那么点初生牛犊不怕虎的劲头。于是，便结合自己所学的专业，大胆谈了谈自己的看法。

我说我参加工作不久，又没真正学过水土保持专业，对它了解不多也不深。通过一年多的工作实践，也看了些这方面的专业书籍，还跟着大家出差调查，深入基层，了解了一些真实情况，我认为大家说的各有一定道理。

我们搞水土保持，既要防治水土流失，改善生产条件，也有义务让老百姓得到实惠，获得效益。这两者不是矛与盾的对立关系，而是可以融合，可以兼顾，是矛盾的统一体，没必要把它们割裂开来。解决这一问题的关键，需要具体情况，具体分析，做到有的放矢。

如果在水土流失严重地区，群众的生活能源极度匮乏。众所周知，老百姓开门七件事，柴、米、油、盐、酱、醋、茶。柴列首位，是生活的必需品。作为水土保持业务主管部门，首先必须解决这个燃眉之急。我们这些搞水土保持的工作者，就应指导当地群众多种一些耐干旱瘠薄，易萌蘖再生，生物生长量大的薪炭林。这样既可防治水土流失，又能解决群众的烧柴问题，何乐而不为呢？

而在一些生活能源不那么紧缺的水土流失区，我们种植一些具有一定经济价值的植物品种，甚至是抗逆性较强的经济作物，让群众在治理水土流失的过程中得到实惠，获得一定的经济收入不好吗？

坡沟兼治

也许，大家觉得这一说辞还有一定道理。这时，下班的时间也到了，便匆匆结束了那一场一时没有输赢的辩论。

此后不久，我有机会跟着站里的领导阎国辉先生，一起陪同江西省社会科学院石天行院长下乡调研。在中巴车上，同样谈到了水土流失防治和水土保持效益，谈到提高群众防治水土流失的积极性等问题。

石院长在车上对我们说："江西的水土流失面积那么大，程度那么严重，而现在国家还很穷，拿不了多少钱出来搞水土保持。面对这种情况，主管部门应有一个解决方案，要做到'哑巴吃饺子——心中有数'。这次调查就是为解决这个问题而来的，是为省政府领导决策找些技术支撑。"

有了前面的争论，对这个问题，我已有了更深入的思考。尽管人微言轻，还有那么一点位卑不敢忘忧国的意味。便主动谈了自己的看法：赣南的水土流失，的确令人触目惊心，已到了非治不可的地步。问题是该怎么治，钱从何处来。老百姓认为，现在是国家要我治，不是我自己要治，当然应由国家拿出钱来治。

如果我们搞水土保持能与老百姓的切身利益挂起钩来，从解决群众实际困难的角度入手，让群众能从治理水土流失中得到实惠。类似这样的事情做多了，效益彰显了，群众治理水土流失的积极性自然就提高了。

这样一来，让广大群众认识到，防治水土流失不仅仅是国家的事，是上级领导的事，也是自己的事。这样就会化被动为主动，把"你要我治"，变成"我想治，我要治"。果真如此，我们的工作就容易多了。

当然，由于防治水土流失见效慢，生态效益大于经济效益，群众前期的付出大于收获，国家做出适当的补助，还是很有必要。

后来这段话被浓缩成"要我治和我要治"的关系用语，出现在提交省委省政府的考察报告中，不久便在全国水土保持行业中叫响，一时成为水土保持工作的"流行语"。

江西省水利厅虽算不上大单位，却是省政府的职能组成部门。因为在这样的单位工作，我才有机会经常参加全国性的会议，参与相对高层的社会活动。才能见到相关领域的领导和专家,甚至有机会陪同他们考察调研而得到点拨、提示。

我曾多次代表省水利厅,被省委或省政府抽调去参加与之相关的考察或调研活动。先后接待陪同过于光远、许涤新、马世骏和石山等生态经济学界的专家,一起考察并向他们汇报过江西省的水土保持工作。

接触多了,我发现跟着他们在一起工作,能学到许多在书本上学不到的东西。他们的讲话立意高远,发言观点新颖,分析问题深入透彻。聆听他们的讲话与发言,似乎有一种醍醐灌顶、耳目一新的感觉,每次都有新的收获。

经过一系列学习领会和认真思索,结合自己所从事的专业,我利用下乡调研所掌握的第一手资料,以及补充的新知识,于1983年撰写了一篇《水土保持与社会经济效益》的论文,发表在1984年的《水土保持通报》杂志上。明确提出:"如果不注重生态效益,就失去了水土保持工作的本义;如果放弃经济效益,就忘记了保持水土的目的。"

这是我入职以来发表第一篇真正意义上的论文,也是我国水土保持行业明确探讨社会经济效益的第一篇论文。由于文章的观点有所超前,那些"不合时宜"的部分,当然被编辑部给毅然删除了。论文发表后,仍然在社会上引起了强烈的反响,随即被《农林技术》刊物全文转载。这件事激发了我的工作热情,增强了理论联系实际的信心。

3

1984 年，办公室的领导换了。他是一个新中国成立前参加游击队的"老革命"，也是一个勤于思考、善于倾听群众意见的领导。他在调查了解全省水土流失状况后，为治理赣南这个曾被称之为"红色沙漠"的顽症，深知要调动各方面的积极因素，必须要有一个解决问题的良策，激励人心的口号。通过一番思考之后，他提出一个"综合治理，灌草先行"的口号，来征询我的意见。

我首先给予肯定，然后耐心解释。根据岩石风化的成土过程，以及植物生长繁衍的演替规律，一般情况下，地球表面是先有菌类、地衣等低等植物附着产生。具备了一定的成土条件，才会滋生藻类、蕨类和苔藓等，这些用孢子繁殖的高等植物。继而为种子植物的小草和灌木创造了生存生长的基本条件。随着环境的进一步改善，才为乔木生长繁衍奠定了基础。

在一些水土流失剧烈的地方，其悲惨程度无异于经历了再一次的成土过程的洗礼，裸露贫瘠的土壤迫切需要改良。植物群落结构的演替，也应遵循这一规律。当年曾有在农田播种绿肥紫云英的习惯，结合水土流失地区缺肥的特征，如果将口号改为"绿肥上山，草灌先行"，就会更符合客观规律。他愉快地接受了我的建议，并在全省范围内唱响了这一工作口号，在水土流失区推行了这一防治模式。

有了上述的经历和辩论，经过一番反思，我的工作目标渐渐清晰明朗，似乎有了努力的方向。在后来工作的日子里，我就更加关注科学技术与生产实践相结合，更加注重水土保持经济效益，更加关心老百姓的疾苦了。因此，每次出差下乡，都会留意哪些地方有什么抗逆性较强的乡土植物品种，采用哪些措施能让群众获得更多的效益。以便指导地方的工作时能对症下药，为山丘区的人民群众，寻找一条快速摆脱困境的致富之路。我决心把论文写在大地上。

最初在兴国县指导芦溪小流域综合治理时，采取就地取材的方法，种植铁芒萁、胡枝子等适生植物品种作为薪炭林，用于解决当地群众的生活能源。在强度水土流失区引种抗逆性强的猪屎豆、木豆等用于改良培肥山地土壤，实现土地的可持续利用。在房前屋后种植经果林和蔬菜，改善群众的生活。这些治理模式，得到了水土流失区干部群众的普遍欢迎。

在工作期间，我特别注意发挥自己的林学专长。从植物品种选育，到引种驯化，再到产业开发等多方面，培育适生的水土保持林草品种。尽量结合当地特色，因地制宜、因势利导地培育乡土品种，让群众尽快收获效益，得到实惠。

在修水县指导水土流失区推广种植板栗、花椒、决明子和金银花等经济作物品种。在金溪和奉新等县的第四纪红土田埂，种植食用黄花菜，种植中药材黄栀子和留兰香。在于都、赣县等地种植木豆等，这些品种深受水土流失区群众喜爱，也得到了上级的充分肯定。其中在奉新县赤岸水保站的丘岗地栽植猕猴桃时，经过收集整理和总结，主编了《中华猕猴桃栽培与加工技术》一书，由中国农业出版社出版发行，指导当地的生产实践。

在吉安、赣州等地调查时，发现一种叫作白檀的小灌木，因其根系发达，能耐干旱贫瘠，固土能力强，是一种很好的水土保持树种。经采样进行成分分析和化验，测得白檀种子内含有30%可以食用的油脂，含有人体必须从食物摄取的七种氨基酸，且叶片含有大量的维生素C、粗蛋白和粗纤维，是良好的牲畜饲料。我对此进行深入研究，发表了一篇《关于白檀开发利用价值的研究》论文。这为合理开发利用这一自然植物资源奠定了坚实的基础。

苗圃建设

为了增加水土保持植物资源库，我先后在泰和、临川和进贤等县引种大量的香根草，用于红壤边坡的稳定与治理。在星子县（今庐山市）滨湖沙地引种意大利杨和浩浩芭，用于防治风沙。在德安和赣南信丰等第四纪红土大力推广引种百喜草、糖蜜草、假俭草和百慕大等适生草本植物，用于防治红壤坡地的土壤侵蚀。在宁都县水保站和团结水库等地引种日本野漆树，种植了八百多亩，用于割漆、提取木蜡、提炼栲胶、炼制肥皂和用于医药等，以赚取更多的外汇。

在江西工作期间，我在水土流失区引种了大量的植物品种，其中有成功的经验，也有失败的教训。有的是当时引种成功了，后来因物种间的竞争，争不过当地的乡土品种，进而逐步丧失优势而被淘汰，但总体上是成功率大于失败率。毕竟为当地改善环境和发展经济作出了微薄的贡献，心里还有那么一点成就感。

在上述工作的基础上，我又主动在江西各地开展了一系列的研究。诸如：侵蚀劣地改造技术；优良的植物群落结构优化配置技术；残次林、老化茶果园改造技术；生产建设项目水土流失监测技术；崩岗及边坡稳定防治技术。还有可持续发展小流域立体种植模式，桑基鱼塘的立体种植养殖模式，猪沼果循环利用模式等多方面的研究和推广。得到当地干群的认可和有关部门的肯定，其中大部分成果获得省级以上的奖励，不乏省部级科技进步奖。

4

一个人对某些特定的区域接触或付出多了，那种情感，时间再长，也无法从记忆中抹去。在江西期间，除了本职的水土保持研究，身处水利部门，对于鄱阳湖的研究，自然成为我关注的工作重点之一。

鄱阳湖是我国第一大淡水湖泊。由赣、抚、信、饶、修等五大江河汇聚而形成的鄱阳湖流域，涵盖了江西省92%以上的土地面积。在全国水利行业，同样占有一席之地。它对江西的影响，更具举足轻重的位置。

每当汛期的高水位，鄱阳湖最大的水域面积可达4000平方千米。在冬天的枯水季节，最小的水域面积在50平方千米上下徘徊。形成夏天一片，冬天一线的特殊地貌景观。其变幅之巨，世所罕见，故而有些人称鄱阳湖为季节性湖泊。

1984年，我再一次被省里抽调，代表水利厅参加"鄱阳湖区综合考察和治理研究"。那次考察是省里的主要领导挂帅，由相关委办厅局组成考察研究团队。各参与单位的领导和知名专家作为领导小组成员，下面汇聚了一大批不同学科的专业精英，当然也有很大一部分是像我一样，毕业不久的技术骨干。

作为新江西人，又是一个水利行业的专业技术人员，我很想对鄱阳湖进行一次全面系统的考察研究。既然有这么一个机会，心里当然高兴，也十分珍惜。

在考察过程中，我了解到鄱阳湖的周围存在大小不一的十几片裸露沙地，其景观极像我国西北的大沙漠。一到秋冬干旱季节，刮起西北风来，就有可能产生沙尘暴现象。严重的地方，活动沙丘不断前移，掩埋农田村庄。周围的老百姓深受其害，苦不堪言。

面对此情此景，一般人都会存有这样的疑惑：在南方水热条件如此丰沛的地区，为什么存在面积如此之大的流沙地而产生沙尘暴？沙源来自何处？有哪些防治措施？作为这项工作主管部门的技术人员，把问题弄清楚，把真相搞明白，也是分内之事。

沙逼人退

　　趁着分组考察的机会，经请示领导同意，由我组织了一次小规模的专题考察。那时已进入冬季，是鄱阳湖的枯水季节，正是考察研究这个课题的黄金时段。

　　由前期工作中得知，位于都昌县临湖的老爷庙，在当地有过许多神秘的传说，并且在民间传得神乎其神。行船的把它比作百慕大三角，观天的将它看成狂风口或旋风发作区，当地老百姓却把它叫作风沙源地。那里有鄱阳湖区面积最大，活动最频繁，危害最严重的一片流沙地，其面积超过35平方千米。

　　为了获得鄱阳湖沙区的第一手科研资料和真实情况，尽管那里的自然条件十分恶劣，考察组仍然选择将此处作为当次考察的目的地。在考察之前，拟定了考察行进路线，分头布置了各自的任务，并要求大家做好充分准备。

5

　　到了考察的那一天，我们一行人在向导的引领下，清晨从都昌县水土保持站向目的地进发。刚开始，天气还算不错。当徒步横穿沙漠中心地带，到达老爷庙时，老天爷突然变脸了。

中午时分，当考察组成员爬上老爷庙的后山顶，顿时狂风大作，沙尘弥漫。放眼望去，隐隐约约见到了老爷庙位于鄱阳湖的山水交汇处。

原来传说中的老爷庙，建在一个类似半岛的前端。该半岛直插湖心的主航道。这种独特的地形地貌，引发独特的自然现象也就不足为奇了。

由鄱阳湖北部狭长的通道吹来的西北风，在此遇到半岛的强力阻挡。那阵势，就像钱塘江潮中的丁字坝，阻挡着汹涌澎湃的潮水一般。气流经过老爷庙凸出的山嘴部位而形成强大的气旋，只是气流看不见而已。当气旋进入南部宽阔的湖面时，积聚的巨大能量，在越过山梁后突然释放，在湖滨区卷起阵阵狂沙，漫天飞舞，直扑流沙地中心。

古人云"堆出于岸，流必湍之"，浩渺的鄱阳湖在都昌县老爷庙处突然变得狭窄。由南向北流入长江的水流在此汇聚，遇山阻碍，并与盛行的西北风逆向而动，形成水流与气流逆行的双向水气界面。由此引发了上空的强烈气旋，并在流水冲击中产生巨大的漩涡，给行船带来巨大的麻烦，一不小心，就有可能遭遇灭顶之灾。

漩涡把从上游挟带来的泥沙，在这里进行反复冲淘，将黏结的淤泥带走，把剩余的沙子留下，并转向湖滨岸边，为湖区的沙地带来无尽的沙源。同时，巨大的漩涡还能造成沉沙泛起，把沉船逐步推陷于湖底而产生位移。一旦水流速度减缓，沉船就被沉淀的泥沙掩埋。如此反复，沉船便找不见了，进而演绎成人们传说中的百慕大三角现象。

　　每到冬季，湖水消退，沉积在湖底岸边的细沙暴露无遗。那些没有淤泥黏结的干燥细沙，被一阵阵西北风吹上岸来，又被下一阵的狂风通过接力吹向远方，形成流沙。就这么日积月累，形成了一个个沙丘，连成一片，危害甚大。

滨湖沙地

　　不入虎穴，焉得虎子。为了一探究竟，考察组一行人，简单吃了些随身携带的干粮，下到了开阔绵软的湖滩沙地。此时正值北风呼啸，站立行走十分困难。一行人只能迎着狂风，曲行向前。直到不能再往前走了，方转身回撤。一路上大风从湖底吹起来的沙粒，打在脸上生疼。让我们真切地体验了一把来自湖底细沙的能量与威力。

　　在返回途中，大家还采集了许多沙地植物标本。当我们走到一片开阔的流沙地，发现了一种名叫蔓荆的小灌木，顽强的茎干，匍匐生长于流沙地里。不知是它适应生存环境的需要，还是它的生物学特性使然。别的植物都远离流沙，它却逆向前行，一直伸向流沙地中央，似乎具有一种越是艰险越向前的英雄气概。遇到风吹来的流沙，它用那长长的四棱形茎干，阻挡着肆虐的流沙，形成一道道的小沙埂。

我俯下身来，拉起其中的一根，发现它有六七米之长。且每个匍匐的茎节上，着生气根。一旦自身被流沙淹埋，不屈的它，在次年的每个茎节上冒出新芽，形成新的植株，生长得更为茂盛，逐步构成植物网格，固定着一片片流沙。

蔓荆固沙

经查阅资料得知，蔓荆属马鞭草科，其生物生态学特性十分优良。同时具备有性繁殖和无性繁殖的能力，除了可用种子繁殖外，截干扦插亦能成活。它在沙地起着一个建群种的作用，这为迅速控制流沙漫延创造了有利条件。可谓是一种品质优良、理想的固沙植物品种。

踏着暮色，考察组终于回到了宿营地。经过一整天的跋涉，大家已是满身的疲惫，满面的尘土和满嘴的沙子。停歇下来，这才发现，考察队员的形象竟是那样的狼狈，那样的滑稽。每个人的头发上，都黏附着一层厚厚的尘土，犹如涂抹了黄色的油漆，一根根竖立起来。发型活像一只蜷缩的刺猬，头发硬得像荆棘一样，用手触碰，还有扎手的感觉。

那次考察，虽然辛苦，却是收效满满，获益良多。考察组不仅实地了解到滨湖沙地的状态，揭开了鄱阳湖沙地的成因之谜，而且掌握了大量的第一手资料，采集了丰富的沙生植物标本。尤其令人兴奋的是，我认识了滨湖地区固沙先锋植物——蔓荆的优良品质。

后来，经进一步调查了解，蔓荆籽粒还是一种名贵的中药材，具有清肝明目之功效。在当时的市场上，蔓荆籽每斤的最高单价能卖到十几块钱，已成为当地群众重要的经济来源。

于是，江西省水保办便因势利导，在新建县（今南昌市新建区）厚田乡开展大面积的繁殖种植试验，率先探索股份制治沙模式，极大地调动了当地群众治沙的积极性。随着种植面积越来越大，产量越来越多，市场出现了供大于求的现象，蔓荆籽价格迅速下滑。

6

面对群众的困难，作为有良心的技术人员应该挺身而出。急群众之所急，想群众之所想。山川有界，探索无边。我苦思冥想，便以蔓荆治沙为题，申报了国家"八五"攻关项目。

1994 年，国家计委以项目编号为 85-806-21-01 的批件批复，要求我们组织力量，对蔓荆进行系统研究和深度开发。项目总投入 160 万元，企盼能为沙区群众找到一条更为稳定的脱贫致富之路。这是由我主持的第一个国家级研究项目，也是所在单位第一个国家级研究项目。

该研究从蔓荆的生物生态学特性入手，在品种选育、无性繁殖、扩繁栽培控制流沙漫延的基础上，对蔓荆进行综合开发利用。重点分析研究蔓荆各部位的化学组成和药物成分，为其药用开发和保健功能价值提供理论依据。

经过多年研究，开发了蔓荆口服液和饮料等初试产品，并获得国家发明专利。由于众多因素的影响，最终，没有进行中试而未能形成投入市场的产品，其主因可能是缺乏食药专业的技术人才。

如今细算起来，前前后后，我在江西工作20多年，对鄱阳湖的研究，一直没有远离。从被动对鄱阳湖进行综合考察，到主动投入进行调查研究，终于弄清了鄱阳湖周边280多平方千米的沙地面积和分布状况。探索了流沙的形成原因，找到了流沙的防治方法，采取了相应的防治措施，并进行了蔓荆的综合开发利用研究，先后收获了一批科学研究成果，发表了一系列的学术论文和发明专利，获得了一项国家级和多项省部级科技奖励。其中部分研究成果深受当地群众的普遍欢迎，所有这些，既有用心研究的结果，也有机缘巧合的成分。

现在回过头来看，虽然对蔓荆产品的开发研究存在一些不尽如人意的问题，其他的研究工作，也没有做到极致卓越。但在践行与探索的路上，可以说尽到了自己的最大努力。始终坚持把水土流失防治与生态效益、经济效益和社会效益紧密结合起来。努力跟踪科技前沿，面向经济建设，尽量结合当地的资源状况，注重国计民生的研究方向，服务当地群众。力求把论文写在大地上，将问题解决在萌芽状态，化解于无形之中。如今看到湖区的流沙得到有效控制，着实令人欣慰。

对于鄱阳湖的研究，那时的自己并没有"功成不必在我"那么高的思想境界。如今回想起来，那时能为鄱阳湖做的一点基础工作，还为后人做了一些铺垫，哪怕是被动为之，没有白费，也觉得心安。重要的是能有那么一点"功成必定有我"的责任担当，没有出现偏离，何其幸哉。若是还有那么一点"使出功成之力，不求功成之誉"的想法，此乃初心使然。

经历了世事的老人，终于领悟到，用力太猛，太过张扬，其实是虚张声势。内心的安宁才是真正的安宁，它更干净，更纯粹，更接近那个叫灵魂的地方。

个人的命运与国家的命运是紧密相连的。如果每一个人都能在自己的岗位上，为社会进步、为国家发展做出那么一点微薄的贡献，叠加起来，力量就是无穷大。那么，这个社会就会因进步而美好，这个国家就会因发展而强大。

创业与建园

1

工作无论高低贵贱，用心就成。事业无须惊天动地，有成就好。

1982年，江西省农业委员会联合省水利厅，向省政府呈报了《关于恢复江西省水土保持科学研究所的报告》。省政府于当年7月批复，同意恢复成立一个县团级水土保持科学研究机构。

受诸多因素的影响，省计划委员会和省水利厅对于恢复重建该所的地点产生了意见分歧。省计划委员会为了节省经费，认为应该在兴国县的原址上恢复重建。而省水利厅则认为，如果将该所建在原址上，由于那里交通不便，信息闭塞，高端科技人才进不去，更留不住。那样不利于科学研究事业的发展，其前景令人担忧。既然达不到理想的效果，且有违恢复重建初衷，还不如不建。况且科研单位不同于普通的生产单位。科学研究的对象是面向全省各地不同类型的水土流失区，建在省会南昌理所当然。何况该所将来的发展方向是走向全国，面向世界。有些大型研究项目还需要与外界协同配合，合作攻关。因此，恢复重建的科研所必须满足事业发展的需求，必须具备相应的基础条件和配套相对完善的研究设施。

就这么一晃好几年过去了，仍然没个结果。

直到 1984 年，江西省成立了水土保持委员会。由省政府许少林顾问兼任主任委员，省计委派一名副主任和省水利厅厅长兼任副主任委员，办公室设在省水利厅。至此，恢复建所一事又一次摆上了议事日程。后经省水保主委会多方协调，终于一致同意江西省水土保持科学研究所在南昌市选址重建，并于 1987 年破土动工。

经过两年多的筹建，1989 年，省水利厅准备招人组建研究所。新单位成立，厅直属单位没有其他的水土保持专业人才，只能从厅机关抽调。因我夫妻二人同在厅机关水土保持办公室工作，领导安排，让我们当中一人去所里工作。

接受任务是使命，服从命令是天职。命运的安排，既然我不能身居"庙堂"，那就回归里弄与寻常巷陌。到新的单位去创业，那里的条件艰难，自然由男子汉来承担。何况我懂专业。

我的人生小船，在猝不及防中，逆向驶入了另一港湾。自己的工作性质，从此由行政管理转向了重新创业的科学研究。

新航程

1989 年底，从厅机关派到省水保所的四个技术干部中，因我的年龄最大、工作时间最长，并且是省水土保持委员会办公室技术组的副组长，顺理成章成为所里的专业技术负责人。在两年后提升为副所长。另外两位年轻的技术骨干因出国深造，最终变成"黄鹤一去不复返"，一个定居德国，另一个定居澳大利亚，剩下的只有我们两位年长者坚持下来搞科研。

1990 年，厅党组又从其他厅直单位调来了几个领导干部和行政管理人员。加上从各大专院校分配来的十几位大学毕业生和研究生，共同搭建了江西省水土保持科学研究所基本队伍和人员结构班底。

在这些人员当中，只有我们四个在厅机关从事过几年的水土保持工作。另有两个是学水土保持专业的毕业生，对水土保持专业知识有所了解。舍此之外，其余的人根本没有接触过水土保持，对该专业可谓是擀面杖吹火——一窍不通。

那时的我，虽然早已过了"花未全开月未圆"的美好时光，或许骨子里还残存着一点"舍我其谁"的劲头。尽管是被逼无奈，也不惧什么"赶鸭子上架"，便来了一场水土保持现学现卖的教学游戏。

于是，我领着所里的一班年轻人，深入到泰和县水土保持站，开展现场教学。给大家讲解水土保持基础知识和基本原理，传授水土保持技术，辨认常见的植物品种，介绍其作用和功能。为的是使所里的研究工作，能尽快走上正轨。

令人惊喜的是这批年轻人都很聪明，接受能力很强，很快便结合自己的所学专业，找到了合适的位置，开展各自的研究工作了。

2

随着时光演绎与更替，1995 年初，江西省水土保持科学研究所的这副重担，就历史性地落到了我的肩上，领导责任由我一人独立承担。好在身边还有那么一批聪明能干、愿意探索的年轻人。当然，对于这样一个年轻的研究团队，也不得不直面社会资源稀缺、研究经验不足和势单力薄等尴尬的现实。

该所名义上是一个全额拨款的事业单位，而实际上省财政拨款只占 70%。全所每年的工资和工作的所有经费加在一起，总共只有 10 多万元。无怪乎有人跟我开玩笑说："那么小的一个单位，拢共就那么几个钱，即使全给了你个人，也发不了大财。何况还要维持一个单位的正常运转，面对几十张嘴，以及背后几十个家庭。能有啥搞头？"

我作为单位的唯一领导，面对如此境况，也没办法再撂挑子。只能硬着头皮，没有条件创造条件也要硬撑死扛。

既在其位，当谋其政。由于角色的转换，我的工作重心随之转移到管理上来。再也不便强调自我价值的实现，而是需要从单位发展的宏观角度去审视。必须关注省水土保持科学研究所这条小船能否顺利启航，能否把准航向，找到属于自身的那条航线和缺失的拼图。

在现实中，一般人都喜欢锦上添花，很少有人愿意雪中送炭。按常规工作，那种"等靠要"的工作方法，无异于等死。在创业的路上，自我救赎几乎成为单位的唯一出路。

作为主要领导，单位的困难再大，问题再多，也不能成为坐以待毙的理由。那时我认为，单位虽受制于人，但操之在我。凡事预则立，不预则废。一个有能力的领导，应善于将危机变化为转机。于是，我带着焦虑的心情，决心分三步实施单位的自我救赎，以解决稳定队伍的燃眉之急。

第一步，先求生存，再图发展。我利用曾在行政机关工作的特殊优势和经验，立刻向水利部水土保持司和财政部农经司分别呈送报告。以治理鄱阳湖区沙地的名义，利用改革开放的优惠政策，特请求以农业科技贷款的形式，解决试验研究经费问题。

经多番请示汇报，由财政部和水利部联合下文，批给江西省水利厅90万元农业科技贷款。指明其中40万元用于省里治理水土流失，另外50万元用于所里搞科学试验。我利用这笔经费，暂解了工作的燃眉之急，稳定了所里的技术人才队伍，避免了散伙的危险。

第二步，内强素质，外塑形象。最能反映科研单位的精神风貌和科技实力，不外乎，员工的待遇和学历层次，科研项目和成果获奖的档次，以及学术论文水平和经济效益高低等诸多因素。

于是，我抓住其中的主要问题，逐一解决。最初从制定规章制度入手，积极推行激励机制。然后加快人才培养力度，快速提升员工的素质和能力。还为吸引和留住人才，制定优惠政策。即给本科以上学历层次的一线研究人员，调增一级工资。同时根据科研人员的成果获奖档次，以及发表论文的刊物等级都给予了相应奖励。还对那些愿意提高学历层次的员工，提供学习便利，为其报销学杂费和资料费，以解决员工的后顾之忧。

通过采取这一系列的措施，极大地调动了员工好学上进的积极性。既增强了单位的竞争实力，也增强了员工的凝聚力。没用几年的工夫，几乎所里每一位员工，都得到了一个以上学历层次的提升。发表论文的质量水平得到快速提高，获奖的成果越来越多，等级档次越来越高。

乃至在全省水利系统每一年的职称评定会上，省水保所员工申报的技术职称，都因其成果和论文远超同级别的技术标准而顺利过关。其中还有部分员工被层层破格，顺利通过职称评审，获得更高级别的职称。省水保所一度成为全省水利系统中获得最多正高级职称的单位。因此，有些评委感慨道："如果省水保所申报职称评审的人不能正常通过，那其他人要想通过恐怕无望喽"。

第三步，立足本职，拓展市场。科研项目是研究单位的生存之基，申报科研项目和课题是科研单位永恒的话题。作为一个省属的专业科研单位，按理应以应用研究为主，重点是解决本区域本行业生产实践中存在的重大科学技术问题。然而，水土保持学科建设尚不够完善，研究队伍尚不够健全，基础理论研究十分薄弱，兼顾搞些基础研究也有必要。我便要求所里的科技人员，根据自身的专业特长和兴趣爱好，充分发挥想象力和创造力，积极申报科研项目。受生产任务和生存压力的驱使，大家八仙过海，各显神通。

最初还有那么点饥不择食的意味，不管三七二十一，夹到盘子都是菜，来之不拒。通过一段时间的努力，省水保所获得国家级和省部级支持的科研项目和经费越来越多。当人手不够用时，再根据各自的研究方向进行精挑细选。在此基础上，通过进一步挖掘自身的潜力，大力拓展业务渠道，向市场要效益。

1996年，省水保所获得了水利部颁发的第一批"水土保持方案编制甲级资质证书"。与此同时，积极争取将省水土保持学会落户挂靠到所里，利用挂靠优势，加大面向市场的力度。而且，利用单位能创办公司的政策机遇，改善和提升员工的福利待遇。

实施了这一系列的改革举措，员工的工作热情得到了极大激发，效益得到持续大幅攀升。直到我调离该单位时，所本部、所办公司和省水土保持学会挂靠的秘书处，"三驾马车"齐头并进，共计创造年产值超1000万元，人均产值超过40万元的佳绩。在我任主要负责人的短短十几年里，全所的年收入增加了数十倍。这还不包括已完成任务，没来得及收回的数百万元的未收款。被知道内情的领导称为省水利系统最富裕的"科威特"。

3

单位的事业发展了，条件改善了，实力增强了，随之各种名誉接踵而至。1997年，省水保所获得了水利部、人事部的表彰，成为全国水土保持先进单位。与此同时，先后多次获得全省性和行业性的多项荣誉，并在相关会议上做典型发言介绍经验。单位的知名度、社会地位以及在行业的话语权随之得到全面提升。也得到了江西省委组织部、省科委、省科协和省人事厅等综合管理部门的充分肯定。这些综合部门还经常点名安排省水保所的有关人员，参加全省性的社会活动和培训。

我本人也因此先后成为省政府和国务院特殊津贴专家，获得了全国优秀科技工作者和全省五一劳动奖章等多项省部级以上的荣誉和奖励。并于1999年荣获江西省十大科技明星称号。就在这十大科技明星中，后来还产生了黄路生和江凤益两名院士，我也有幸成为《江西人事》杂志的封面人物。

杂志封面

诚然，一个单位在追求物质需求层面的同时，还应有精神层面的文化积淀和追求。只有将两者有机结合起来，并融为一体，才能展示出单位的文化内涵与员工的精神风貌。

为培育单位文化，所本部经常利用工休和周末等业余时间，举行拔河、球类或棋类等文化体育竞赛。在空闲时间组织员工开展一些类似爬山、野炊、漂流、泡温泉等户外休闲娱乐活动。在节假日安排猜字谜、写春联，开展文艺节目表演和歌咏比赛等文娱体育活动。以此增加同事间的友谊，凝聚人心，保持旺盛的科研工作活力。

尽管创业期间的条件艰苦，而全所职工努力奋斗的局面始终没有改变。那时候的水保所，没有尔虞我诈，没有钩心斗角，只有团结拼搏，共度时艰，处处呈现出一派积极向上的祥和氛围。

为弘扬水土保持行业精神，我在所里的中心位置，树立了主题为"一滴水，一抔土，一棵苗，都在我心中"的一组雕塑，提示大家不忘初心，不离本业。

1996 年，我到南京参加一个全国性的高层学术论坛，时任全国政协副主席的钱正英先生正好出席那次会议。因她此前不久视察了江西，对江西水土保持工作印象不错。

我利用会议茶歇的机会，简单向钱副主席汇报了江西省水土保持科学研究所的创建情况，恳请她为所里题写所训。她当即愉快地接受了我的请求，并主动拉我和她一块儿拍了照片，应允回京后题写。

此后不久，我到北京出差，带上了这张照片，连同题写所训的请示，一起托付给了她的秘书孙雪涛先生。很快孙先生就将钱副主席写有"严谨、求是、高效、创新"的题词寄给了我。该题词奠定了江西省水土保持科学研究所构建文化的灵魂基础。

4

人无远虑，必有近忧。随着单位的各项工作得到稳步推进，事业得到快速发展的时候，有科研人员向我报告：所里有一处经过精心规划并开展了多年的试验研究场地，无缘无故地被当地给毁了。经了解，事情的原委是我们的课题研究经费，省财政拨付未能及时到位所引起。该地权属部门，在没有与我们商量的情况下就擅自处理了。这件事又一次触碰到了我的痛处，也产生了一种不安的危机意识。

作为一个单位的主要领导，当危机爆发时，不仅要有临危不惧的危机处理意识，更重要的是能够迅速控制危局，且能转危为安。再说，作为一个自然科学的研究单位，本该有一个属于自己的研究基地。只有具备了这样的野外试验研究平台，自然科学研究单位才算完整，才方便承接国家级大型研究项目，才具备与国家级科研院所和高等院校进行合作研究的基础，才能开展更加丰富多彩的科学试验与研究。

同时，我也知道，建设一个试验研究基地，不仅需要一定的经济基础，更需要单位领导投入大量的精力和时间。对于一个只有几十人的研究单位而言，难度系数确实不小。对本人而言，也极具挑战性。

我在省水利厅机关工作期间，曾有过利用有限的科研经费，逐年投向同一个地点开展试验研究的经历。希望通过那种聚土成山、积水成渊的方式，以日积月累的投入，让它自然形成试验基地。然而，在没有契约约定的地方去做试验研究，就好比在别人的地基上搭建房子，极具冒险性。如果你能不断给人好处、不断投入，人家有可能主动配合。一旦房子盖好了，不再投入了，在那个契约精神尚不健全的年代，房子的所有权只能属于房屋地基的主人。

经过一番痛定思痛之后，我发誓要打造一块属于自己的试验研究基地。于是，便在全省范围内，到处寻找心目中的"伊甸园"。

5

1996年下半年，我参加了水利部在江苏海安举办的全国水利科技工作会议。会议期间，我带着目的去参观了一家民营水利科技基地。因其展示的技术成果带有浓厚的广告宣传性质，科学研究特色并不突出。且与我们从事的专业偏差较大，也与心目中的"伊甸园"相去甚远。所以，我们并不能以此为模式，只好另辟蹊径。

1998年8月，应我国台湾地区中华水土保持学会邀请，我有机会随团参观了相关科研教学单位，以及他们创建的水土保持户外教室。由于专业相同，他们所展示的内容，尽管侧重于教学示范，但毕竟还有许多科学试验成分，而且专业题材展示的效果较好。这对我们创建水土保持科学试验基地，具有一定借鉴作用和实用价值，进一步坚定自己的信心。

非新无以进，非旧无以守。创建科学试验基地同样如此，不能继承传统和发挥优势，事业就没有创新的根基。缺乏新意和长远的眼光，事业就没有发展前途。因此，我们创建的基地，既需要突出水土保持专业特色，还需要用创新的思维、先进的科技手段来展现这一科学试验平台。

打造科学试验平台，其中最根本的条件，必须满足野外科学研究和试验观测的基本需求。并且具有一定的科研成果展示与推广的场地规模，还能成为成果快速转化与宣传推介的窗口。

基于此因，我的心里便有了基本清晰的思路：建设的科研平台，必须有利于科研项目或课题的申报，且能获得广泛支持；有利于吸引高等院校和科研院所开展合作研究，便于组织协同攻关；有利于水土保持防治措施布设和水土流失规律成果展示，方便吸引社会各界来园区参观学习，扩大影响；有利于普及水土保持科学知识和生态文明理念，激发年青一代的学习热情，提高社会公众的生态文明意识，促进水土保持科学事业的全面发展。

由于要建的基地所涵盖的内容如此广泛，仅以科研试验基地命名，显然不符时宜，也承受不了如此多的负荷，更不利于把事业做大做强做长久。于是，"江西水土保持生态科技园"这个名字，在我脑海里呼之欲出。因此，我在全省范围内开启了选地征地活动。先后选择了吉安市泰和、宜春市奉新和南昌市等市县的很多地方。经过反复比选，最终在九江市德安县找到了理想的科学试验场地。

科技园原貌

该场地原属于德安园艺场，因其国有土地的属性，受外界干扰较少，面积够大，地貌类型丰富，且交通十分便利，距离南昌和九江等大城市都不远。位置紧靠县城，既方便受众参观学习，也方便职工生活出行。该地曾因水土流失严重而被抛荒，它的这一劣势倒成了水土保持科学试验基地的优势。

目标一经明确，我们便趁热打铁，一鼓作气，抓紧时间与县政府等有关部门谈判划界。经过反复磋商，多方运作。初步确定租赁德安园艺场撂荒的荒山荒坡1200亩，租期为30年，租金是45万元，分3次交付，每次15万元。随后，抓紧土地勘界测量，办理相关手续。

在办理土地勘界确权的过程中，德安县政府提出了一些前置条件。我们只能因势利导，逐个落实解决。其中最大的难题是，将德安县列入国家级水土保持重点项目县。类似这样的问题，一般省厅都难以解决，何况我们这样一个没有行政权力、也不掌控社会资源、十分普通的事业单位。为满足这一条件，我只得请求上级主管部门江西省水利厅协助解决。说来也巧，就在那一年，由国家投资的长江流域水土流失综合治理工程，刚好到江西省选点。我只得使出浑身解数，尽力争取把该项目落实到德安县。

于是我上下奔走，经过多方运作，或许还有精诚所至、金石为开的缘故，感动了长江水利委员会分管水土保持的领导，终于将水土保持重点项目落户德安县。同时，还将该园区所在地的燕沟小流域，一并纳入了该重点工程进行综合治理。突破了这一难关，我一直悬着的心，才算安定下来。

国家的重点项目，对经费使用都有一套严格管理的规章制度。水土流失综合治理工程也不例外，必须做到专款专用。我们单位主动提供人力和财力，帮助县里一起做好该项目的综合防治规划。尽管该园区位于项目区的燕沟小流域，水土流失十分严重，需要的治理经费甚多，我们仍然严格执行重点项目的规定，利用允许使用的项目经费，对该区的水土流失面积进行了初步治理。

　　有了这个基础，接着我们根据科技园的试验研究方向和目标，进行功能分区。按照生态建设和系统防治的理念，凸显水土保持特色，遵循自然科学规律，精心编制了《江西水土保持生态科技园建设规划》。随后将该规划分别上报到江西省计划委员会和水利部，很快得到省计委批复立项。由于这个规划具有一定的创新意识和超前思维，更重要的是能够付诸实施，从而成为全国水土保持科技园区规划的模本。

径流小区全景

　　科技园的筹建工作自始至终得到一些老领导的高度重视，特别是省水利厅分管领导管日顺副厅长的大力支持，使江西水土保持生态科技园在20世纪的最后一年中，得以动工兴建。

6

有了江西水土保持生态科技园这样一个野外科学试验平台，积极争取投入、争取科研项目、解决无米之炊，迅速升至园区发展的第一要务。我率先将自己承担的江西省跨世纪学科带头人项目"水土流失监测监控指标体系研究"投放到园区，开展研究。然后，又积极向省科委等主管部门申报科研课题。与此同时，充分挖掘自身的人脉资源，努力寻找突破口，引进项目。

在建园之前，我跟台湾地区著名的水土保持专家、中华水土保持学会荣誉理事长廖绵濬先生有过多年的接触交往。也知道他对家乡的水土保持事业十分关注，曾亲自从台湾地区带回了百喜草种子，投放在江西农业大学试种，可见其热爱家乡的拳拳赤子之心。

起初，我试探性地在科技园，引入了他创造的山边沟建造技术，并大面积引种了百喜草，他看后十分高兴。通过这种循序渐进的引进方法，进一步增进了彼此间的信任。

接着，他愉快地将其领衔的两岸合作研究项目——"江西省红壤丘陵地水土保持实验及示范"从江西农大拓展落户到该科技园。随后，他又从美国购置了一批先进的仪器设备，送到园区，还从台湾地区引进了现代化的山地农用机械。就这样，园区的科技含量和现代农业生产经营水平大大提升。

有了这些工作的铺垫，我们很快获得了国家农业科技成果转化基金项目，有了第一个国家级科研项目落户。之后又陆续有了国家科技攻关项目、国家科技支撑项目、国家重点研发项目、国家科技基金项目、国家科技推广项目和水利部公益性行业专项等，还有省内外和行业内外等一系列的科研项目先后落地。该园的水土保持科学研究就这样轰轰烈烈地开展起来了。

农机在山边沟

随着科研工作的步步为营，稳扎稳打，其他建设项目按照轻重缓急，有序推进，逐步得到落实。首先建立了最基本的径流观测小区和大型水量平衡装置。接下来，按照生态建设的理念，修筑了灌排系统的草沟，建设了交通系统的草路，整治了坡耕地梯壁植草等一大批植生工程。

另外，还根据当地的水土流失和地形地貌特点，在园区推行了一整套水土保持植物措施、工程措施和农艺耕作措施。致使该园成为水土保持科学研究基地、技术示范样板、成果展示窗口，成为专业培训的课堂和生态体验的场所。其建设规模，被廖绵濬先生誉之为"世所仅见"。

科技园一瞥

时任江西省委书记舒惠国先生，单独抽出时间，专门听取了江西水土保持生态科技园的专题汇报，并给予高度评价与充分肯定。2000年春节，由他亲自点名，带上我和其他几位农业专家，利用春节假期，陪同他到景德镇和上饶市等地调研，参加新春走基层的慰问活动。遗憾的是，两个月后，他就被调往国家部委任职了。

接任的省委书记孟建柱先生是从上海调来的。为了让新书记尽快熟悉江西省情，省委组织部找来省内十位知名专家代表，就有关科学研究工作情况进行座谈。

轮到我发言时，开口便说："看到在座的专家，我的年龄最大、职务最低。"

他随即翻看了省委组织部提供的参阅材料说："你的年龄还不算大嘛。"

我也没加思索，便脱口而出："既然书记认为我年龄不大，看来，我还有希望。"

原本想活跃一下严肃的会议气氛，放松一下紧张的心情，没想到引来了哄堂大笑，十足地给了自己一个尴尬与难堪。

令人尴尬的还有一次，那是1999年的春节前夕，江西省科协推荐我作为全省知识分子的代表，参加了由省委省政府共同举办的新春团拜会。也许我是专家代表的缘故，安排的座位比较靠前，更接近省领导。而其他厅局级领导的座位，相对比较靠边靠后。因人数较多，我是初次参加那样的活动，就按指定的位置入座，更没有想到要利用那种重大的社交场合，为自己谋点什么好处，故而也没有留意就座的其他人。

然而，祸兮福所倚，福兮祸所伏。正当我准备好好欣赏戏曲明星和表演艺术家的节目之时，突然发现自己的顶头上司，从我的桌前走过，去给省领导拜年。我准备起身去打招呼，可天不遂人愿，为时已晚。从那以后，便有好事者传我是被不断进取的胜利和荣誉冲昏了头脑，是故意为之，我也无法争辩。由此便落下了一个遇事不向领导请示汇报，心高气傲，不尊重领导的口实。

的确在那些年，我的事业处于顺水顺风的黄金时期。科技园的建设十分顺利，落实的科研项目越来越多，层级越来越高，知名度也越来越大了。

2001年6月下旬，创建仅两年的江西水土保持生态科技园就迎来了央视一台《中华环保世纪行》栏目组的专题采访。那一次，我向央视总台记者详细介绍了园区的建设情况和发展规划。他们编辑了长达6分多钟的影像资料，置于午间新闻等黄金时段多次播放。在全国水土保持同行中，引起了热烈的反响。

耐心讲解

自那以后，央视《人与自然》栏目组，以及央视二台、四台等慕名而来，录制了生态经济建设和两岸合作方面的节目。

同年7月13日，《信息日报》以《红壤上的"水保"明珠》为题，全面介绍了江西水土保持生态科技园及所取得的成果。这样密集的宣传报道，该科技园俨然成了当红的水土保持明星，引得全国各地的同行，纷纷前来参观学习。

7

2002年，水利部组团到台湾地区考察水土保持，特别认可那里的水土保持户外教室的影响作用和宣传效果。当我把江西省计委刚刚批复的科技园的建设规划上报到水利部水土保持司时，领导们觉得江西水土保持科技园与台湾地区的水土保持户外教室有着异曲同工之效，似乎其内涵与外延更胜一筹。于是水保司的领导多次莅临园区指导建园工作，并以此园为典范，向全国水土保持同行推介创建经验。同时，又委托我们帮助草拟了《水利部水土保持科技示范园区管理办法》，后经司里修改完善，向全国各地颁发施行。

2004年下半年，我邀请时任世界水土保持协会主席萨米拉先生到省水保所参观访问，向他详细介绍了该科技园的情况。他很感兴趣，当即要求我们提供书面资料。在他回国之后，利用该协会会刊，运用5种语言刊发。于2005年3月21日，向世界同行全面推介了江西省水土保持科学研究所和水土保持生态科技园。

由于水土保持生态科技园这一新生事物，符合时代发展潮流。其内涵与外延的内容相当丰富，宣传效果和社会影响力十分显著。水利部于 2007 年，在全国开展第一批水土保持科技园区评定，因江西创建科技园区的引领作用而显然在列。到 2023 年初，全国已经命名了 13 批次，共有 157 个国家级水土保持科技园获此殊荣。其中还有一部分园区后来又成为全国水利风景区、水情教育和科普教育基地。另外，催生出一批省级和市级水土保持科技园，全国共有各类园区多达 280 余处。

2008 年，时任水利部水土保持司刘震司长，特例将我从江西水科院院长的位置，调到水利部水土保持生态工程技术研究中心任常务副主任。其中一项重要的工作任务，就是协助水利部水土保持司，负责管理全国水土保持科技园创建的技术支撑工作。

随着该科技园各项工作的不断推进和突出表现，迎来了全国同行乃至世界水伙伴等顶级专家和院士们的频繁光顾，各级领导愈加重视。2010 年，时任水利部部长陈雷，在当时的省委书记陪同下，到园区视察，即席作了"六个好"的充分肯定，使科技园的建设者们深受鼓舞。

我调到北京后，水利部水土保持司为了强化行业管理，安排水土保持生态工程技术研究中心草拟了水土保持科技园的管理办法，对全国水土保持科技园区进行规范管理。开展对科技园的评估，实行动态管理，优胜劣汰的退出机制等工作。

2015 年，水利部水土保持司安排水保工程中心修订了

《国家水土保持科技示范园区评定办法》。根据园区的主体功能和基本定位，分为综合防治型、科学研究型、科普教育型、生态产业型和特色展示型五大类别。2021年又简化为科学研究、技术推广和科普教育三种示范类型。并强调各园区突出特色，提高质量和档次，使之真正成为全国水土保持理念引领、典型示范、宣传教育和科学普及的重要场所。

观今宜鉴古，无古不成今。如今的江西水土保持生态科技园，早已成为全国同行名列前茅的示范典型。以该科技园为平台，每年争取到的科研经费数百万元，有些年份甚至突破千万元大关。在该园区研究完成的一系列科技成果，获得了不同层次，乃至国家级的大奖。培养出一大批包括博士、博士后在内的高层专业技术人才。据有关专家评估，该园现在的经济价值可达数亿元之巨。甚至有的领导和同行也将我戏称为"中国水土保持科技园之父"。

通过创业与建园的这些事，我深切体会到：一个人对于事业的追求，不必太过在意自己的聪明与笨拙，而要注重执着地打拼与坚守。自己所做的事，可能没那么惊天动地。只要不断超越，不断进取，同样可以赢得鲜花和掌声。只要不忘初心，始终追逐心中的那个梦，就有机会得偿所愿。

幼苗成林

借鉴与纳新

1

借鉴是拿别的人或事当作镜子，对照审视某人或某事，以便从中获得经验，吸取教训，取人之长，补己之短。

古语云："以铜为鉴，可正衣冠；以古为鉴，可知兴替；以人为鉴，可明得失。"由此可见，借鉴的最大好处是在于纠正错误，避免无用功。

在社会活动中，事情的结果或镜鉴效应往往以交流的形式出现。人们利用交流、传授、探讨、倾诉等方式，把彼此的心得、经验和思想情感传递出来。由此可以认为，交流实际上是一种信息流动、传播与互换的过程。人们可以利用交流来排遣生活中的单调与寂寥，诉说心中的困惑与郁闷，分享人生的成功与快乐。从而不断修正与完善自己，达到减少错误，提高效率的目的。

从另一角度而言，这种交流与传递信息的过程，同样是一种吐故纳新和互鉴互学的选择过程。或许还是一种打破思想禁锢，启迪思维，激发灵感的过程。

诚然，学术或技术交流是同行之间一种有价值的信息流通或互换。科学研究者是可以通过这种学术信息的交流互换，来激发灵感，触发想象力。因此，我觉得学术交流是开启想象力和创新力的催化剂,是科学探索和技能提升的有效途径,也是应对社会或市场竞争的必然选择。

科学研究者经常利用学术交流,洞悉学科的发展方向,了解科研的前沿动态,推介研发的科技成果。而这种交流,既能减轻研究的枯燥与乏味,又能避免研究中的窄逼与短视。因此,大多研究者往往不愿放弃学术交流,尤其是不愿放弃高端的学术交流的机会。因为他山之石,可以攻玉,没有人愿意作茧自缚。

我第一次参加全国性的高端学术交流会议,是在1983年8月下旬,到延安参加了全国水土保持耕作学术讨论会。那时,从西安到延安还没有铁路,需要在西安转乘长途汽车。

那天早上,我们这些在西安中转的会议代表,天还没亮就出发了。中午在黄陵县就餐,晚上七点多才到达延安宾馆。由于路况较差,300多千米的路程,整整耗费了一个大白天十几个小时。

在我的印象中,新建的延安宾馆才刚刚投入使用。三层楼的宾馆是当时最高的楼房,也是当地最现代的建筑。那次会议,汇集了全国农林水等专业一批像关君蔚、蒋德麒这样顶级水土保持的专家学者。参会代表共有140多人,可谓是群贤毕至,少长咸集。

会议期间,代表们参观了延安、子长和绥德等市县的小流域综合治理工程。我第一次亲密接触黄土高原,沿途严重的水土流失,给我留下了深刻的印象。

特别是参观绥德县韭园沟小流域,地面上干涸的黄土,经前面的行人一踩，立马碎成粉末，给后面的参观者留下了一摊像面粉一样细的黄土，其厚度能轻易没过鞋面。黄土与人的那种亲密程度，可谓难舍难分。让我们这些从南方来的会议代表，深深领略了黄土高原的风采。为了避免黄土灌入鞋子里，代表们就往路旁边躲闪。结果与路边的灌丛树草上的黄土，来了个全方位的零距离接触，一个个被弄成了灰头土脸的泥人。

那一次，我切身体验到了黄土高原干旱缺水的困难程度，也亲身感受到了防治水土流失的艰巨性。弄出满身尘土的尴尬，也给参观的会议代表，来了一个下马威。

2

20 世纪 80 年代，能出国参加国际学术交流，还是一件十分新鲜的稀罕事。当时的这种交流，不只是参加一个学术会议那么简单，兴许还承载着为国争光等责任和义务。国家对于出国人员的管理，相当严格。在国外的每一件事，每一个步骤必须循规蹈序。

当然，出国人员也能从中得到实惠。如果是第一次因公出国，国家会按规定配发 300 元的制装费。回国后，外事部门还能为其开具证明，到国内的免税商店，采购一件类似吸尘器一样的小家电。如果出国时长超过一个月，就可以在免税店购买一件像彩电或冰箱一样的大型家电。

那时大家都很穷，由于出国还附带这些好处，因此人们对于出国这件事，趋之若鹜。因而政府对因公出国人员的审查严格也在情理之中。如果出国进行国际学术交流，面临着比官员和商人出国更为严苛的审查，而且还要加试外语。

也许是被时代潮流所裹挟，我撰写了一篇题为 Study on the Collapse Erosion and Its Control Technique（《崩岗侵蚀及其防治技术》）的学术论文，有幸被日本砂防学会录用。日方寄来信函，邀请我参加在日本举行的学术会议。第一次得到出国的机会，我当然不愿轻易放弃。不为别的，就为开拓视野，见见世面，也值得一试。

我也知道，第一次出国参加学术交流，手续相当烦琐，还要加试外语。经人指点，我得知江西师范学院外语培训中心是省里指定的测试单位。只有通过外语测试，出具证明，方可办理后续的出国手续。

我在指定的外语测试单位通过了外语测试，算是正式进入了申请出国的申报程序。随之而来的程序一点也不简单。办理一次出国手续，需要经历若干部门的若干环节，盖多个公章。据前人的经验，不预留出几个月时间，一般难以成行。直到三个多月后，需要自己参与办理的出国手续，才算告一段落。

直到那年9月27日，我终于登上了从上海前往日本大阪的航班。偌大的一个空客飞机，仅坐了二十几人，还不及上座率的一成。其中大部分旅客是像我一样，去参加学术交流会议的专家学者。

那次会议是中日双边的学术会议。由日本砂防、滑坡和泥石流三个学会共同筹办。分别在东京、筑波和长野三地举行三场学术交流会，其余时间用于沿途参观相关的砂防建设工程，并与相关科研教学单位进行深入探讨。

中日学术交流

参加会议的中方代表共有 42 人，主要来自中国各地相关的教学、科研单位。多为水利、地质和道路等方面的专家教授和工程技术研究人员。江西省仅我一人受邀，论文被安排在东京召开的砂防学术会上交流，为会上宣读的 18 篇论文之一。

日本是一个地震、火山、滑坡、泥石流等山地灾害频发的国度。所以，日方参会的代表更多。会议得到了举办方政府的高度重视。那时中日关系尚处于比较务实的热络阶段，会议代表所到之处，当地行政长官及相关部门负责人，均以接见、陪同或出席会议等方式参与活动。一路上，有关新闻媒体也进行了大量的宣传报道。

3

我第一次走出国门，亲身体验外面的世界，自然感觉新鲜好奇。出国之前，我将赴日参加学术交流的消息，在省水利厅里一公布，就有同事和朋友托请，为他们在日本的亲友捎带礼物。随着改革开放的不断深入，很多人有国外的亲友，也不再隐瞒，反倒觉得是件很有面儿的事。何况我也想利用这样的机会，多多接触了解外面的世界，所以很乐意帮忙。

到达东京的第二天，正值新中国成立四十周年国庆。日方为中方代表进行了特殊安排。上午召开学术交流大会，下午自由参观东京都市容，晚上主办方为中方代表举行大型庆祝晚宴。

我上午宣读完论文之后，便请假去拜访在东京大学留学的老乡同学。由于他不住在市区，那时还没有移动电话，我只好根据事先约定，按图索骥到东京郊外的宇治车站见面。

独自一人前往，结果中途走错了道，误入了一条偏僻的小巷，我感觉有些不对劲。恰巧看见路边有一个中年男人，正在家门口打理菜园子。

我礼貌地走上前去问路，随口说了一句英语："Excuse me, could you..."还没等我把话说完，人家马上连连摆手，表示听不懂。

正当我在街上徘徊犯难之际，抬头看见满大街的招牌，大多写着繁体汉字。于是灵机一动，拿出随身携带的纸和笔，逢人便问。一边写着繁体汉字，一边用手比画。费了一番周折，终于抵达目的地，其结果还算令人满意。

下午返回宾馆，也赶上了主办方为会议代表举行的大型招待宴会。酒至半酣，中方代表一时兴起，即席唱响了《歌唱祖国》的歌曲。日方代表也随律和拍，宴会厅宾主尽欢。

由于会期历时二十多天，除了三天的学术交流会议，会议代表沿途参观考察了大阪、京都、奈良、名古屋、东京、筑波、新潟和长野等地的砂防、滑坡和泥石流整治工程。参访了京都大学和东京大学等的防灾研究基地，以及日本国立防灾中心和土木研究所等科研单位。听取了他们的情况介绍，并与之就感兴趣的问题进行了深入广泛的交流。

在一次交流讨论会上，我提出过一个根本不了解日本国情才会问出的问题。问到日本是如何控制乱砍滥伐森林？如何防范任意上山砍柴或放牧等造成水土流失的行为？他们回答得倒也十分简单：运用法律手段。

那时的中国，法律制度尚不健全。对于我提出的问题，他们很不理解，不知道为什么还会有人去干那些既违法又违背经济规律的蠢事。原来是计划经济的习惯思维和自己的无知，以及国情的差异，限制了自己的想象，才问出了那样的问题。那时的日本，普通家庭早已用上了液化气。上山砍柴或开垦，均不符合市场经济规律，是很不划算的事。而且在私有化土地上，别人擅自闯入，可能要承担违法的后果。

通过考察与交流，我感受到日本社会的发达与先进，也感觉到自己与人家的差距。当时，日本在对生态环境的保护力度，以及在对科学研究的重视程度等方面，的确值得中国同行学习。在实验观测取样的自动化、工程建设施工的机械化以及道路交通的现代化等方面，人家的确比我们先进。但在水土流失防治技术和工程建设理念，中国的同行并不比日本落后。

由于那次会期较长，与会者有机会广结善缘，广交朋友。我利用那次机会，不仅结识了一大批国内外的同行专家和学者，而且与日本滑坡协会副会长。广岛大学荣誉教授枥木省二博士，建立了友好的往来关系。尽管那是我第一次出国，但感觉此行不虚，还带回了大量的技术书籍和资料信息，同时收获了友谊，堪称满载而归。

4

原以为回国之后，报个账就算完事。谁承想，后续报销手续同样复杂烦琐。填写的内容不仅要与出国前的批件一一对应，而且出行的地点、数量、时间和路线要做到准确无误。特别是像会议的注册费、会务的食宿和城市间交通等费用，不能有丝毫差错。在我的出国批件中，已按天数批给了食宿和城市间交通费用。另外批复了15万日元的会务注册费，这笔经费与在日本的食宿经费有部分重叠。

当我回到国内报销差旅费用，主动将所有结余的经费，共计15万日元全部上交时，而外汇管理局的结算人员，坚持要按原批件执行，并一再强调邀请函中没有标明这笔注册费包含了在日本的食宿费用。

当时的这笔钱，相当于9000多元人民币。对我这个每月仅有53.5元工资收入的工薪族来说，可算是一笔巨款，如果我留下这笔钱，很快就能成为真正意义上的"万元户"。但我坚持不是我的钱坚决不能要。最后，不得不主动找到了江西省外汇管理局的领导重新核定，才把钱退了回去。

自那次会议后，我与广岛大学枥木省二教授加强了业务联系，同时增进了彼此间的友谊。次年夏天，我向厅领导建议以江西省水利学会的名义，邀请栃木先生到江西来考察访问。请示报告获得批准后，栃木先生愉快接受了邀请，并偕夫人一起考察了江西水利与水土保持。还在江西省科协会堂举行了隆重的大型学术报告会，首开了江西水利系统邀请外国专家到访的先河。有了那样的交往，栃木先生后来热情地邀请我去广岛大学进修砂防工程学。之后，我以我的日语基础差和家庭情况不允许而婉拒。

1991 年 9 月，应日本滑坡学会的邀请，江西省水利学会组团赴日做回访考察。我又随团考察了日本的广岛、冈山和福冈三县，得到了日本建设省和林野厅等有关官员的热情接待。时任广岛县知事竹下虎之助先生，亲切接见了代表团全体成员。考察交流期间，栃木副会长全程陪同，并负责技术讲解，一路安排得十分细致周到。

广岛知事会见

在访问团出发之前，发生了一段有意思的小插曲。由于当时群团组织的外事活动较少，对于办理出国机票，管理十分严格。受多种因素的影响，团组已从南昌出发前往上海，而去日本的机票还未办妥。别无他法，只好请求高层帮忙解决。

带队的考察团团长，直接找到了时任中国民用航空总局的蒋局长。因为他从江西省副省长的位置升任到民航总局不久，对我们组团的情况也比较清楚，所以非常热情，一边让人帮助订票，一边跟有关部门打招呼。我们还没抵达上海，事情就已办妥了。此次出国，尽管一波三折，还是有惊无险，顺利成行。

5

在与日本友人的交往过程中，我积累了一些经验，后续办理类似的出国交流考察，变得更加顺畅。2005 年 10 月，我作为领队之一，带领江西省水利系统 17 位技术官员，赴欧洲 8 国学习并考察水利工程。尽管那次学习的任务重、考察的内容多、时间长、地域广，参加学习考察的人员结构复杂、思想状态活跃；但由于安排细致，工作进展十分顺利，任务完成也很理想。

那次学习考察的主要目的地荷兰是世界上著名的低地平原，地处欧洲莱茵河、马斯河与斯凯尔特河的三角洲地区，其地理位置非常独特。在治水方面，荷兰拥有世界先进的水利技术和丰富的治水经验。从某种意义上来说，荷兰的历史是不断与水做斗争的历史。故而欧洲之旅，最先安排学习考察荷兰的水利工作。

荷兰水利考察

荷兰只有三分之一的国土面积，位于海平面一米以上；另有三分之二的国土面积，饱受内陆河流洪涝及海潮的侵蚀危害。其中，还有两个省的土地在海堤保护之内，低于海平面 5 米到 7 米。因而沿海建有 1800 多千米的防浪海堤。

在荷兰境内，河流纵横，水系交错，湖泊众多，港汊密布。其中新沃特伟赫的阻浪闸、拦河大坝、通海船闸、水上公园和生态湿地等，处于世界水利工程的技术顶端，其理念的先进性和设计的新颖性，都给参观者留下了深刻的印象。

那时候我国的改革开放还处于"放"的阶段。在荷兰完成学习考察任务之后，团组继续前往法国、德国、意大利、西班牙、奥地利、比利时和梵蒂冈欧洲 7 国，继续参观考察。不仅考察了这些国家的大型水利工程，而且顺道参观了当地著名的风景名胜和文化遗产，留下了一段美好的记忆。

类似这样的学术交流和技术考察，还有过多次。例如：陪同江西省水利厅厅长，在澳大利亚由北到南，考察了水资源的分配管理；以团长的身份带队到美国，考察公路柔性边坡的设计与管护；参加在泰国召开的世界水土保持学术交流大会等。都收获颇丰。由于其交流考察的形式大同小异，故不一一赘述。

美国交流

澳洲考察

　　值得一提的是，到我国台湾地区交流考察。1998年，应台湾地区中华水土保持学会的邀请，由江西省人大常委会副主任裴德安先生带队，一行人考察了台湾地区水土流失防治工程和水土保持户外教室。访问了台湾大学、中兴大学和屏东科技大学等教学科研单位，参观了南投县等地的精致农业、休闲观光农业和陡坡地保育及开发利用现场。海峡两岸一家人，交流起来十分方便，所有的技术细节看得明白，业务交流借鉴效果也非常好。

台湾地区交流

6

　　开展对外学术交流和技术考察，是拓展国际视野，提高专业学术水平，提升科学道德素养，突破技术瓶颈结构等诸多方面不可或缺的途径。特别是对思维创新具有无可替代的效果。

当然，出席国内的高层论坛，参加高层次、高水平的国际会议，效果会更加明显。若能与世界顶级专家共同探讨某一科学问题，机会的确难得。由于这些与会者的站位高、视野开阔、思路敏捷、言辞新颖、信息来源广，通过相互启发，参与者必定有所斩获，这是吐故纳新的最有利时机。

参加高层次学术论坛，或者是举办世界性的国际会议，当地政府高度重视。举办方一般会根据会议的重要程度，邀请相应层级的领导人出席相关活动。这为参与者提供了一个很好的展示平台，并且经常会有意外的收获。

世界水保大会

无法预见的正是遇见。我曾多次参加过世界性的国际学术交流会议。有些会议规模还很大，规格也很高，甚至有来自世界数十个国家的数百外宾参加。其中在 2002 年的农业生态国际会议上，温家宝出席并讲话，还有王岐山等主要领导和著名专家所作的主旨报告，其中全新的理念，令人振奋。

会后，还在人民大会堂宴会厅举行了大型招待宴会。在众多国际名流出席的晚宴上，国家领导人致祝酒词，还安排了一些短小精悍、轻松愉快的节目表演，为宴会助兴。

很难想象，一个人处于一个封闭的空间，进行研究和生活的那种孤独寂寥与百无聊赖。只有多参加这样的学术交流，才可能启迪创新思维，破除藩篱阻隔，解放思想，敞开心扉，碰撞出智慧的火花，使自己分析问题的角度更加深刻全面，考虑问题更加周到完善，解决问题的方法更加多样，更加合理。

7

培训是组织有关从业人员进行知识、技能等传授和管理的训诫行为。参加培训是另一种纳新，并且是一种行之有效的纳新形式。它的主要目的是学习和更新专业知识，接受先进经验，提升业务技能和水平。使受训者在较短时间内，就能很好地接受新思想，学习新知识，掌握新方法，按照新要求，完成新使命。

如果要将培训与学术交流做一比较的话，那么，它们的主要区别，就在于收敛与发散的纳新方式，学术交流较为发散，而培训更具针对性和专一性。

培训的最大优点，特别是时间较长的脱产培训，可使受训者在更新知识、提升业务水平的同时，扩大社会交际圈，增添人脉资源。并且还可以提高自己在同行中的知名度和影响力。

一些从事特定专业的研究人员，可能会参加很多次的培训。而在当今的培训市场，鱼目混珠的现象十分普遍，真正能派上用场的培训，其实并没有那么多。就我来说，能顶用的学习培训，一辈子只不过就那么两三次。

1994年，我有幸被选中，参加了水利部在北京党校主办为期三个月的青年干部学习班。该学习班一共举办了四期，培训了全国水利行业的200多名优秀青年干部和骨干专家。

前两期学员以培养行政管理干部为主，多是从水利部机关及部直属单位选派。我参加的第三期则以青年骨干专家为主，是首次从全国水利行业中遴选。当时安排的课程，都是当红的热门话题。授课的教师，又是全国相关行业的翘楚。参加培训的学员，还是全国水利行业精英青年的优秀代表。

能参加这样的培训班学习，和那么多优秀人才在一起，无疑是一次难得的提升机会。这样，既可以接受先进的文化熏陶，又能了解国家的改革发展动态和世界科技前沿，更重要的是能与那么多的优秀同行同窗共读，一起摸爬滚打，共同研讨。让我这个不是学水利专业的外行，有机会融入水利系统的队伍当中，的确受益匪浅。后来，这批学员大多成为全国水利行业的中坚力量，成长为司局级领导，其中不乏省委书记、省长和部长。

在江西工作期间，我参加过很多的培训班，真正能算得上学有所获的不多，收获最大的主要是参加了由省委组织部举办的两次脱产培训班。

2006年冬天，受江西省委组织部的派遣，前往新加坡南洋理工大学学习领导管理艺术。那一次，参与培训的学员是全省各行业优秀的中青年管理领导，培训的内容不是为了提升专业技能，而是为管理岗位服务。上课的地点放在世界知名大学，授课的教授极具国际视野。所以，学员的感觉十分新颖，学习的效果十分理想，大家的印象非常深刻。

那次培训的目的，主要是让学员们拓展国际视野、增长管理才干和掌握领导艺术。由于目的明确，针对性强，授课教授的水平高，加上受训者远离工作岗位，心无旁骛干扰少，学习精力相对集中，大家获益颇多。

在新加坡一个多月的时间里，学习了日常很少关注的管理与领导艺术。更重要的是与全省各行各业的精英人才朝夕相处，通过学习与交流，增进了彼此间的友谊，刷新了对管理与领导艺术领域的认知高度。

例如，在人力资源管理态势方面，讲究的是人本管理和柔性管理。在绩效管理方面，讲究的是全球化视野和创新激励机制。简而言之，就是如何利用手中的权力，来调动全体员工的积极性。从而确保把控大局，管控危机。以至于在管理上不出乱子，使单位得到快速健康的发展，让管理者立于不败之地。

新加坡培训

在探讨领导艺术方面，懂得了内在重于外在、心理重于物理、身教重于言教、肯定重于否定、激励重于控制等一系列的领导艺术。以及如何正确引导员工努力工作，帮助员工过上幸福美好的生活。

通过培训得知，领导艺术实际上是一种智慧和能力的体现。一个有魅力的领导，不仅需要率先垂范，廉洁奉公，不谋私利，而且在业务上，还需要有独特的看家本领。

学习期间，我重新认识了新加坡，明白了它为什么能在短短的几十年建国历史里，发展成为一个高效廉洁的政府。其主要措施是政府主导下的经济发展战略，国有经济管理与廉洁上的政治服从，以及严厉的法制，合理的激励机制与公平的市场运行规则。所有这些措施的综合运用，是其成功的主要秘诀，也是领导艺术的集中体现。

类似这样的学习，还有 2000 年参加的在井冈山脱产学习一个月的优秀专家学习班。班里的学员，都是全省各行业的中青年精英和学界翘楚，有的还是行业的顶级专家。

同学留念

通过参加这些培训学习，我开阔了视野，更新了知识，保持了创新活力，增添了不断进取的动力，还收获了一大批优秀的同行者。

变迁与感悟

1

2007年，正当人生的小船顺水顺风，在平静而美好的梦境中畅游翱翔，一场变迁骤然而至，自己热爱的事业戛然而止。上级的一纸调令，将我从江西省水土保持科学研究所所长的位置上，轮岗调任为江西省水利科学研究院院长。

离任合影

在旁人的眼里，那次调动，虽说是平级轮岗，毕竟是将我从一个管理几十人的单位，调到一个管理几百人的单位，好像位置更显重要。按理说，应该是件开心得意的事。

不知为什么，我却高兴不起来。那种感觉，就像是刚刚换上华丽的水晶鞋，总觉得不如穿惯了的旧鞋舒服。

原本准备沉下心来，撸起袖子，潜心钻研，为水土保持科学事业打拼一番。计划好的路线，还没来得及到站，就要提前下车了。但转念一想，服从组织调配是领导干部应尽的职责，就这样，我奉命前往。

2

工作的变动，不管是失落，是不舍，还是心不甘，情不愿。既然接受这种安排，还必须在其位，谋其政。不能因个人的情绪波动而影响单位的正常工作和发展。这是共产党人应该具备的基本党性，也是我的秉性使然。

来到了江西省水科院，自己就像突然闯进了一个茫然无知的世界，不知何为。刚开始，我的内心可能还有那么一些抵触情绪。抱着有多大的虫，筑多大的窝。有多少能，发多少光的消极心态，准备做一天和尚撞一天钟来履行职责。

通过深入调查研究，走访省水科院的干部群众，并与领导班子成员一起分析探讨，得知了一些该院的真实情况。

这是一个老牌科研单位，单位的历史几乎与我同龄。但是，同期承担国家和省部级的科研项目，还不如我原来几十人的小单位多。财务账上的盈余，更是捉襟见肘，很多方面还是寅吃卯粮。

同时，我还了解到，江西省水科院员工的那种吃苦耐劳、爱岗敬业的精神，的确令人敬佩。特别是对科研事业孜孜不倦的追求，矢志不渝。有的专家献了青春献终身，献了终身献子孙，那种献身精神让人动容。一种强烈的使命感和责任感又敦促我，改变准备混日子的消极想法。于是，根据我所掌握的情况和经验，对省水科院采取了扬长避短、对症下药的改革措施。

一是深化改革举措，调整科研思路。首先，我抓住院里没有重大科研项目的薄弱环节，以申报国家级大项目为突破口，加大申报国家重大研究项目的力度。利用在省水保所的科研经验，向省水科院的科技人员，全面介绍了当时科研项目的类型、层次和申报途径，激发员工申报科研项目的热情。

以此为基础，在加大优化科研资源力度的同时，采取内引外联，开展强强联合，实现优势互补。遂以江西水科院牵头，联合河海大学、南京水科院等组成国家级研究团队。于2007年，申报了国家科技支撑项目，其中"三峡工程运用后对鄱阳湖及江西'五河'的影响研究"成功列入国家级的科技支撑项目。

二是搭建科技平台，营造科研氛围。栽好梧桐树，期待金凤凰。一方面根据创建江西水土保持生态科技园的经验，利用当时对鄱阳湖的研究热度，在共青城的鄱阳湖畔，选址建设鄱阳湖模型基地。为承接重大科研项目，引进优秀科研团队，加强与国家队的合作，打下了良好的基础。另一方面，向国家人力资源和社会保障部成功申报了博士后科研工作站，并获得批准。既为筑巢引凤，也为单位培养和积聚人才，让有才华的年轻人脱颖而出，变成金凤凰。

三是实行激励机制，调动员工的积极性，为高学历的科研员工增加一级工资，并形成一套完整的激励机制和管理办法，得到了全体员工的普遍欢迎。

总而言之一句话，单位的发展，离不开人才。人才资源是科研团队的灵魂核心，是市场竞争中的稀缺资源。作为领导，应该集中精力，聚焦人才。只有具备了爱才之心、求才之渴、识才之明、用才之胆、容才之量和留才之能，单位才能得到健康稳定、朝气蓬勃的发展。

在江西省水科院工作的日子，我只能用努力工作的方式，来排遣脱离专业擅长的郁闷。虽然那时的我，已在水利行业经营了二十多年，对水利专业有过较全面的研究和深入的了解。可是，一旦与水利专业人员探讨水科学问题，总觉得有些别扭，深入不下去，提不起劲来，远不如在水土保持行业那样得心应手。再加上自己的精神境界，还没有修炼到足以包容生活中的一切之不快、专注于责任而不需要利益的境地。仿佛有一种云山雾罩，不知所终的迷惑。面对这种情况，心的跃动，难以平复。同时，脑子里也出现了一丝挥之不去的纠结。

3

就在此时，水利部成立了水土保持生态工程技术研究中心。当有关领导得知我已调离了熟悉的水土保持专业，都觉得有些可惜，极力主张我回归本业。

考验人的观察力和洞察力，就在于能否把握时机，审时度势，顺势而为。人这一生的机遇，可能就那么几个有限的瞬间。一旦遭逢，倘能抓住，并将它变成永恒，应是人生的幸运。一旦错过，必成终生遗憾。

水利部刚刚成立的这个中心，在我的感觉里，应该算是一个不错的高层平台。能让我回归熟悉的老本行,夫复何求?当然愿意前往。所以,在我根本没有弄清状况的前提下,就稀里糊涂表示,我愿意调到北京工作,满足的条件是只要一个住处、家庭成员能够随迁、自己的领导职务任由领导自行安排。

当然,调入北京工作,本来就有着十分严苛的进京条件。根据当时的情况,就我进京的本身条件而言,完全能够满足高端人才引进的要素构件。单位领导也同意我的调动,走人才引进的绿色通道,并报请国家人力资源和社会保障部,要求尽快发出商调函,引进我这个"高端人才"。

没过多久,国家人力资源和社会保障部就有了我作为选调、夫人随调、儿子随迁,这样十分明确的商调函批复下来了。

调入一个新单位,自己的工作可能遇到一些困难,或许会有诸多的不适应。对这一点,我早有思想准备。可是,来到北京之后才知道,该中心虽说是一个事业单位,并挂靠在中国水利水电科学研究院,而实际上是一个相当于重打锣鼓另开张的专业研究部门。令人始料未及的是需要自己组团队,自己找项目,自己赚工资。其困难程度还是超出了原有的想象。

开弓没有回头箭,湖南人的天性就是霸蛮。凭借自己在水利部门打拼的经验,凭着一股韧劲,相信老天饿不死一只勤快的小家雀。只要选好牧场种好草,必然引来任由挑选的骏马。

然而,新到一个地方,最难处理的是人际关系。我与水打了一辈子交道，虽然没有上善若水的那股雅量，自认为多少还是沾有一些水的宽容气息。我带着诚意，怀着水一样心境。经过一段时间的磨合，随着彼此间的进一步了解与沟通，工作得以顺利开展。

穿过现实的纠葛，我从一纸一笔开始自力更生，一切遵循法人单位既定的规章制度办事。所有需要自行负担的工作经费，都在我最初从江西找来的科研项目中予以解决，尽量不给别人或单位增添麻烦。

时光的美好，总是在不经意间盛装莅临。经过多方努力，我利用曾经的科研经验，一年之内，同时获得了国家科技支撑项目和水利部公益性行业专项两个重大科研项目的支持。

按照法人单位财务管理制度，这些科研项目经费虽然解决了研究工作方面的问题。但对在职职工的工资福利、办公设备等正常开支，乃至在科研项目申报中，未曾体现的仪器设备等所需经费，都必须另辟蹊径。需要在社会上拓展业务来源，承接横向项目加以解决。

于是，我带领一班新招的年轻人，在次年就承接了数百万元生产建设方面的创收项目，包括水土保持方案编制、监测、验收和水土保持规划等横向项目，满足了工作上方方面面对经费开支的需求。

随着工程中心业务的不断发展，对水利部水土保持技术支撑力度随之增加。紧接着又承担了全国性的水土保持科技园区的技术支撑工作，以及水土保持生态文明工程评审等部分技术性的行政职能。几年后，得以在水利部的专项账册上，增设了一个单项财政户头，获得了一项稳定的财政经费支持，为工程中心的顺利运行和快速发展奠定了良好的基础。

有了行政主管部门的支持，工程中心在全国范围内，开展水土保持的工作面越来越广，业务越来越多。工作成绩得到了主管领导的充分肯定，被水土保持同行称赞为干得风生水起。

然而，只有自己心里清楚，因我那些年的主要精力投放在生存竞争方面，反而在研究方面投入精力不够。完成的科研成果有些仓促，甚至略显粗糙，还没来得及精细打磨，就要退出历史舞台了。

调入北京

4

我自 1982 年 2 月参加工作以来，一直从事水土保持工作，在这方面还是积累了一定的研究经验。退休的时候，承蒙领导热情相邀，继续聘任我为单位再做些力所能及的工作，我理当在所不辞。

2017 年 3 月，应水利部太湖局的邀请，我与刘震司长一行去参加一个水土保持监测站的评估，顺道到安徽歙县察看坡改梯工程。

那是一个雨后的早晨，山坡上有些渗水湿滑。在一个石质坡耕地改造工程现场，地面上散落着零星的小石子。由于自己的粗心大意，踩到了圆滚滚的石子。脚下突然一滑，我顺势抓住的梯地上的油菜，也不幸被连根拔起。于是，身体失去平衡，便顺着山坡滚落下来，被凸出的石头硌着了腰。当即躺在地上，就不能动弹。缓和了好一阵子，大家才七手八脚将我抬上车，就近送到歙县人民医院，进行拍片检查。医生一看，是比较严重的腰脊椎压缩性骨折。

为保险起见，太湖局的领导与我同行的刘震司长一块儿商量，当即为我联系到上海最好的骨科医院。并为我叫来了救护车，直接将我送到上海市第六人民医院。由经验丰富、医术精湛的主任医师，在我的腰脊椎上安装了价格昂贵的进口钢钉支架，将我变成了一位真正的"钢铁战士"。

一年之后，又有机会请到北京协和医院的骨科医生，把隐藏在我躯体内的钢钉支架取了出来。留下的螺丝空洞，由灌入的骨水泥填充替代。经过两年的医疗康复，我的身体没有留下太大的后遗症，应属不幸中的万幸。

按理说，那次因公差负伤，住院医疗费本该由单位全额报销。我不想给邀请单位领导增添麻烦，在报销了基本医疗保险费用外，自己还花销了十几万元。一辈子只住过这么一回医院，权当人生该经历的劫难。

5

在求索路上，命运安排我从事水土保持工作。虽然前半段是搞行政管理，后半段才搞科学研究。无论是在行政岗位上的技术指导，还是身处高级职称或法人代表，开展水土保持科学研究，自认为已尽力而为了，乃至当成了毕生的事业。

初入行时，水土保持行业一直被人轻看。直到后来纳入国家生态文明建设，得到了社会的广泛认可，"水土保持与荒漠化防治学"终于成为一级学科。我又见证了水土保持一个新的周期开始，该成果确实来之不易，值得庆贺。我也为水土保持事业奋斗了一辈子，无论有无遗憾，无论是造福还是赎罪，都值得珍惜与慰藉。

回望过往，一生中最大的幸运，就在于抓住了两次重大变迁的机遇。第一次是意外地考上大学，走出了乡野，奔向省城，知道了外界的辽阔。第二次是及时排除了世俗间的纷繁干扰，回归本业，落户京城，安定了晚年的生活。

人生远行的目标，曾经希望能点亮自身的光源，在照亮前路的同时，也能亮堂他人。然而，透过时间的尺度，穿过蹉跎的岁月，至今未能称心如意。可我还是赢得一丝领悟：选择做一个正直善良的人，与聪明人在一起。

曾子云："人而好善，福虽未至，其祸远矣。"可见选择做善良的人，其实是选择了远见，选择了修为。

爱人须自爱，只有这样才有机会保持自己心底澄澈。人的正直善良，体现在道德修为与人格魅力，体现在对外部的感知与处理人际关系的能力，体现在人的修养、素质、品德、涵养和造诣等诸方面所透露出的精神气质。善良是人的本性，难能可贵。正直是做人的优秀品格，永不过期。

人的修为，只有到了一定境界，才能拥有写在脸上的自信，长在心底的善良。再用储存于脑海的智慧，融入血液中的骨气，刻进生命里的坚强，实现藏在心中的梦想，最终才会拥有挂在嘴角的微笑。

选择做一个正直善良的人，不是碌碌无为，同流合污，也不是逆来顺受，自暴自弃，而是无论身在何处，心向何方。无论是追逐梦想，还是打拼生活，心存善念，方可善终。

在当今多元化的变革时代，进德修业，当以正直为先，善良为本。若能充分利用自己的智慧，加上勤奋，就有可能实现人生的逆袭。当然，无论干任何事，都可能存在谋事在人、成事在天的境况。凡事讲究天时地利与人和，并且还需要一点点的机缘巧合。

人活到极致的表现是能够在独处时自律审慎，在博弈时沉着应对，在集聚时戒骄戒躁。当身处逆境时，只要具备了蓄势待发的底气，就能经得起淬炼；当濒临危局时，仍然拥有转危为安的勇气，方可扛得住风浪；当事业有成时，还有拒绝肆意妄为的正气，就能顶得住诱惑。如果一个人拥有这些实力，成功必定不再远离。

无论是读万卷书，还是行万里路，都必须把书本上和路途中的见闻，通过聪慧的大脑合成，变成自己的知识储备。否则，即使行了万里路，充其量只能是一个路过的邮差，最终就会变成一个打酱油的吃瓜群众而被时代抛弃，被社会遗忘。

沧海拾贝

6

人的一生，会遇到很多的人。无论是好是坏，或善或恶，其中绝大部分都是生命中的匆匆过客，不必太过在意。

选择与那些自带光芒，具有正能量的聪明人在一起，往往能如沐春风，充满自信。就像跟着勤奋努力的人，性情不会懒惰；跟着积极进取的人，意志不会消沉；跟着聪明的人，自然会变得更加优秀睿智，出类拔萃。

犹太人经商的法宝是："穷，也要站在富人圈里。"因为待在富人圈里，哪怕就是一个拾荒者，也能获得丰厚的回报。

中国古时候就有孟母三迁的故事，有良禽择木而栖的传说。这是因为在懂你的聪明人群中散步，遇事不会迷茫，行事变得机敏，思维更加开阔，成就自然不同凡响。

与聪明人在一起，日子久了，就会发现自己的学识和境界都在不断提高，能力和眼界都能得到快速提升。所谓"蓬生麻中，不扶而直""近墨者黑，近朱者赤"大概都是这个道理。

有研究表明，人是世界上唯一能接受暗示的群体。暗示可以对人的情绪和生理状态产生强烈的影响，收获一种意想不到的效果。聪明人的积极暗示，能激发人的潜能，汲取别人的智慧。从别人的言行中得到启发，把自己变得更加聪明。

俗话说，物以类聚，人以群分。与凤凰齐飞，必非凡鸟。与骏马同行，定是骐骥。由此可见，人与人的相处，同样存在双向选择。

与聪明人在一起的基础是理解，是信任，是谈得来，是相处不累。最好是能像聪明人一样聪明，或有着类似的兴趣和爱好，至少应具备成为同类项的优秀潜质或能力。

文化是根植于心的修养，是无须提醒的自觉。只有做最好的自己，才能遇见最好的朋友。能否融入聪明人的队伍，关键是否具备了这种修养和自觉。

借人之智，完善自己。与此同时，若能把别人的优点，在转化为自己长处的过程中，还能把自己的正能量传递给他人。这种一边吸收一边释放的相处方式，让彼此变得更加优秀，收获双倍的正能量，心地福田，自然宽广。

人生最大的幸运，莫过于在上学时，有甘做人梯的名师指点；在事业上，有志趣相投的同仁支持；在生活中，有风雨同舟的伴侣相随。这些生命中的贵人，有的不一定直接给你带来利益，但能开拓你的眼界，启迪你的心灵，给予你正能量。除了鲜花和点赞，还有鼓励与安慰。

生活中最大的不幸，莫过于身边缺乏积极进取和远见卓识的朋友。那样会使生活变得平平庸庸，黯然失色。犹如盲人骑瞎马，夜半临深池。

能与聪明人在一起，与阳光同行，是人生莫大的福分。一个人不仅要有聪明的大脑，充足的知识储备和熟练的专业技能，而且要有广泛的人脉资源和良好的外部环境，这是取得成功的关键。

人生没有彩排，更无法重来。人生如戏，剧情有喜有悲，有些事无法羽化成铭记，有些人无法沉淀为回忆。对绝大多数人而言，苍茫的人生，犹如风尘中的沙粒，转身旋即抛弃，无人愿意铭刻别人的浮生流年。

世界是所有人的世界，人生才是自己的人生。只要在自己的位置上，尽心尽力，尽职尽责，干了自己想干而能干的事情，哪怕不尽如人意，也乐得一个问心无愧。即使失败了，也是值得享用的一道风景。

7

作为一个几乎与新中国的同龄人，自己的命运同国家的命运交织在一起，产生的同频共振，体验最深。

新中国从满目疮痍中站起来，从积贫积弱中富起来，从风雨如磐中强起来，这不是上苍的恩赐。而是由千千万万的工人、农民、军人和知识分子，勒紧裤带干出来的。是一个个普普通通的你我他（她），用青春和汗水，甚至是用血泪换来的。

尤其是在改革开放的浪潮中，自己的奋斗历程，融入了祖国的宏大背景之中。1978 年中国人均 GDP 只有区区的 384 美元。到 40 多年后的 2022 年，达到了 12741 美元，超过了世界人均 GDP，接近富裕国家水平。经济总量达 121 万亿元，按年均汇率折算成 17.99 万亿美元，成为仅次于美国的第二位。经济占比已从全球的 1.8% 增加到 18% 以上。

2020 年，美国《华尔街日报》刊登了一篇题为《世界上最勤奋的人已经老了》，赞叹这群中国人"晴天抢干，雨天巧干，白天大干，晚上加班干"，在短短的几十年中，创造了许多人间奇迹。硬是将一个几乎最贫穷、最落后的国家，变成一个接近全球高收入水平国家。

在我所从事的领域，据美国航天局卫星数据表明：这一时段在全世界新增的绿地面积中，约有四分之一的成效，来自中国的贡献。自己是这个伟大时代的参与者和见证者，同时也是受益者，有理由感到欣慰与自豪。

也许每一个人在某一时段，无论官民穷富，总会有那么些大小不一的光环。一旦悄然褪去，回归现实，也不必艳羡别人，要感恩自己的坚守与付出。如果远离江湖，还能留下一段故事传说，那才是值得别人羡慕的对象。

时日渐远，无须重来。回望一生，竟然如此平凡。没有出类拔萃，没有轰轰烈烈，更没有惊天动地。既不如鲜花绽放的惊艳，也没有一树擎天的挺拔。没有忌恨，没有仇视。无论是丑陋的、卑鄙的、恶毒的，都把它当成人性的、善良的。终了，也无风雨也无晴。

我不后悔出生在一个变革的发展年代。岁月沧桑，生命依然，世界依然，不再抱怨曾经的苦难。在生生不息的人类社会中，我奋斗过，拼搏过。坎坷磨砺，脚步依然，追求依然。曾经以为放心不下的东西，再也不必紧紧攥着不愿意撒手。

如今的人生，已爬上了山顶，来去如风，梦过无痕，连自己都感到诧异。在写作过程中，思绪似乎那么真实亲切，却又那样虚无缥缈。时而酣畅淋漓，甚至有些洋洋得意。时而发抖战栗，甚至有过心如死灰的瞬间。

如今看来，没有什么东西不能放手，一切都将烟消云散，云淡风轻。再也不必博取灼人的光环和廉价的赞美。以诚实的劳动，换取的报酬，是为骨子里的那份自信、淡定与从容。

再用眼去捕捉人生的轨迹，用心去倾听时光消逝的声音。后来人一定比我们这一代人强。未来的世界，必然变得更加美好。

在我年轻的时候，曾有过多彩的梦，有过美好的期待。要组一个家庭，干一番事业，建一处房子，留一部书籍。

后来的忙碌，只想着能有闲暇，或独处一隅，能手执一卷。或驻足自然，去拾翠寻芳。或纵情山水，享受快意人生。

生命的精彩，不仅仅在于曾经多么璀璨，多么辉煌，重在参与并见证了一个伟大的变革时代。不为平淡所淹没，不因成功而忘形，没被失败所击垮。而在于问心无愧，更在于历经世态炎凉，内心依然向暖。

到如今可以自豪地认为，我无愧于心、无愧于时代、无愧于任何人。人生的幸福，不在于积聚多少财富，而在于内心的丰盈，不在于高官厚禄，而在于内心的安宁。无论是欢欣，还是遗憾，与过去来一场潇洒的告别，给世界来一个淡淡的微笑。

我没有辜负这个时代，这个时代也没有抛弃我。我承受过很多的折磨，体验过愉悦的享受。遗憾的是一辈子不善琴棋书画，偶尔来点诗酒花茶，也无法弥补走过的岁月，以及失去的机会和所犯的过错。在死亡的终点线到来之前，把一切无法忘却的记忆，都留给时间去淡忘。把一切难以卸下的伤痛，都交给风儿去抚慰。对于生命中的贵人，必将终生铭记。

淮安留念

平凡人的回忆，写了这么多，早该结束了。文中如有失误之处或夸炫之嫌，当属无心之过，乞望海涵。对于一个迟暮将至的古稀老人，更没有必要用谎言取悦别人，但愿人间能多一份真情多一份爱。

　　人生倘若重来，我仍将坚守那盏不灭的心灯。在匆忙老去的路上，待岁月依旧如初。沿着一条迷津的小路，走向一所安静的院落。回望阡陌田园，守护一墙花开。就着半点闲暇，依据一帘思绪。写上这段文字，淡然归于心中的驿站。

作者简介

左长清，1956年1月生，湖南省衡阳市人。教授级高级工程师（二级教授），国务院特殊津贴专家。1982年获中南林学院林业专业农学学士，2008年获河海大学工学博士。曾先后被派往荷兰瓦赫宁根大学和新加坡南洋理工大学学习。

历任江西省水利厅高级工程师、江西省水土保持科学研究所所长、江西省水利科学研究院院长、中国水利水电科学研究院泥沙所副所长、水利部水土保持生态工程技术研究中心常务副主任。曾兼任中国水土保持学会理事、科普委员会主任委员、科技工作委员会秘书长和中国南方水土保持研究会副理事长等职。曾兼任《中国水土保持》《水土保持学报》等多种杂志副主编、常务编委或委员。

自1982年2月在江西省水利厅参加工作以来，一直从事水土保持管理与科学研究工作。先后主持了国家科技攻关项目、科技支撑项目、重点研发项目、国家基金项目；以及水利部公益性行业专项和江西省跨世纪学科带头人项目等为代表的国家级和省部级重点研究项目 50 余项。出版了《红壤坡地水土资源保育与调控》等专著 5 部。主编和参编了《中华猕猴桃栽培与加工技术》《中国水土保持设计手册》等专著多部。在国内外核心刊物上发表学术论文 150 余篇。获得国家科技进步二等奖 1 项、个人荣誉奖 4 项；省部级科技进步奖 12 项和其他省部级科学奖励 10 余项。另荣获江西省政府特殊津贴专家、江西省五一劳动奖章、江西省十大科技明星等奖励 6 项，以及省厅局级等各种奖励 30 余项。